古典文獻研究輯刊

二一編
曾永義 主編

第16冊

京劇旦行表演傳承與對話
——以陳德霖、王瑤卿與梅蘭芳、程硯秋爲例

黃兆欣 著

國家圖書館出版品預行編目資料

京劇旦行表演傳承與對話——以陳德霖、王瑤卿與梅蘭芳、程
硯秋為例／黃兆欣 著 — 初版 — 新北市：花木蘭文化事業有
限公司，2020〔民 109〕
目 2+156 面；19×26 公分
（古典文學研究輯刊 二一編；第 16 冊）
ISBN 978-986-518-063-8（精裝）
1. 京劇 2. 表演藝術 3. 劇評
820.8　　　　　　　　　　　　　　　　　　109000529

ISBN-978-986-518-063-8

9 789865 180638

古典文學研究輯刊
二一編　第十六冊　　　　　　　　ISBN：978-986-518-063-8

京劇旦行表演傳承與對話
——以陳德霖、王瑤卿與梅蘭芳、程硯秋爲例

作　　者　黃兆欣
主　　編　曾永義
總 編 輯　杜潔祥
副總編輯　楊嘉樂
編　　輯　許郁翎、張雅淋　美術編輯　陳逸婷
出　　版　花木蘭文化事業有限公司
發 行 人　高小娟
聯絡地址　235 新北市中和區中安街七二號十三樓
　　　　　電話：02-2923-1455／傳眞：02-2923-1452
網　　址　http://www.huamulan.tw 信箱 hml810518@gmail.com
印　　刷　普羅文化出版廣告事業
初　　版　2020 年 3 月
全書字數　136271 字
定　　價　二一編 16 冊（精裝）新台幣 35,000 元

京劇旦行表演傳承與對話
——以陳德霖、王瑤卿與梅蘭芳、程硯秋爲例

黃兆欣　著

作者簡介

黃兆欣，國立中央大學中文系戲曲組博士、國立臺灣藝術大學表演藝術研究所碩士。高中時，由李孟雲女士開蒙，學習京劇，自此投入戲曲表演。爲探本溯源，數赴中國向諸多老藝術家求藝——以身體做研究，從研究啓發創作，進而嘗試將京崑與當代藝術結合，是兼具學術與演出經歷的藝術家。曾推出的實驗戲曲創作有：《王紫稼》、《聊齋》、《易——京劇身體實驗》、《聶隱娘》、《張協 2018》、《畫皮》、《地獄變》。

提　　要

　　傳承系統的討論是本文研究架構的建立依據，亦是影響旦行美學發展的關鍵例證，本書在旦行發展師承脈絡提出「陳德霖－王瑤卿－梅蘭芳－程硯秋」的傳承系統，主要關照的面向爲：教育傳承、表演功法、表演藝術生態、演員的自覺與認同。力求在表演史的的架構下，梳理其表演功法的演變過程，探究旦行演員之表演風格與流派技巧成形的各種因素，是「一幹多枝」式的表演藝術討論。

　　京劇旦行是由男性建立的表演系統，如何化解自我與社會對於生理性別轉換扮演所產生的疑慮，是演員們的畢生課題；然而民國後，文化衝擊與國家動盪更是他們難以抗衡的強大力量，自我與體制始終不斷地相互拉扯，由是京劇旦行表演藝術在唯美純熟的技巧中，更是蘊藉著演員自身與政治社會交相辯證關係。故而本書以「傳承」與「對話」爲題，藉此討論京劇旦行傳承系統與表演藝術本質，重看隱於「口傳心授」中，演員於美學風格之抉擇。

目次

緒　論

第一節　研究動機與目的

　　在戲曲表演研究中，京劇旦行〔註1〕是最特殊的一塊，不只因為有過一段精彩的易性扮演歷史。民國後，旦行演員挑班，獨領劇壇風騷，此中又以四大名旦最具代表性，其面臨著時代劇變與市場競爭，促使大量的新編戲推出，衍生各種不同的表演方式，各家演員亦只得仿效追索。而由男性演員建立的這套表演藝術系統，至今仍代代相傳著，前輩大師的事跡也透過不同形式不斷改編傳唱〔註2〕。故以表演藝術傳承的研究角度，試圖在民國前後的社會與政治氛圍中，究其緣由、重新觀照生理性別轉換扮演下的京劇旦行功法與表演詮釋，乃至於旦行演員的美學思維、戲劇觀點與自我認同，由是旦行表演在嚴謹的戲曲傳承與演出脈絡中，有更為完整而多面向的表演理論。

一、缺而待補的演員自我論述與認同問題

　　演員身具「扮演」與「公眾展示」的能力，時而帝王將相，時而才子佳人，在性別與階級規範中自由遊走，自古就不斷地挑戰著體制的危險地帶。他們一方面享受著台上的榮耀，生活上卻也被各種律令限制，備受歧視，

〔註1〕 使用「旦行」而非「旦角」，是著眼於戲曲「行當」分工，每種行當各有規範、風格，是種表演門類、表演系統，甚至角色人物類型。
〔註2〕 近來以戲曲大師傳記為題材的創作甚夥，有電影、電視、專題報導等，戲曲創作則更多以「戲中戲」方式演出大師人生。

因此在史書上的記載，始終是種矛盾的極端體。司馬遷《史記‧滑稽列傳》〔註3〕中記著兩個人——「優孟」與「優旃」，前者以高超的化妝和模仿能力，將已故賢臣儼然再現，達到吸引君王注意的目的，賢臣後人也因而受到國家的照顧。而優旃則又更爲特別，他是辯才無礙幽默機智的侏儒，五短的身材成了他的笑柄，也成了最佳防護，因而他能在政治圈中周旋，歷經易主改朝，而不致成爲犧牲品。歐陽修寫《新五代史‧伶官傳》〔註4〕又更爲激進，他似乎對演員在政治上的影響力相當忌憚，於是他在序文中清楚地說了「嬖伶」周匝媚君傾國之事，而警惕統治者沉迷聲色必定走向滅亡之路。歷史書寫關注演員政治上的影響力，而非歌舞演技，史官的評價帶著沉重的國家責任，也似乎說明了演員是某種危險存在，如食河豚般在美味與劇毒之間游離。可惜的是，即使他們在君王前，留下了精彩迷人的身影，他們的身分地位卻從來沒有眞正的提昇，始終是供人取樂，在夾縫中求生存；有趣的是，演員的評論權來自文人，而不是自身，對於這些紀錄，他們幾乎沒有辯駁的空間。除卻史書記載，諸如：《青樓集》〔註5〕、《揚州畫舫錄》〔註6〕、《消寒新詠》〔註7〕，大都是來自旁觀記錄與單向的評價，演員的自我論述在歷史上是隱而不見的一塊，而演員的存在是體制下的一群異類。

《紅樓夢》〔註8〕第二回裡，賈雨村說演員是「清明靈秀之氣」與「殘忍乖僻之邪氣」兩者撞擊後賦於人，生於薄祚寒門而成，他們不是仁人君子，卻也非大凶大惡。簡單的譬喻卻精準點出了演員身生於世的矛盾與衝突，他們有著浪漫俊逸的才情，卻也有不容於世的邪氣，愛恨糾葛在他們身上得以被詮釋。正因此演員的舞台魅力是種令人極度不安全的能量，尤其是旦行演員，總是在色相與藝術欣賞之間擺蕩著，只要情慾的詮釋稍有不甚，便容易招來「敗壞風俗」的指摘。律令始然，女性演員自乾隆後，從主流舞台上絕

〔註3〕 司馬遷：《史記》中華書局校點本（北京：中華書局，1983年2版）。

〔註4〕 歐陽修：《五代史記》百衲本（臺北：台灣商務印書館，1988年台6版）。

〔註5〕 夏庭芝：《青樓集》，收於清‧呂士雄輯：《新編南詞定律》（上海：上海古籍出版社，2002年）。

〔註6〕 李斗：《揚州畫舫錄》，收錄於《中國古典戲曲論著集成》第二冊（北京：中國戲劇出版社，1982年）。

〔註7〕 鐵橋山人、石坪居士、問津漁者：《消寒新詠》，俞爲民、孫蓉蓉編：《歷代曲話彙編：新編中國古典戲曲論著集成‧清代編‧第四集》（合肥：黃山書社，2008年）。

〔註8〕 曹雪芹：《紅樓夢》張新之等評（上海：古籍出版社，1988年）。

跡，戲中的女性角色一律由男性擔綱〔註9〕。然而相公堂子的興起，卻又說明了這個時代的表演藝術仍耽溺於演員色藝問題，旦行只是換了另一群的扮演者，男與女的置換對觀眾而言，並沒有什麼不同；演員對自身藝術是否有所自覺，也甚難得知。直至民國，四大名旦崛起，旦行演員以梅蘭芳肇始，取代老生領軍劇壇。當此時國家面臨著軍政情勢內憂外患，各種改革的聲浪大作，面臨著強大的中西、新舊文化衝突，男性飾演旦行開始面臨種種尷尬，不得不想盡辦法從過去的色藝困窘解套，正視戲劇藝術性的問題，乃至於全方面地考量戲曲生態市場運作，以鞏固自身的核心價值。他們並不沉緬於舞台上的掌聲，卸下戲裝後更要獲得劇場外的社會認同，因此，改善演員社會地位低下的問題，成了身處在那個時代的迫切需要。總的看來，男演員所建立的旦行表演藝術，其實蘊涵了他們面對社會政治所作的權衡與改變：無論是唱片錄音、表演編排、乃至於劇目編演的風格導向等，若將藝術表演的各項細節放諸時代中檢視，這些男性旦行演員自覺下的選擇，是另種形式的自我論述，亦在在顯示了演員的主體意識。

二、本質論：旦行表演藝術本質的確立

筆者研究範疇為京劇旦行，實則以「男性演員」為主要討論對象，關注他們於旦行表演藝術之內涵。誠然「乾旦」或「男旦」近來最為經常使用，但是以旦行發展歷史而言，這兩種說法並沒有確切的來源根據。而若單純將性別強諸旦行之上，又抹殺了戲曲以行當分工，而不以生理性別（sexuality）〔註10〕區隔的獨特性；男女在行當串演上有其超乎先天條件限制的可能，一旦歸置在行當中檢視，就沒有性別的問題。試從潘之恆《曲話》〔註11〕來看，無論男、女，皆以旦行同等視之，也不會特別強調扮演者的性別，旦行之於男女的串演，沒有太大差異。尤其明代男風之興盛，男性旦行更有其時代風

〔註9〕　清代的女演員禁令，其實從康熙、乾隆、咸豐一直都有，似乎女演員其實一直有持續演出，只是處在非官方允許的狀態。歷朝禁令之細節可參見洪瓊芳：《歌仔戲坤生性別與表演文化之研究》（國立中央大學博士論文，2010年）之考證。

〔註10〕　性別若以第二性徵生理方式區隔，英文謂 sexuality，而若以社會賦予的定義區隔，則為 gender。相關詞義討論可參見廖炳惠：《關鍵詞200》（臺北：麥田出版社，2003年）。

〔註11〕　潘之恆原著，汪效倚輯注：《潘之恆曲話》（北京：中國戲劇出版社，1988年）。

氣影響的存在依據。至乾隆明令禁止女性演員登台，旦行則已然全由男性扮演，亦無須註明乾、坤與否。繼此百年，男性演員所建立的旦行表演藝術是主流核心價值代表〔註12〕，民國後的女性演員即使擁有不少的支持群眾，仍無法撼動四大名旦所代表的正宗地位。直至今日女性演員於京劇傳統旦行功法的學習與傳統劇目之演出，似乎少有「女性自覺」〔註13〕，具體而言，由於流派藝術的堅實傳承，這些女性演員們沒有獨創蹊徑，研擬出一套專屬自身生理特點，有別於男性旦行的表演方式。因此，除卻乾、男旦或坤旦對於扮演者性別的標示，京劇旦行表演藝術實則是以「男性演員」所建立的一套超越生理限制的表演系統，改換男女的扮演者，並不影響旦行的詮釋方法。

故討論旦行表演藝術，實無須特別強調乾旦與否。在民國前後，主流舞台專屬於男性演員，旦行的扮演者須特別註明者，只有女性演員。〔註14〕本研究欲回溯民國旦行極盛發展前後，因此旦行名稱的使用亦無須特別說明討論者是乾旦。然而時下專業京劇劇場中，絕大部份的旦行演員皆是由女性擔綱，男性飾演旦行或因政令，或因風氣漸漸衰靡，「乾旦」則成了須特別標示的另一群扮演者。少數演員經常以「最後男旦」、「唯一乾旦」〔註15〕等自居。如此說法一方面顯示了男性演員於旦行已然被取代〔註16〕，在世紀交替後，

〔註12〕 在新鳳霞的曾記述她模仿程硯秋的表演，以及程硯秋如何指點她的過程。對於新鳳霞的水袖，程硯秋說：「這種軟綢料子，就不行，沒有份量，尺寸過長不好看。你這樣小坤角，不適合用這麼長的，水袖要用大紡綢的⋯⋯」固然程硯秋其實沒有輕蔑的意思，但從這樣的用語習慣和新鳳霞亦步亦趨的學習態度，可知男演員當時的地位遠高於女演員（尤其相對京劇和評劇，評劇則又不如京劇），兩性詮釋旦角的出發點也不同，程硯秋著重的是人物的份量，大方而穩重。見新鳳霞：〈程硯秋先生對我的教益〉，《說程硯秋》（北京：中國戲劇出版社，2011年），頁265。

〔註13〕 筆者所謂「女性自覺」意指這些女演員依然承襲男性的扮演方式，舉凡化妝、唱腔等傳統功法，並沒有以女子本相、身材曲線發展個人表演。唯童芷苓不著傳統制式戲服而著旗袍演出《紡綿花》，唱各種小曲時調，大獲看客喜愛，另方面受到劇評大肆批評爲淫戲，可見以女子本相演出雖是新奇賣點，卻會被視作離經叛道者。見朱繼彭，《坤伶皇座：童芷苓》（上海：上海人民出版社，2010年）。又近來許多新編戲在劇本編創乃至於服裝設計與舞蹈編排，已逐漸強調女性思維，這部份牽涉到當代戲曲發展趨勢，則又需另處專論。

〔註14〕 被稱作髦兒班，或有貓兒、帽兒等說法。

〔註15〕 如胡文閣爲「梅派半世紀來唯一乾旦傳人」、溫如華爲「最後男旦」等。

〔註16〕 對此情形，孫玫指出：「首先是由於社會政治方面的原因，1949年以後，戲曲的跨性別表演（cross-gender performance）的傳統在中國大陸就被壓抑並且曾經一度中斷。還在文革爆發以前，即在京劇開始大演革命現代戲的年代，京

且行由過去男性本位中逐漸轉換爲女性本位。又前述「乾旦」和「坤旦」的差別只在扮演者的性別，不在戲曲功法上的運用，故男、女在性別與行當的轉換上，應是無適應障礙，區隔二者於演員其實無意義。然而坤伶興起之新奇對照今日乾旦的稀少，扮演者的性別標示目的更多是來自向觀眾傳達的需要。換言之，對演員來說詮釋旦行使用的是同一種方法，於是標榜自身性別，較多目的是市場操作手法，也是種在社會中尋求認同的方式。因此在旦行發展脈絡中，兩性演員的權力拉距，是在功法詮釋外更值得關注的議題。既然由男性塑造出來的旦行表演方法，始終沒有被女性演員顛覆，如：化妝方式、服裝，乃至於各種傳統劇目的學習。旦行由男性塑造的表演方式在女性扮演中被保存下來，然男性演員又何以成爲現今需要被特別標記的另一群存在？扮演者的性別改換，何以使用同一種方式表演，其中不受生理性別影響的原因又是什麼？本研究於此回歸旦行藝術的本質討論，試圖超乎性別的問題意識之外，重探表演內在建構。

三、從「反串」一詞看性別轉換扮飾之衝突

在討論性別扮演的問題前，或可從「反串」的使用來看戲曲行當分工與社會對性別界定的差異。「反串」源於戲曲，指的是從自身的本工，跨演其他行當〔註17〕。戲曲教育訓練與演出是以行當分工〔註18〕，而不是以生理性別區隔分類，跨越行當的界限，才是種反串，且大多是在義務戲或是過年前封箱演出中，才可見到反串演出。這種表演方式，一來表現演員的所學寬綽，能兼飾差異甚迥的角色；二來由於非自己本工，演起來總是趣態百出，往往能製造許多平時沒有的效果，總的來說，是不同於平日正經八百的演出。但

劇跨性別表演已被禁止。」孫玫：《中國戲曲跨文化再研究》（臺北：文津出版社，2012年），頁75。

〔註17〕 「反串乃反其常態之意，如令生飾旦，令旦飾生」，可見反串指的是跨行當串演。見方問溪：《梨園話》（北平：中華印書局，1931年），頁16。

〔註18〕 涂沛對行當的解釋有以下整理：「其一，認爲行當是一類人物的共同特徵以及表現這些特徵的各種表演程式；其二，行當是戲中的角色在年齡、性別、身份等自然和社會因素等方面的類型劃分，同時也是根據演員自身條件爲擅演某些角色而做的技術劃分；其三，行當是一個具有雙重含義的概念，從內容上說，它是戲曲表演中藝術化、規範化了的人物類型；從形式上說，又是帶有一定性格色彩的表演程式分類系統；其四，行當既「分行」又「分工」的把人物類型與演員處理的方法相聯繫在一起的一種角色體制。」引自涂沛：《中國戲曲表演史論》（北京：文化藝術出版社，2002年），頁114。

現今提到反串，大多指的是扮演上的性別轉換，指男演女或女演男。本研究爲避免專有名詞的使用混淆，對於男性旦行演員，不以反串稱之。

反串在今日既被廣泛訛用，可見社會大眾對於性別轉換的獵奇。然而對於演員來說，扮演爲基本能力，性別轉換無非只是種表演技巧，當代使用反串一詞，更可見社會規範於性別秩序之維護，如前述這種能力是危險的。〔註19〕回溯至民國前後，男性是旦行主流，他們台上串演女性是種常態，他們能夠做到性別改換，無非是繼承前人的旦行功法。更甚者，在清代花譜中，對於這些旦行演員，皆以極度「擬女」的方式書寫描摹〔註20〕，宛如這一切本當如此，於是乎旦行演出在男性轉換女性的環節上，似乎是沒有滯礙的，舞台上的扮演和生活上的自我幾乎是沒有分別。然而對照民國前後的演員，這類關於演員的性別認同問題，在王瑤卿、梅蘭芳等人的藝術記程中，是隱而不見的，我們無法從中得知，是否男性演旦角在心裡層面上有無需要調適之處〔註21〕。僅可以從一些枝微末節中略知端倪：荀慧生在自傳中亦提及，幼時練蹻，一年四季不得卸下，即使出門當喪禮執事，替師傅掙錢，仍然要踩著蹻，在大街上行走，無奈引來路人們的恥笑〔註22〕。

1930年代〔註23〕女演員崛起，男性扮演旦角面臨了某種尷尬，在《戲劇月刊》中刊載了〈國劇中「男扮女」的問題〉〔註24〕，文中指出了「男扮女」

〔註19〕如周慧玲於《表演中國》中援引高夫曼（Erving Goffman）所說的「印象整飾」，談到演員「性別與階級的逾越對政局是種威脅」。見高夫曼（Erving Goffman）著，徐江敏等譯：《日常生活中的自我表演》（臺北：桂冠出版社，2012年）；周慧玲：《表演中國：女明星，表演文化，視覺政治，1910～1945》（臺北：麥田出版社，2004年）。

〔註20〕關於「女性化」書寫的論點可參考閆月英、閆秀梅：〈建構與想像——從《品花寶鑑》的性別倒錯現象看性別的意義生成〉，《濰坊教育學院學報》第22卷第4期（2009年）。

〔註21〕對此王安祈認爲梅蘭芳是沒有性別調適的問題，因那是時代風氣，是常態。參見其著作《性別、政治與京劇表演文化》（臺北：臺大出版中心，2011年），頁6。

〔註22〕和寶堂整理：《荀慧生》（瀋陽：遼寧美術出版社，1999年）（瀋陽：遼寧美術出版社，1999年），頁26～27。

〔註23〕筆者以1930年代爲準，主要著眼於《北洋畫報》「四大女伶皇后」的選舉，雖然這無非炮製和「四大名旦」的說法，但由此可知女演員聲勢日長。參見〈四大「女伶皇后」選舉〉，《北洋畫報》（1953年5月30日）。

〔註24〕王平陵：〈國劇中的「男扮女」問題〉，《劇學月刊》第三卷第十二期（1934年），頁1～4。

是種「時忌」，並以梅蘭芳和程硯秋為例：

> 今年八月中程硯秋到南京來，和他在京友人劉大悲博士說：「我不能再演國劇了，因為『男扮女』的戲，演起來究竟不像樣。」在當時聽著這句話的，並不止是劉博士一位，在座有好多是懂得藝術的學者和大學教授們，他們都靜默著不表示可否，意思是在嘉獎程君已有了覺悟似的。

> 最近梅蘭芳來南京，在報紙上所登載的消息，一再聲明「這是最後一次了，從此將不再暴露色相了。」姑不論這是不是一種廣告作用？但在梅君的意思裡，未嘗不以為這「男扮女」的玩藝兒，是最觸犯「時忌」的一件事，而在新聞中婉婉曲曲先向南京的觀眾們作道歉的表示的。〔註25〕

文章指出的事件也許是地區個案，畢竟梅、程二人從未有因此中綴創作與演出的紀錄，而作者為文目的是為辯駁而非批評。但這篇文章卻也記述了社會變遷下，部份群眾亦對旦行是否仍需由男性扮演的問題產生質疑，雖然這似乎並不影響梅、程的劇壇地位。

1935 年，梅蘭芳訪蘇聯時演講示範，深深地影響了布萊希特（Bertolt Brecht）〔註26〕，成了他建立史詩劇場理論的佐證；有趣的是，時空轉換，同樣是便裝示範，梅蘭芳在《我的電影生活》中提到，1953 年《梅蘭芳的舞台藝術》的拍攝計畫中，原要記錄許多便裝示範的身段動作，但他認為：「我是男演員，穿了便裝做旦角的身段，諸多不便」〔註27〕，梅蘭芳不願粗糙地顯露男性生理所詮釋的旦行表演，最後改為演練太極劍的武術動作。這段拍片內容的選取在書中不過輕描淡寫，卻可見男——女性別改換扮演於梅蘭芳何其尷尬。也許這和 1949 年後，時代更迭社會風氣驟變，新一代的男性旦角基本上失去了舞台，亦使得旦行演員對自身有所質疑。程硯秋在加入共產黨的志願書中，便有此自白：

> 舊社會中對唱戲的人是看不起的，我從懂得了唱戲的所保留的傳統作

〔註25〕王平陵：〈國劇中的「男扮女」問題〉，《劇學月刊》第三卷第十二期（1934年），頁 1～2。

〔註26〕梅紹武對此有過一番考證，梅蘭芳在 1935 年間曾訪蘇，但不是演出，而是交流訪問與演講。梅紹武：《我的父親梅蘭芳》（天津：百花文藝出版社，1984年），頁 169。

〔註27〕梅蘭芳：《我的電影生活》（北京：中國電影出版社，1962 年），頁 79。

風後，我的思想意志就要立異，與一般唱戲的不同……我演了好幾十年的戲，太疲倦太厭倦了，所見所聞感到太沒有什麼意味了，常想一個男子漢大丈夫在台上裝模作樣，扭扭捏捏是幹什麼呢？〔註28〕

程硯秋與乃師梅蘭芳處事風格截然不同，有著大量的自我書寫，強調自己的戲劇觀點。而他這份加入共產黨的自傳，多少挾雜了政局轉換後的複雜心裡，但亦明確指出了社會上普遍對戲曲演員，特別旦行有所歧視的情形，他們終究是社會上的異類存在，無論是在扮演或是在性別轉換上。而當程硯秋極力想爭取社會地位時，對旦行身分卻又產生了自我矛盾，他不得不以表演藝術獲取認同，卻又因扮演女性感到是件彆扭的事。相較梅蘭芳的雲淡風輕，程硯秋的這段自我剖析，顯然更加切中時下觀點。如此看來，旦行演員的性別串演，在花譜書寫一片美好歌誦之外，應探究演員性別轉換與認同的議題，排除對男性旦行扮演帶著歧視或性別刻板印象，還原這些前輩大師們長年舞台演出的性別、社會地位與自我的衝突。

四、衝突之因應：旦行表演的藝術化過程

近來性別理論最常討論社會性別（gender）與生理性別（sexuality）的差異與衝突，放諸旦行演員身上則更明顯。中國社會對演員自古歧視，旦行演員往往被視作取樂玩物，即使在侑酒陪觴之外，有所謂性靈高尚的交往，戲劇始終是種「玩藝兒」，演員居於性別與人物轉換之中，也許遇到更多尋求社會認同的問題。對此，齊如山爲梅蘭芳立說，試圖將旦行扮演脫卻性別轉換之外：

還有一層，諸君也要注意的。未介紹梅蘭芳藝術之前，有一層要義，是要鄭重聲明的，是諸君應該注意的那一層要義呢？就是常聽見有人談論說「梅蘭芳裝一個女子、就眞像一個女子」，這句話是完全錯了！這不是恭維梅蘭芳，正是不明白中國戲的規矩。中國戲，係完全避免寫實，怎麼可以裝女子眞像女子呢？其裝女子之要點，在以美術化之方式來表現女性，能將此點作到，便算好腳，否則不但不能算好腳，照舊規將不能立足於戲界，所以諸君要看梅蘭芳之好處，須看其表現之方式。〔註29〕

〔註28〕程永江：《程硯秋史事長編》（北京：北京出版社，2000年），頁770～772。
〔註29〕齊如山：《梅蘭芳藝術之一斑》（北京：北平國劇學會，1936年），頁19。

　　這是 1935 年 2 月梅蘭芳赴蘇聯演出前所發表。梅蘭芳幾次出國演出，都具有相當代表性的意義，在首次出訪美國前，即有爭議關於究竟要選新劇、舊劇、旦行或老生〔註 30〕。梅蘭芳最終得以藝術家之姿站上國際舞台，然出國前的各種顧慮，足見戲曲旦行表演仍未有因應時宜的論述，使其能被視作代表性的「藝術」，而非如批評那般陳舊過時。齊如山的論點則將旦行表演提昇到戲曲美學的欣賞價值，強調旦行表演的主體性，它是藝術化後的表演，非是照搬現實生活，不是純然地模擬女性。意即戲曲是寫意藝術，而梅蘭芳之旦行表演不囿於社會與生理的性別規範中，是種轉化提純的境界，超乎過去認知的性別觀點。

　　齊如山將旦行與現實生活中的女性劃分，意欲將戲曲表演超然於生理性別表相，此觀點亦是演員藝術道路之終極追求。梅蘭芳在 1914 年至 1916 年期間，受到上海夏氏兄弟等人的影響，曾有過「時裝新戲」的創作。在梅蘭芳晚年的藝術經驗整理中，他認為之所以中止，是因為時裝演出無法發揮所學的傳統功法〔註 31〕。這可以分兩個層面來看，一是功法之於戲曲演員是種安全防護，在蘭花指、水袖、小嗓等技巧中，他們有可依循的模式，使表演悠遊自得，而時裝表演是無運用空間的；另一層面，功法技巧亦是不斷衍化的過程，時裝新戲的美感要求已然無法滿足梅蘭芳於旦行藝術之追求。為期三年的時裝嘗試，是段不短的時間，同時期亦在進行《嫦娥奔月》（1915 年首演）、《黛玉葬花》（1916 年首演）〔註 32〕的古裝歌舞創作，時裝與古裝的辯證下，梅蘭芳的體悟應該是種漸進式的。再從四大名旦的創作來看，除程硯秋未有時裝新戲的嘗試，其他演員俱在扮相上意圖求新奇，然最後都有所捨棄；又，對照當代其他擬女形式的演出，京劇功法是種轉化的藝術手法，是從表相的「女性」模仿提昇為「旦行」表演——在這藝術境界的發展過程中，應論析這些男性旦行演員的表演技巧是如何權衡改變。

〔註 30〕齊如山為梅蘭芳做了許多澄清與藝術評論，強調梅藝術於外交之優勢，見齊如山：《梅蘭芳遊美記》（北京：商務印書館，1922 年），頁 1～40。

〔註 31〕王安祈認為：「一九一八年《童女斬蛇》後，便因寫實寫意的藝術衝突而決定不再編演時裝新戲。時裝新戲的演或不演，都經過梅蘭芳清晰的思考，演是為了社會教育，不演是因為藝術上有無法克服的困難」。見〈京劇梅派藝術中梅蘭芳主體意識之體現〉，《明清文學與思想中之主體意識與社會——文學篇》（臺北：中央研究院中國文哲研究所，2004 年），頁 738。

〔註 32〕首演時間紀錄參照《舞台生活四十年：梅蘭芳回憶錄》（北京：團結出版社，2006 年），頁 645～648。

五、傳承脈絡中的男性旦行正宗性

　　劉曾復於《京劇新序》中，曾提出旦行的傳承體系，基本上以陳德霖、王瑤卿爲分水嶺，在陳、王以前是私寓系統，在這之後則是「陳王系統」〔註33〕，陳、王可說是旦行表演發展的關鍵，也因此才有四大名旦。陳德霖演唱的劇目與唱腔，是四大名旦早先追求模仿的對象；王瑤卿則由於中年塌中，相當早就離開舞台，但憑著過人的舞台經驗與藝術敏感度，啓發教學了不少演員──陳、王是此時期旦行開宗立派的代表性人物。有趣的是，當解除女性演員登台的禁令後，旦行開始了男女皆演的局面，但女演員並未就此獨霸舞台，取代男性，反而是服膺於男性傳統。以四大女伶皇后〔註34〕：胡碧蘭、孟麗君、雪豔琴、章遏雲爲例，除了孟麗君是早在南方成名以外，其餘皆師從王瑤卿，所演唱的劇目亦不外乎陳德霖樹立典範的幾齣傳統老戲，甚至於模仿四大名旦的新戲〔註35〕。顯然，自清中葉以來，由男性演員所建立的旦行表演藝術體系，透過「傳承」的方式，維繫了男性的「正宗」性，加上劇評多以男演員爲評斷標準〔註36〕，女演員若想融入主流市場，亦必須在這其中取得認可。

　　單憑師承關係似乎仍無法解釋坤伶表演爲何依附男性傳統，更何況她們的支持群眾全然不亞於男性演員，似乎不需要再從過去的傳統中取得認同。若說坤伶缺乏良好師承教育，因而向前一時期的大師求藝，那麼以童芷苓爲例，則又另當別論。王瑤卿的徒弟于玉蘅〔註37〕曾提到，當時的旦行，幾乎都來大馬神廟〔註38〕拜師求教。但有兩種：一種是眞的來學戲拜師的，另一

〔註33〕劉曾復：《京劇新序（修訂版）》（北京：學苑出版社，2008 年），頁 391。劉曾復對老生、旦行都提出了相當精確的傳承體系，尤其，旦行發展關乎「私寓」存廢，劉曾復的説法既是確立師徒代代相傳的關係，更是點出旦行從禁私寓後跳出一新格局。

〔註34〕四大坤伶（女伶）的説法來源很多，本文以《北洋畫報》的原始資料爲準。

〔註35〕從他們出版的唱片中，可知仿效四大名旦的情形，詳見京劇老唱片網（http://history.xikao.com，瀏覽日期：2014/5/20）中所做的整理。

〔註36〕比如談論雪豔琴：「聲容之盛，學力之深，置之男伶中，無多遜色；而效梅之別姬，荀之玉堂春，程之金鎖記，神情聲吻，宛然畢肖，絲毫不露坤角弱點，一掃馳懈泄沓之習；坤角如此，坤角亦可貴矣。」出自竹村：〈男伶化之雪豔琴〉，《北洋畫報》（1929 年 7 月 20 日）。而其他關於京劇女演員的劇評討論可參見王興昀：《報刊媒體對京劇女藝人的呈現──以民國時期京津爲中心的考察》（天津師範大學碩士學位論文，2010 年）。

〔註37〕筆者自 2010 年始，即不斷向于玉蘅訪談、學習王派藝術。

〔註38〕地名，位於現今北京宣武區（現合併爲西城區），王瑤卿教學、住處所在。

種就只是單純拍照、請客吃飯，童芷苓屬於後者。她來拜師後，學的第一齣是《大保國》，但只學了一次就不學了。王瑤卿的教法似乎不符合童芷苓的需求，但這不影響童芷苓的舞台實力。也許如童芷苓已然成熟的演員，拜師王瑤卿只是種取得認證的儀式。

　　因此，陳、王這套男性演員的旦行系統，在面臨坤伶興起後，除了藉師承關係，如何鞏固其位居正宗的地位，使得無論男、女皆需列其中？更甚者，王瑤卿得「通天教主」〔註39〕之權威，除了因他腹笥甚廣的導演長才，是否亦有市場操作的考量因素？故王瑤卿所代表的主流價值之形成，尚需探究。而劉曾復提出的系統說，是以教育面向歸整出旦行的傳承脈絡，針對細部的表演理論建構，以及陳、王系統代表的表演風格為何，尚無有研究於此作源流考據與歸納。

第二節　研究方法

一、論述邏輯與架構

　　本研究試著從功法整理，了解各時期旦行名家的表演方式，這些詮釋技巧的變革，反應了時代主流價值的變遷。故而在論述邏輯上，多少受到了「系譜學」（genealogy）〔註40〕的影響，系譜學簡單而言就是家譜、族譜學，由尼采（Friedrich Wilhelm Nietzsche）發展至傅柯（Michel Foucault）後，開始認知到「溯源」並非是首要，而是在這條脈絡中，尋覓各種意外發生的變因。本研究無意陷入傅柯一貫的權力論述中，畢竟中西文化差異是不容忽視的問題，理論的直接挪用必然會造成論述的偏見與盲點。但這樣的思考模式的確對本研究有實質上的幫助，尤其傅柯對於歷史發展單一變因的質疑，若對照

〔註39〕語出《封神演義》，原是帶有嘲諷意味的說法，後來也成為王瑤卿的「雅號」。
〔註40〕系譜學，或說譜系學原是人類學、史學領域中，研究族群、血緣的方法，如家譜，尼采用以衍伸，就詞句的起源，批判道德的歸屬問題（見尼采著、陳芳郁譯：《道德系譜學》（臺北：水牛出版社，1995年）。傅柯則在尼采的基礎上，否定了歷史的線性解讀，著重的是每個事件背後隱藏的權力作用，而非單純建立標準秩序的體系。（見福柯著，蘇力譯：〈尼采·譜系學·歷史學〉，《社會理論論壇》（http://chin.nju.edu.cn/zwx/zhouxian/meixue11/24.htm，瀏覽日期：2014/05/20）。原典為 Michel Foucault, "Nietzsche, la généalogie, l'histoire," Hommage à Jean Hyppolite, ed. S. Bachelard, et al (Paris: Presses Universitaires de France, 1977), 145~172.

京劇嚴謹的傳承系統，應深思：戲曲演員何以不斷推出新作？他們堅守的藝術信念是什麼？如何建構相關論述？他們究竟如何從中找到自我定位與認同？這些都是在功法的模仿學習之外，更該審視的問題。

　　四大名旦競演時期，因人而異、因人設戲，的確因個人生理特點，發展了許多不同的流派風格。然而前輩藝術大師受外緣的刺激，生長於內裏的「身體」，才是眞正支持表演境界不斷提昇的動力，而這技巧內在中的流派精神正是本研究意欲探討的。於是在溯源的過程中，討論旦行每個表演細節其建立背景，便不侷限於技巧運用的討論，而更需衍伸表演構成的各種因素。本研究欲從文本研究、理論分析及田野調查三方著手，搜集整理劇場演出的相關資料，以時間發展爲縱向軸，從中理出線索，討論旦行發展衍生的各項子題，再次挖掘未被注意的一手資料及其背後意義，各章節的綱要如下：

（一）京劇旦行傳承脈絡

　　溯源是本研究的首要工作，以四大名旦爲基準點，統合其主要師承爲陳德霖、王瑤卿，再向上推衍，分析前一時期在經營私寓之外，以教學爲主的傳承人，乃至「同光十三絕」中的旦行演員，以其師承系統、劇目專長及血緣籍貫爲討論內容。在血緣籍貫的部份參考了潘光旦的《中國伶人血緣之研究》〔註 41〕，潘氏以「時小福」爲例，在師承系統之外，說明血緣、婚姻關係，演員特有的遺傳基因之於京劇表演藝術人才之重要性〔註 42〕。誠然隨著時代更迭，人才流動加劇，演員來源與過去漸漸有所不同，然本研究亦認爲討論早期京劇「傳承」時，必須納入彼此間關係締結的「血緣網」，因這是戲曲社群與其他領域之不同，其親人、師徒間難以截然劃分，爲特有的「類聚」與「隔離」〔註 43〕的現象。

　　在第一章中，本研究大抵選定了京劇旦行演員的研究範疇：著眼於劇壇的代表性與影響力，就傳承與發展現象討論陳德霖之青衣和王瑤卿之花衫形

〔註41〕潘光旦：《中國伶人血緣之研究》（上海：商務印書館，1941 年）。

〔註42〕潘光旦：《中國伶人血緣之研究》（上海：商務印書館，1941 年），頁 101。

〔註43〕由「類聚」、「隔離」而構成「血緣網」爲潘光旦語，意指演員是一階級特殊，由於受到社會上許多歧視，甚少有機會與其他階級、領域的人交流、聯姻，於是多半「物以類聚」、在心態上又自我隔離或遭受隔離，因此構成一自我交織、循環的「血緣網」。潘光旦：《中國伶人血緣之研究》（上海：商務印書館，1941 年），頁 102。

成，再就「師承關係」的變化討論梅蘭芳與程硯秋表演藝術之相對發展，最後以程硯秋面對政局變化的自我論述與藝術堅持為演員的自我認同主題作結。誠然同時期其他旦行演員亦有不少劇藝精湛者，如：在「四大名旦」之說成立前，《順天時報》「五大名伶新劇票選」中的徐碧雲，以及陳德霖晚年致力傳藝的黃桂秋，或是以蹻工見長的小翠花、以武工見長的「九陣風」閻嵐秋等，皆是名躁一時的藝術家，亦具有相當特別的表演技巧，然而他們對後世的影響實遠不及四大名旦，即使今日小（翠花）派、黃（桂秋）派藝術仍有人繼承，卻並非主流。另本研究論述之旦行主要為「青衣」、「花衫」，尤其以「正角」為主，故而以玩笑戲、武戲墊場、開鑼的花旦、武旦等，便較少著墨，尤其老旦是被排除的。畢竟老旦以「大（本）嗓」發聲，其表演技巧、身段作派與表現人物之屬性，皆與「青衣」、「花旦」截然不同，需別立專輪，故不在本研究範疇中。

（二）青衣典範之成形

　　現今旦行標榜文武崑亂不擋，兼擅青衣花旦已然是常態。但在此之前，青衣、花旦之截然二分則是京劇早期發展不成文的規定，二者間既不能互串，疆界之劃分與跨越必然影響彼此的勢力拉距。

　　相較青衣，花旦是較早崛起的，即使他不屬於「正角」，地位不如青衣，但在旦行兼營私寓侑酒的時期，滿足了一批看客們看熱鬧、看扮相的需求：如田桂鳳以生動細膩的做表，贏得看客們的認同——但是，單靠做表終會因色相衰老使演出不再具有說服力，花旦此時雖聲勢劇增，仍無法在劇壇獲得領導地位；而「青衣」能演唱成套唱段，於唱法與板式的完備後，以唱功取勝，又舞台生涯較長，有更多的時間提昇表演品質，此應為旦行得以真正成熟，獨佔一方的關鍵。本研究於是以第一批京劇錄音，《百代唱片》發行者的選擇為據，析論陳德霖在唱腔上的貢獻。陳德霖在錄音上的優異表現，將京劇旦行於「唱、念、做、打」之首要唱功，建立良好的基礎，為後起演員們編創新戲提供豐富的滋養。

　　此外，早期京劇旦行兼營侑酒是常態，以色悅人是必然，於是演員的舞台壽命亦不長。王瑤卿〔註44〕曾發表〈論歷年旦角成敗的原因〉〔註45〕，文

〔註44〕撰文時署名「王瑤青」。
〔註45〕王瑤卿：〈論歷年旦角成敗的原因〉，《劇學月刊》第 1 卷第 3 期（1932 年），頁 1～4。

中指出了從同光年間、庚子事變後，到民國後，各時期旦行的舞台生涯年限——總的來看，由於「扮相」是旦行的先決條件，因此演員的藝術早衰是必然，關鍵便在中年後，如何靠藝術吃「回頭飯」，如何繼續保持舞台演出或是被迫轉行。尤其當演員遭遇二度變聲期——塌中，往往就此無法演出。陳德霖與同時期的演員最大不同是，他在塌中後，反倒練就了童伶般的美聲，堅實的唱工加上內廷供奉的經驗與背景，使陳德霖的表演方式成爲「正宗青衣」的典範，突破了過去年齡、扮相的限制。

在「青衣」主題的討論中，另論表演風格建立的問題，這是京劇與其他劇種最大的不同。崑劇演員張靜嫻向陳正薇學習京劇時，總被要求要再「穩著點」〔註46〕；筆者向李文敏老師學習時，亦被告誡：「《武家坡》若多一眼神，多一下水袖，就不是王寶釧了！」並強調過去京劇青衣開蒙，總學《大保國》，目的就是用鳳冠訓練演員不晃頭晃腦，一來鳳冠有相當重量壓住頭，二來演員必須十分小心，若是輕易亂動，便會被鳳冠兩旁垂下的珠簾挑牌打到臉。可見京劇青衣，特別要求大方沉著，而這亦可從陳德霖的表演藝術深論之。

但是，旦行「文武崑亂不擋」的基礎訓練和「青衣」之間，必然有表演收放取捨的問題，故而從陳德霖在藝術生涯著手，應能了解「青衣」於京劇旦行發展之意義。

（三）不拘一格、融鑄一身的花衫風格

在陳德霖之後，王瑤卿是旦行發展的另一關鍵人物，他代表的是旦行表演全面性的開創。當旦行唱腔板式發展完熟後，唱念技巧、表演做工、人物詮釋等諸多的問題，才漸漸地被正視。王瑤卿由於塌中而過早退出舞台，使他得以在兼具導演與教習者的角色中，全面性地豐富旦行表演藝術，開創了所謂的花衫一行及「王派」表演風格。這部份可說是本研究於「表演技巧」之專論，筆者認爲與其單就四大名旦流派特點個別討論，不如回歸起始點，即其共同導師——王瑤卿之方法開創著手，才能使本研究從個案討論中跳脫，回到方法論的層面，析論旦行表演通則；故回歸王瑤卿之王派表演，是種溯源循本，亦能全面性地總論旦行表演藝術。

本研究至此，於第一章傳承的脈絡中梳理後，擷選了兩位旦行名家——

〔註46〕此爲王安祈之記述。見王安祈：《性別、政治與京劇表演文化》（臺北：臺大出版中心，2011 年），頁 9。

陳德霖與王瑤卿，他們既是旦行中兩種截然不同表演風格的代表人物，某種層面上，亦是師徒〔註47〕間表演美學的對應關係：青衣與花衫、唱工與做工、冷峻剛直與生動靈巧，而陳德霖從未正式收徒，王瑤卿則廣開山門。演員在藝術生涯上，由於改行之不易，畢生只得在本業上，努力尋找自我定位。陳、王二人雖不致於有同台競爭的關係，但彼此的藝術發展恰成兩種路線，其表演風格取向的選擇，是種有趣的「對話」。

（四）師徒間的藝術對話

依循著陳德霖、王瑤卿的論述邏輯與脈絡，本研究再從四大名旦聚焦梅蘭芳與程硯秋。作此選擇並非是否定其他演員的表演能力，而是如上述，傳承的過程中，師徒間的頗令人玩味的「對話」關係，於梅蘭芳和程硯秋更是明顯。誠然梅、程之間的競爭關係，歷來已有不少論述，其中多有捕風捉影的臆測。本研究並非論斷高下，而是在自我認同與風格定位的主題上，重看兩人藝術發展的相對關係。程硯秋從傾慕式的學習、仿效中，如何衍生、跳脫出與梅蘭芳不同的風格技巧，這是在「傳承」脈絡之中，更需關切的議題。

梅蘭芳是四大名旦之首，這是既定公認的。他在劇目、表演方法有許多開先河之作，諸多旦行演員亦爭相學習，其第一個徒弟程硯秋亦然。兩人差距十歲，程硯秋卻急起直追，促使其創作變革者當為王瑤卿，導師羅癭公更是不容忽視，他原為梅黨主要成員，程硯秋在其輔導下，可以說是種梅蘭芳模式的演員培育。唯羅癭公是康有為弟子，程硯秋在學戲過程中，亦受羅癭公救國濟世的理念影響。因此程硯秋從梅蘭芳的道路中，逐漸發展自我風格，羅癭公的思想啟發實不容忽視。

本研究從第四章開始，關注劇目編演風格與演員的戲劇觀，一來是市場競爭下促使演員建立完整的創作團隊，這波知識分子的加入亦使演員正視自我定位的問題，二來是時代動盪加劇，商業興起，科技文明輸入中國，偏又戰事頻仍，京劇既為大眾娛樂代表，演員有更多自我發聲空間與社會影響力。因此，梅蘭芳與程硯秋之相對發展，是延續著本研究「傳承」的主題，亦能藉此幅及討論演員的自我認同。

〔註47〕陳德霖是王瑤卿入內廷供奉的保薦人，在倫理上算是師徒關係，但兩人是世交，王瑤卿並未正式拜師，而是以「老夫子」稱之，化解拜師的尷尬。見陳志明：《陳德霖評傳》（北京：文津出版社，1998年），頁25～26。

（五）戲改時期旦行處境，特以程硯秋爲例

相對於前幾章以傳承脈絡爲主幹、表演風格演變爲分枝的「樹狀式」討論，於此浮出的論點爲演員的「自我認同」問題：從廣泛式的討論旦行繼承關係的網絡，次而分析旦行表演風格定調兩大關鍵人物：陳德霖、王瑤卿，再就京劇嚴謹的繼承關係而產生變異的「對話關係」——既非競爭，亦不是單純模仿，卻是有意區隔——討論梅蘭芳與程硯秋的藝術發展。而最後之所以從龐大的旦行演員群中聚焦，特選擇程硯秋深論，主要原因有三：（1）程硯秋是自我論述最多者。在前幾章的討論中，演員表演風格的取捨中多有自我主體意識導向，唯再從自我論述中尋覓線索，才得以凸顯在表演藝術之中，演員自我界定的問題，亦是本研究於表演技巧的整理之外，意欲深論之身體文化構成。（2）程硯秋的出身背景與其他演員全然不同，卻能在表演事業上佔有一席之地。而他領域人士的參與，是否促使京劇固有結構產生變化，亦是旦行發展不容忽視的議題。誠然演員的創作與顧問團隊是關鍵，如「梅黨」、「程黨」、「白社」等，他們是演員的指導依歸，然程硯秋不同的是，在諸多公開發言中，他更有意識的要走出不同的藝術道路。（3）爲人民、弱勢發聲。程硯秋是旦行演員中，最爲激進者，編演了許多政治敏感的劇作，只爲控訴時局動蕩與戰爭之殘酷。然而當共產黨主導政局，程硯秋的理念與個性，卻使他遭致不同的命運。而他亦是旦行演員中，敢直接衝撞體制的人，在戲改時期，爲演員的生存發聲，此時的自我論述，又可見演員身生於世的萬般無奈。

二、田野調查

訪談是本研究論述主要依據之一，對受訪者表演功法之直接紀錄，以掌握實務性資料的研究價值。筆者於 2007 年起，數赴北京參訪旦行名家，以訪談、學戲爲出發，試圖了解旦行功法傳承之原貌，了解旦行塑造的必要條件，包含聲音、肢體之訓練與角色詮釋等。訪談內容雖不盡然引用於本研究中，但訪談對象於筆者之觀念建立與啓發卻是非常重要的。截至目前已訪談對象有傳統科班之演員與教師以及曾受過王瑤卿、梅蘭芳、程硯秋親炙者：

（一）李金鴻（1923～2010）

中華戲曲專科學校「金」字科學生，兼習多種行當，尤其以武旦、刀馬旦、花旦最爲著稱，長期從事教學，爲中國戲曲學院教授。倒嗆期間由程硯

秋囑咐沈三玉，督促其天天吊《賀后罵殿》，並兼向高紫雲（程硯秋之太極師父）學習太極拳等武術，程硯秋曾於日記中紀錄李世芳、張君秋及李金鴻三位新秀旦角，認為李金鴻是「正含苞未開花之才，以他希望最大」〔註48〕。1942 年先後拜尚小雲、梅蘭芳為師，又拜韓世昌學崑曲。1946 年與同學儲金鵬於隨程師赴上海天蟾舞台演出，期間貼身觀察了許多程硯秋的舞台表演。本研究於過去專訪中，記錄了程硯秋的表演特點，兼討論了旦行台步及各種基本身法。

（二）于玉蘅（1925～）

王瑤卿傳人，任教於中國戲曲學院。原習老生，後改青衣，於 1946 年拜王瑤卿為師。1949 年後，雖無明令規定男性不得演旦行，他的演出機會明顯減少許多。1950 年後，經王瑤卿推薦至中國戲曲學校任教（即現中國戲曲學院），擔任多年的班主任。他以「王派」為旦行開蒙，培育出許多傑出演員，如楊秋玲、李維康、劉長瑜、張曼玲等，且他們又各具不同流派表演專長。筆者先後於 2011 年、2013 年二度訪問、學戲，談到許多王派唱法的原理原則，以及身段運用。

（三）李毓芳（1925～2016）

父親為春陽友會琴師，自小於王瑤卿家中長大，由程玉菁開蒙。1956 年拜師梅蘭芳，1957 年加入北京京劇院，為馬連良、譚富英和裘盛戎配演，常演有《海瑞罷官》、《鍘判官》、《三娘教子》、《桑園會》等。筆者於 2013 年訪問學習，以王瑤卿和梅蘭芳的表演藝術為主。

（四）江新蓉（1927～2016）

1955 年拜程硯秋為師，是其唯一的女弟子。程硯秋教學首重基本功，舉凡台步、身段、水袖、唱念吐字等，基礎紮好後，再逐一帶入戲中便容易上手。筆者過去記錄了許多江新蓉自程硯秋處所學之練功方法，經典唱段之行腔細節，以及《武家坡》之「進窰」、「下場」、「水袖十字訣」等程硯秋特有之身段。

（五）謝銳青（1932～）

原於四維戲校學戲，經常演出田漢作品，以《江漢漁歌》中阮春花一角

〔註48〕程硯秋於 1943 年 3 月 4 日之日記，見程硯秋：《程硯秋日記》（北京：時代文藝出版社，2010 年），頁 315。

最爲知名，亦爲《金缽記》（田漢之《白蛇傳》前身）白蛇的首演者。後入中國戲曲學校，1950 年拜王瑤卿爲師，1962 年又拜尚小雲，任教於中國戲曲學院。筆者於 2011 年訪問王派唱法。

（六）李文敏（1938～）

父親李春林是梅蘭芳管事，入北京藝培學校學戲，後拜趙榮琛，任教於北京戲校與中國戲曲學院。曾指導李海燕、張火丁等新一代程派傳人，被喻爲當代程派的重要傳薪者。筆者曾於 2009 年、2011 年訪問，受訪者對於「流派」有不同的見解，認爲要先從基礎著手，而不是徒具其形。因此受訪者雖是程派教師，實對基本功有深度的理解，本研究亦將於此多加討論。

以上訪談對象不全以「演員」爲首要考量，而是從有教學經驗的名家著手，以及曾受四大名旦親炙者。主要考量在於演員長年舞台實踐的過程中，多少摻雜著因應個人條件的修正，例如荀派名家孫毓敏在各種藝術經驗分享的演說中，談到她的發聲方式和荀慧生的不同，以及她所研擬的許多新腔。爲了在功法的討論上，更貼近傳承過程的原貌，本研究以「教學、學習」過程作切入點，了解四大名旦之藝術創造與傳承，這部份亦可視作演員對自我藝術的認同。因演員對這些表演技巧有所心得體會，在長年舞台實踐自我反芻後，才得以向徒弟教授。而徒弟和師父在朝夕相處的過程中，或薰陶或訓誡，兼重技巧與人格教育是傳統戲曲「師徒制」教育的另一大特色，由此著手更能凸顯本研究關於「身體」的討論主體。

三、演出相關史料搜集與評析：演員自傳、早期報刊、影音資料等

民國前後的演員較之前最大的不同在於開始有了自我書寫，內容涵括了傳記、日記、藝術心得以及各種場合的重要發言與記者專訪等，其中有些雖是秘書代筆，是借演員之口傳述，亦具採信價值。此外錄音資料與演出劇目、傳承劇目亦是研究內容之一，不單單是作藝術上的分析比較，更重要的是外緣的成因。一如王安祈於〈京劇名伶灌唱片心態探析——物質文化與非物質文化相遇（以京劇爲例之二）〉〔註49〕一文中的論點，演員對唱片灌錄從原先的不信任，到後來借重傳播的力量，每一唱段的選錄都是有意而爲之，因此

〔註49〕 王安祈：〈京劇名伶灌唱片心態探析——物質文化與非物質文化相遇（以京劇爲例之二）〉，《清華學報》（新竹：國立清華大學出版社，2011 年），頁 195～211。

唱片的留存便不單只是藝術紀錄而已，更可從中解讀演員如何藉藝術成就立身處世。同樣的，對於劇目的傳承、重要場合的演出，亦隱含了演員藉表演藝術爲自己發聲的企圖。譬如，程硯秋於 1932 年 30 歲生日時改名，並收荀慧生之子荀令香爲徒，強調他將要教的第一齣戲是《賀后罵殿》，因爲「罵」，正可以爲受氣的戲劇生活出出悶氣。〔註 50〕程硯秋在記者會上如此說明，正是以傳承宣示演員覺醒的直接例子。因此本研究的討論範疇，便由藝術本體擴大到它的各種指涉，而演員如何透過主體意識來成就自我。討論的文本類別如下：

（一）演員傳記

這部份提供研究者了解演員生平資料，比較需要注意的是多方考證與客觀引用，因演員的自傳難免摻雜了作者個人情感，在用詞上或有主觀意見，必須審慎判讀。另 1949 年後的資料則有政治立場與意識形態的問題，引用上亦須篩選。其中程硯秋應是較早有自傳的演員，曾於《北平新報》發表〈檢閱我自己〉，該文收錄於《程硯秋戲劇文集》〔註 51〕。附帶一提，該書與《程硯秋史事長編》〔註 52〕皆爲程硯秋後人程永江所整理，程永江原爲美術史研究專家，對先父資料搜集亦秉持史學專業，唯本研究避免引用來源過於單一，亦盡量旁引佐證。王瑤卿則是於《劇學月刊》發表系列連載自己的學藝生涯〔註 53〕，荀慧生有《荀慧生日記》〔註 54〕。

以上是自述者，旁人代筆或後人記述者則又更多，有些散見於 1930 年代之早期戲劇刊物，亦有整理成冊者，如：《陳德霖評傳》〔註 55〕、《梅蘭芳自述》〔註 56〕等。尚小雲資料則較少，有傳記《一代名旦尚小雲》〔註 57〕。此外當代亦有不少藉資料搜集，重新寫成的演員傳記，可全面性地了解演員生

〔註 50〕徐凌霄：〈附錄：「罵殿」與「無晃皇帝」〉，《程硯秋戲劇文集》（北京：華藝出版社，2010 年）。

〔註 51〕程硯秋：《程硯秋戲劇文集》（北京：華藝出版社，2010 年），頁 3～6。原文發表於 1931 年 12 月 4 日、11 日之《北平新報》。

〔註 52〕程永江編：《程硯秋史事長編》（北京：北京出版社，2000 年）。

〔註 53〕王瑤卿：〈我的幼年時代〉，《劇學月刊》第 2 卷第 3 期（1933 年）；王瑤卿：〈我的中年時代〉，《劇學月刊》第 2 卷第 4 期（1933 年）。

〔註 54〕和寶堂整理，散見於《藝譚》等刊物，亦有集結成冊之《荀慧生》（瀋陽：遼寧美術出版社，1999 年）。

〔註 55〕陳志明編：《陳德霖評傳》（北京：文津出版社，1998 年）。

〔註 56〕雖名爲「自述」，但仍爲祕書許姬傳代筆，梅紹武編。

〔註 57〕謝美生：《一代名旦尚小雲》（石家庄：花山文藝出版社，2007 年）。

平，如「京劇泰斗傳記書叢」〔註58〕，包含了：劉彥均著《梅蘭芳傳》、陳培仲、胡世均著《程硯秋傳》、譚志湘著《荀慧生傳》，又如李伶伶的《京劇四大名旦傳記書叢》〔註59〕等，唯這部份經過改寫，故本研究僅作參考。

（二）演出紀錄與評論

主要搜集關於清末至民國初演出紀錄，提供研究者重建當時的劇場時空、劇場生態、市場趨向的主要佐證。然劇評亦有品質優劣與時代審美觀的問題，部份流於八卦瑣事者，本研究不納入參考。又早期評論多半存有花譜遺風，有過多的矯飾。因此劇藝評價還需放諸原來的劇場氛圍中檢視，對照演員的發展歷程，以免受到劇評原作者影響而過度偏執，舉凡民國早期之報刊，與早期出版物，如：張次溪《清代燕都梨園史料》〔註60〕、穆辰公《伶史》〔註61〕、張肖傖《菊部叢譚》〔註62〕、王芷章《清代伶官傳》〔註63〕等，這部分文獻有助於研究歷史背景之建構。另：《立言畫刊》、《申報》、《戲劇月刊》、《戲劇旬刊》、《十日戲劇》、《劇學月刊》等戲劇相關雜誌，有許多相當重要的藝評與訪問等，亦已有選編或集結成冊〔註64〕。

（三）劇作家或演員創作群之觀察與實務經驗

舉凡《齊如山全集》〔註65〕、《許姬傳七十年見聞錄》〔註66〕等。這部份資料其實和劇評報刊一樣，有不少內容偏向主觀判定，尤其他們身爲演員創作、顧問群，諸多書寫如同爲演員背書，可了解初始的創作動機與編排取向。

（四）表演心得與論集

有演員自撰的《程硯秋戲劇文集》、《荀慧生演劇散論》〔註67〕或用訪問

〔註58〕 劉彥均：《梅蘭芳傳》（石家庄：河北教育出版社，1996年）；陳培仲、胡世均：《程硯秋傳》（石家庄：河北教育出版社，1996年）；譚志湘：《荀慧生傳》（石家庄：河北教育出版社，1996年）。

〔註59〕 李伶伶：《京劇四大名旦傳記書叢》（北京：中國青年出版社，2011年）。

〔註60〕 張次溪編：《清代燕都史料正續編》（北京：中國戲劇出版社，1988年）。

〔註61〕 收錄於《民國京崑史料叢書・第1輯》（北京：學苑出版社，2009年）。

〔註62〕 張肖傖：《菊部叢談》（上海：大東書局，1926年）。

〔註63〕 王芷章：《清代伶官傳》（北京：中華印書局，1936年）。

〔註64〕 姜亞沙、經莉、陳湛綺主編：《中國早期劇劇畫刊》（北京：全國圖書館文獻微縮復制中心，2006年）。

〔註65〕 齊如山：《齊如山全集》（臺北：聯經出版社，1983年）。

〔註66〕 許姬傳：《許姬傳七十年見聞錄》（北京：中華書局，1985年）。

〔註67〕 荀慧生：《荀慧生演劇散論》（上海：上海文藝出版社，1963年）。

方式紀錄的《舞台生活四十年：梅蘭芳回憶錄》〔註68〕，此外亦有收編傳人、劇評文獻的演員藝術評論集系列，如：史若虛編《王瑤卿藝術評論集》〔註69〕、《梅蘭芳藝術評論集》〔註70〕、《程硯秋藝術評論集》〔註71〕等。同樣的，1949 年後的文獻，本研究於引用上務求審慎評估；而傳人的習藝心得，則能藉由教學過程的回溯，整理旦行功法。

（五）影音資料

旦行留有錄音資料最早有陳德霖的《祭江》、《彩樓配》、《虹霓關》等老唱片。王瑤卿則有《悅來店》、《能仁寺》之大嗓錄音資料，四大名旦亦皆有完整的唱片資料，目前皆已數位化，有 CD 出版，亦有「京劇老唱片網」（http://oldrecords.xikao.com）〔註72〕輯錄。而稍晚約 1940 至 50 年代開始有全劇實況、靜場錄音，此則在「梨園網」（http://liyuan.xikao.com）〔註73〕有收。這些錄音是本研究於旦行發聲、唱腔技巧，甚至於唱詞內容等議題最直接的佐證，惟受限於早期錄音技術品質，某些音質過差的錄音則不在本研究討論中。

四、理論分析

（一）表演理論

《梨園原》〔註74〕為早期表演理論著作中，較為完備的，對身體運用與表演詮釋乃至演員的養成與訓練皆有所論述。其中身體部位的分段拆解說明，及總體呈現的諧調狀態，和傳統戲曲之四功五法相互呼應。恰可作為本研究之身段參考。而「三慶班」的「身段譜口訣」則又更進一步地細分了行當間的差異，並有其完整的傳承脈絡，於錢寶森《京劇表演藝術雜談》〔註75〕、鄒慧蘭《身段譜口訣論》〔註76〕中皆有完整記載。此外流傳於梨園

〔註68〕梅蘭芳：《舞台生活四十年：梅蘭芳回憶錄》（北京：團結出版社，2006 年）。
〔註69〕史若虛編：《王瑤卿藝術評論集》（北京：中國戲劇出版社，1985 年）。
〔註70〕中國梅蘭芳研究學會：《梅蘭芳藝術評論集》（北京：中國戲劇出版社，1990年）。
〔註71〕蕭晴編：《程硯秋藝術評論集》（北京：中國戲劇出版社，1997 年）。
〔註72〕瀏覽日期：2014/5/27。
〔註73〕瀏覽日期：2014/5/27。
〔註74〕該書由於版本抄錄不一，本研究亦參考了吳永嘉〔清〕：《明心鑒》。
〔註75〕錢寶森：《京劇表演藝術雜談》（北京：北京出版社，1959 年）。
〔註76〕鄒慧蘭：《身段譜口訣論》（甘肅：甘肅人民出版肚，1983 年）。

行的「藝訣」雖沒有理論基礎，卻是表演方法概要，亦具討論價值，做爲討論戲曲表演，有提綱挈領的作用。

（二）身體（body）〔註77〕理論

自梅洛龐蒂（Maurice Merleau-Ponty，1908～1961）《知覺現象學》（Phénoménologie de la Perception）論述身體的感知能力，身體作爲我們與外在世界的媒介，一直被各種研究賦予不同的意義〔註78〕。而身體研究近來廣被社會學、哲學等領域討論，其實，審視肉體的表像顯現與內在文化社會的交雜影響，表演藝術是最直接的研究對象，本研究亦然。誠然過去討論表演藝術生態幅及國家政治影響所在多有，但若將它與實際的舞台演出對照，訴諸演出當下的身體實踐展現，則有許多更爲值得深究的地方。具體而言，論及身體，在肉體肌理中尋求研究問題意識，能提供最直接的證據。鈴木忠志（1939～）便提出：「文化就是身體。」〔註79〕他認爲有文明不等同有身體，有身體才是有文化，當代社會對於科技的高度依賴，身體的使用已趨近無感，鈴木忠志登高一呼，爲的是喚醒人們對身體的覺察，亦指出了表演者的身體質素與文化之間有著緊密的鏈結。此外他所提倡「足」的運行，透過各種步法的訓練，穩固演員的下盤力量，使他們的能量得以集中。這種源自於「能劇」或「歌舞伎」的訓練方式，對照中國傳統戲曲的功法訓練亦有類同之處：傳統戲曲講求的四功五法，歸結於「步」，各種行當有不同的步法，演員必須有相當嚴謹的身體訓練，行話說：「腰腿好」或「腳底下好」，言下之意就是要求演員兼具穩定與靈活的重心調節能力。鈴木忠志訓練法來自於日本民族性的自覺，從傳統根基向西方科技文明抗衡，而戲曲表演有其嚴實的傳承系統，這類的反思是否在「傳統」的領域中也曾存在？民國前後這段何其紛亂的時局，戲曲表演何其盛行，文化身體於男性詮釋的旦行是如何具體呈現？

〔註77〕關於身體（body）的定義有很多種，比如約翰·歐尼爾（John O'Neill）以「擬人論」的邏輯，將身體和國家、社會、宗教以及醫療之間的關聯作申論。基本上身體已不單純只是肌肉骨骼，而是有背後承載，各種交織的意義。參見約翰·歐尼爾，《五種身體》「Five bodies: the human shape of modern society」（臺北：弘智出版社，2001年）。

〔註78〕相關論述可參見龔卓軍：《身體部署：梅洛龐蒂與現象學之後》（臺北：心靈工坊文化事業股份有限公司，2006年）。

〔註79〕鈴木忠志著，林于竝、劉守曜譯：《文化就是身體》（臺北：中正文化，2011年），頁7。

對此，黃金麟〔註 80〕的研究對筆者有相當大的幫助，其認爲自鴉片戰爭後，整個中國籠罩在「富國強兵」的政策與氛圍中，身體改造與思潮、改革伴隨而生，舉凡「自強運動」開始的洋務制度改革，乃至於梁啓超的《新民說》，甚至到後來民國的「新生活運動」等，都將身體從個人修爲擴大到國家權力的管制。由是戲曲演員對自身的主體意識或表演風格，若放諸如此的歷史時空中檢視，且行表演的變化脈絡便有跡可尋，尤其觸及政策與表演藝術問題時，這種大方向而全國性的「運動」更應該納入討論。

　　又討論「身體」，最常以傅柯的《規訓與懲罰》〔註 81〕爲討論對象，書中以「監獄」爲觀察對象，以其對犯人的管理方式對照到整個國家體制對人類社會的控制，乃至於權力制度如何從身體對人進行管制。傅柯以「權力關係」來說明身體如何被扭轉成另種姿態，相反的，民國前後的演員在時代的洪流中逐漸覺醒，用自身表演與國家對話，甚至於激進地對抗，亦反應了中國社會的演員如何在體制下求生存。而深受傅柯影響的茱蒂・巴特勒（Judith Bulter）〔註 82〕，則又在西蒙・波娃（Simone de Beauvoir，1908～1986）「性別後天」〔註 83〕的論點上，提出了性別的「表演性」（performativity），意即性別不過是社會加諸人的身體規範，而女同志故作陽剛或男同志扮妝皇后，便是對這種性別秩序的顛覆與嘲弄。巴特勒的觀點未必適用於京劇中男演旦行的狀況，畢竟自明清以降，而至民國，這種表演方式持續了百年以上，和巴特勒批判西方社會僵化的異性戀思維，有著極爲不同的時空背景，且行演出也不等於同志扮妝。因此以性別理論思忖戲曲表演，必然會陷入以今觀古或以西論中的偏見窠臼。相反的，中國面臨西方列強挾帶著軍事科技與民主等異種文化的侵入，其帶來的衝擊如何影響著表演藝術，才是值得深究的議題。而巴特勒的理論既然主張性別是後天影響所決定的，身體儼然是種具有變異性的個體，那麼戲曲演員又如何在文化衝突下，不斷重構自己的身體，進行

〔註 80〕 黃金麟：《歷史、身體、國家——近代中國的身體形成（1895～1937）》（臺北：聯經，2001 年）。
〔註 81〕 傅柯（Michel Foucault）著，劉北成、楊遠嬰譯，《規訓與懲罰：監獄的誕生》（臺北：桂冠出版社，2000 年）。
〔註 82〕 茱蒂斯・巴特勒（Judith Bulter），宋素鳳譯：《性別麻煩：女性主義與身份的顛覆》（Gender Trouble: Feminism and the Subversion of Identity）（上海：上海三聯，2009 年）。
〔註 83〕 在一開始便引用西蒙・波娃之名言：「一個人不是生下來就是女人，而是變成的。」《性別麻煩：女性主義與身份的顛覆》，頁 1。

台上、台下或社會上的自我扮演？〔註84〕

第三節　研究回顧

　　京劇表演研究近來逐漸受到重視，一別過去的「戲劇文學」（drama）的研究理路，劇場（theater）的觀點眞切地觸及場上實務，使戲曲研究更具血肉。表演研究大致可分爲三種：一種是研究者本身具有演員背景，對自身學習演出經驗作心得整理，並回顧戲曲表演史，使研究納入傳承脈絡中。第二種則是以過去著名的表演大師爲討論對象，整理其表演技巧，並兼及討論流派藝術內涵。第三種則是偏向表演評論與文化觀察，或以某一事件作爲觀察基點，論述京劇表演生態在京劇表演史上的意義；或是並論各家演員，比較其表演流派風格取向與發展，兼論美學意義。以下就京劇旦行部份討論〔註85〕：

一、旦行演員表演心得自述

　　研究者大都爲演員背景，結合自身表演經驗的研究：如劉麗株《京劇武旦表演之研究》〔註86〕、唐瑞蘭《京劇刀馬旦表演藝術之研究》〔註87〕、王廷尹《京劇《泗州城》武旦的表演藝術研究──泗州城舞臺藝術之特質》〔註88〕。這類論文專擅在表演細節的紀錄，由於研究者本身具有豐富的表演經驗，對於各種演出的內容能相當具體而詳實地描繪，本研究於此有許多可借鑑之處。另張育華之《戲曲表演功法之研究──以崑京表演藝術爲範疇》〔註89〕對於戲曲表演功法的養成培訓與人物體現有相當完備的整理，與

〔註84〕這部份則又和高夫曼（Erving Goffman，1922～1982）84：《日常生活中的自我表演》論點類同，他以劇場表演的模式，諸如角色扮演、來譬喻人們在日常生活中如何形塑自己，也許可以說高夫曼的身體論點是較偏向以人際互動的社會身體觀點。

〔註85〕本論文通過後，仍有不少表演研究發表，惜未能及時納入討論，尚祈見諒。

〔註86〕劉麗株：《京劇武旦表演之研究》（佛光大學碩士論文，2009年）。

〔註87〕唐瑞蘭：《京劇刀馬旦表演藝術之研究》（佛光大學碩士論文，2011年）。

〔註88〕王廷尹：《京劇《泗州城》武旦的表演藝術研究──泗州城舞臺藝術之特質》（中國文化大學藝術研究所碩士論文，1995年）。

〔註89〕張育華：《戲曲表演功法之研究──以崑京表演藝術爲範疇》（國立中央大學中國文學研究所博士論文，2008年）。已出版《戲曲之表演功法──以崑京表演藝術爲範疇》（臺北：國家出版社，2010年）。

筆者欲從京劇旦行的表演特色中，探討一共同法則的目的雖然不同，但其論述兼及古典理論而至當代戲曲演員的舞台實踐，於研究方法上亦相當具參考價值。

二、以表演大師為研究對象的討論

以旦行名家為討論對象的有：劉珈后《京劇《虹霓關》旦行表演藝術研究——以梅蘭芳為討論重心》〔註 90〕、柯立思《傳統戲曲旦行表演新詮釋——以當代京劇《穆桂英掛帥》、《杜鵑山》及《慾望城國》之劇場表演為範疇》〔註 91〕。前者對梅蘭芳在劇目上的加工，有相當深入的分析，又兼論其他名家表演版本的錄影、錄音，並結合自身的表演經驗，於書寫劇目、演員與表演部份可供本論文參考。後者則以旦行表演的開創為討論方向，從梅蘭芳的「移步不換形」到樣板戲《杜鵑山》的跨行當借用，而至「當代傳奇劇場」魏海敏在詮釋馬克白夫人一角時，創發了不同過去程式的表演方式。

三、旦行流派研究

流派藝術是京劇有別於其他劇種的一大特點，研究者亦多有關注，如：李元皓《京劇老生、旦行流派之形成與分化轉型研究》〔註 92〕和林幸慧《流派藝術在京劇發展史上的意義》〔註 93〕，二者俱以流派作為研究主軸，縱向搜羅流派發展代表人物，橫向比較分析各家演員。另研究者俱有相當詳盡的報刊資料搜集，本研究於早期戲劇相關書報的搜羅比較亦有所借鑑。

除了上述表演研究，另須特別一提的是關於「乾旦」、「男旦」與「反串」議題的論文，如：王安祈《性別、政治與京劇表演文化》〔註 94〕、周慧玲《表

〔註 90〕劉珈后：《京劇《虹霓關》旦角表演藝術研究——以梅蘭芳為討論重心》（佛光大學碩士論文，2012 年）。

〔註 91〕柯立思：《傳統戲曲旦行表演新詮釋——以當代京劇《穆桂英掛帥》、《杜鵑山》及《慾望城國》之劇場表演為範疇》（國立藝術學院碩士論文，2000 年）。

〔註 92〕李元皓：《京劇老生、旦行流派之形成與分化轉型研究》（國立清華大學中國文學系博士論文，2006 年），已出版（臺北：國家出版社，2008 年）。

〔註 93〕林幸慧：《流派藝術在京劇發展史上的意義》（國立清華大學中國文學系碩士論文，1998 年）。已出版《京劇發展 VS 流派藝術》（臺北：里仁書局，2004 年）。

〔註 94〕王安祈：《性別、政治與京劇表演文化》（臺北：國立臺灣大學出版中心，2011 年）。

演中國：女明星，表演文化，視覺政治 1910～1945》〔註95〕、徐蔚《男旦：性別反串——中國戲曲特殊文化現象考論》〔註96〕和周象耕《乾旦研究》〔註97〕。這四篇著作中，筆者較爲認同王安祈的研究觀點，題目雖言之性別，卻不在性別串演上作文章，主要由於研究者對京劇表演資料的熟稔，故對男扮旦行不具偏見，以京劇本位爲出發點，對梅蘭芳的藝術發展，作了「豪華落盡見眞淳」的精闢論解。對於梅蘭芳在進行角色詮釋與藝術變革時，面臨的社會衝擊與同行壓力，亦有著墨，其認爲：

> 舞臺上性別轉換不曾造成梅蘭芳心理調適的困難，因爲鬚眉男子翹起蘭花指、貼片子扮演妙齡女子，在戲曲表演傳統裡是常態。但是，乾旦養成教育的不純粹，伴歌侑洒觥籌交錯間的性別曖昧，這層心理陰影創傷，就對京劇旦行表演造成影響了。〔註98〕

筆者認爲，對於男演旦行雖不能用當代的性別觀點審視，但仍須以批判的態度觀察演員的自我認同問題，因此雖然在戲曲行業被視作是種常態，但不可否認戲曲從業人員在傳統社會向來是被歧視的一群，一旦跨出梨園行，演員們將面對更多的衝擊。同樣以京劇表演本位，徐蔚和周象耕的研究則是網羅了古今男性旦行演員討論，徐較偏溯古，周則論今，又兼訪問了許多當代名家旦行（男性），並都注意到男性演旦行有別於女性的生理優勢。然二者對於乾旦、男旦的來由與使用，都過於直接。

小結：如何討論旦行表演藝術？

回歸旦行主體性，從功法的分析著手，並對應時空背景，綜合探討旦行各時期名家表演的內在組成與外在顯象。民國前後的京劇旦行發展，各種表演環節的建構中，其實隱含了性別衝突、文化背景與國家社會之間的交相影響。此外，以劇場表演藝術研究的角度切入，可以將舞台的實際展現和背後

〔註95〕周慧玲：《表演中國：女明星，表演文化，視覺政治 1910～1945》（臺北：麥田出版社，2004 年）。

〔註96〕徐蔚：《男旦：性別反串——中國戲曲特殊文化現象考論》（廈門大學博士論文，2007 年）。

〔註97〕周象耕：《乾旦研究》（南華大學碩士論文，2001 年）。已出書《旋轉乾坤話男旦》（臺北：秀威出版社，2010 年）。

〔註98〕王安祈：《性別、政治與京劇表演文化》（臺北：國立臺灣大學出版中心，2011 年），頁 20～21。

成因作整體討論，對京劇當代功法、流派繼承者而言，在淺層的模仿之外，更可了解前輩藝術大師們在自身創作中，極欲突破過去體制的內在精神。更甚者，今日戲曲旦行以女性爲主，男性則以「乾旦」自居，以本質論深思「旦行」表演，是比性別串演之獵奇更具意義。尤其民國前後興起的旦行演員們，面臨前所未有的社會劇變與市場競爭，促使他們「闖」出了不一樣的新局面：從前一個時代的侑酒陪觴，到此時的開宗立派、代表國家進行國際文化交流、以演出傳達社會改革的人文精神，他們所研擬的一招一式，是世變衝擊下的具體呈現，亦是演員們透過身體向國家社會的對話。當討論旦行身段唱腔時，應試圖將戲曲表演脈絡，兼具美學哲思與社會學的關照，如此提供戲曲傳承者在藝術境界追求上的另一種思考。

第一章　京劇旦行傳承脈絡

　　京劇長期發展以來，以演員表演風格而塑造的流派藝術，一直是後繼演員臨摹的範本和表演依循的法則。然而流派歷經幾代傳承後，原始表演面貌也就隨著時間漸漸失真模糊，因此唯有再從流派的分歧中溯源尋根，京劇表演藝術的本質問題才得以彰顯。畢竟任一時期的輝煌都是其來有自，藉上溯探尋，才得理出種種成因的積累，而非單純討論表相；京劇旦行於四大名旦之崛起，是戲曲史上最燦爛的一篇，然不應只是片面擷取他們的成就，更應從京劇嚴謹的傳承系統中縱向檢視，由是得以凸顯戲曲表演代代相承的特點。

　　討論京劇旦行傳承，從教學體系著手是最直接的方式。表演技藝透過傳統師徒制的「口傳心授」，得以不斷流傳。劉曾復於《京劇新序》曾討論旦行表演體系，以時間分界來看，基本以陳德霖、王瑤卿為分水嶺，在陳、王以前是私寓系統，在這之後則是陳王系統；另外有梆子一脈，融入京劇的表演之中。[註1] 其中所謂私寓，原是培育演員之處：

> 但有名腳進款較多，嫌公寓人多，飲食起居皆有拘束，故另租一房自己居住，此即名曰私寓。因北京居家門口皆有堂號，故此亦曰某堂號或堂子，初非貶辭也。自住日久，又係好腳，自有友人介紹小孩前來拜師求學，此即名曰私寓的徒弟。因與師父同住，飲食較優，且徒弟較少，亦比公寓中公共教育者進步速，故人多樂入私寓，於是師父挑選較嚴，聰明俊秀者，方能入選。因此私寓之徒弟，自然

〔註 1〕劉曾復：《京劇新序（修訂版）》（北京：學苑出版社，2008 年），頁 391。

      而然較公寓中之徒弟，易出人才矣。〔註2〕

　　私寓出身的演員接受的是小班菁英教育，按理說是造就演員絕佳環境。但，清朝的演員多半經營侑酒，私寓也就不可能是單純的教育場所，但它的確是這時期造就演員的主要來源。而民國後，私寓的廢止以及陳德霖、王瑤卿過人的舞台成就，可說是促成旦行表演發展的關鍵：他們經歷傳統徽班及內廷供奉的訓練，繼承了前一時期的表演技巧，並向下傳承，使得接續的四大名旦們得以在傳統的滋養中，不斷發揮與創新。《京劇新序》提出的系統說，即是以教育傳承面向歸整出旦行的傳承脈絡，凸顯溯源於表演研究之重要。試以四大名旦為基準向上推溯，不難發現在劇目上、表演風格上，陳德霖、王瑤卿對四大名旦的影響，而再繼續探源，「私寓」的傳承系統，更有待整理。

　　除了教學模式，藉由婚姻或血緣繼承的親屬關係，亦必須納入京劇傳承的討論中。在過去，因演員社會地位不高，生活圈較封閉，演員甚少與外界通婚，促成各家世代相承。又不少演員因舞台成就不凡，後世子孫亦繼承祖業，如老生中譚家一門七代〔註3〕。潘光旦曾以「優生學」的角度作《中國伶人血緣之研究》〔註4〕，他從籍貫、血緣的資料考證，統合出戲曲各家的傳承關係。潘氏研究目的是驗證演員們的才能來自於優良血統，亦說明了血緣關係於戲曲傳承之關鍵存在。具體而言，以潘氏的研究邏輯，討論戲曲表演的繼承與流傳，除了「師徒」的學習關係，「親屬」關係也必須納入考量。本研究欲從「教學」、「親屬」關係著手，從四大名旦向上溯源，探討京劇旦行傳承脈絡。

第一節　四大名旦師承關係探溯

　　藝兼梅、程、荀派青衣花旦的李玉茹，畢業於中華戲曲專科學校〔註5〕，

〔註2〕齊如山：《戲班》（北京：北平國劇協會，1935年），頁84。

〔註3〕自譚志道、譚鑫培、譚小培、譚富英、譚元壽、譚孝曾、譚正岩。

〔註4〕潘光旦為中國早期優生學專長的學者，著此書的目的，也是為了強調伶人的基因代代相傳，才能培育出好演員，而非單純師承關係而已。見潘光旦：《中國伶人血緣之研究》（上海：商務印書館，1941年）。

〔註5〕成立於1930年，前後改過數次校名，正式的名稱為北平市私立中國高級戲曲職業學校，咸謂中華戲曲專科學校。焦菊隱、金仲蓀先後擔任校長，程硯秋是發起人之一，最初是董事，後為董事長，因此該校旦角有「無旦不學程」之說。參見李玉茹：《李玉茹談戲說藝》（上海：上海文藝出版社，2008年），頁100。

她在回憶學習生活時曾提到，他們曾有「無旦不學程」之說，就連演個小宮女，在台上答應一聲「有」，都要注重切音與收韻〔註6〕。說明在京劇教學環境中，即使各自學習的劇目、行當不同，主導者的表演風格，必然會影響學習者。討論旦行傳承脈絡，師承關係於是相當重要，它所代表的不僅是技藝的學習，更是演員風格與美學的潛移默化。有趣的是，四大名旦表演風貌迴異，四人嚴謹而完整的師承其實多有重覆，如下表：

表1：四大名旦師承表

	梅蘭芳	尚小雲	荀慧生	程硯秋
生卒	1894～1961	1900～1976	1900～1968	1904～1958
私寓	景和堂	無	無	無
科班	喜連成	三（正）樂	三（正）樂	無
師承	朱小霞、吳菱仙、喬蕙蘭、李壽山、謝崑泉、陳嘉樑、路三寶、陳德霖、王瑤卿、茹萊卿、錢金福	李春福、唐竹亭、戴韻芳、張芷荃、陸金桂、孫怡雲、路三寶、李壽山、陳德霖、喬蕙蘭、王瑤卿	小桃紅、龐啟發、陳桐雲、李壽山、路三寶、田桂鳳、程繼先、吳凌仙、郭際湘、張彩雲、孫怡雲、王瑤卿	榮蝶仙、丁永利、陳桐雲、陳嘯雲、梅蘭芳、閻嵐秋、喬蕙蘭、張雲卿、謝崑泉、陳德霖、王瑤卿

　　上表試從四大名旦的出生時間，以及他們先後學習的老師，依時間次序羅列，如梅蘭芳是四大名旦中年紀最長者，而他的第一位老師是朱小霞。四人重覆的教習者則有路三寶、李壽山、陳桐雲、喬蕙蘭、陳德霖、王瑤卿，其中王瑤卿對四大名旦的影響甚鉅已是定論，本研究將另闢章節深論，其餘細部來說可以分成以下諸點討論：

一、普遍學習之一：藝兼京、崑，以崑曲拓展戲路

　　當四大名旦學藝登台之際，崑曲演出已然式微，但在學習上仍對崑曲相當重視，除了荀慧生之外，其餘三位皆曾師從喬蕙蘭。據《清代伶官傳》〔註7〕載：喬蕙蘭生於咸豐九年（1859年），原習崑腔小旦，同治十年（1871

〔註6〕《李玉茹談戲說藝》（上海：上海文藝出版社，2008年），頁284。
〔註7〕王芷章：《清代伶官傳（下卷）‧喬蕙蘭》（北京：中華印書局，1936年），頁1～18。

年）開始演出，主要演於三慶班和四喜班。擅長的劇目有《花鼓》、《折柳》、《偷詩》、《盜綃》、《琵琶行》、《戲叔》、《說親回話》、《遊園驚夢》等。由於崑曲演出日漸衰頹，喬蕙蘭自光緒後就甚少演出，多半以教學爲主。從他演出的劇目來看，多屬閨門旦、貼旦，包含了多種人物形象，有大家閨秀杜麗娘，也有市井花鼓婆和風騷潘金蓮。

另一位崑曲教習李壽山則是跨行當的特例，《清代伶官傳》〔註8〕註明他是淨行演員，生於同治五年（1866年），初學老生，後改武淨。梅蘭芳於《舞台生活四十年》〔註9〕中提到，初學崑劇《春香鬧學》時，是和喬蕙蘭學，但總覺得不對工，直到和李壽山學習才眞正掌握到小花旦的身段台步，後來李也教過他《金山寺》、《風箏誤》、《斷橋》和《昭君出塞》〔註10〕。原來李壽山在「三慶班」時原學旦行，與陳德霖是同學〔註11〕，但因身材過於高大，才改淨角，偶爾亦陪梅蘭芳演出《風箏誤》中的醜小姐。尚小雲則受李壽山教導最多，不僅傳戲授藝，同台演出，亦將自己的女兒許配給尚小雲〔註12〕。其實花臉教旦行的例子，李壽山並非唯一，早在程長庚掌「三慶班」時期，從南方請來一位朱先生，頭齣教《醉酒》，第二齣便教《蘆花蕩》〔註13〕，旦行與淨行在表演上的轉換是有跡可循的。

從喬蕙蘭和李壽山的例子來看，他們在劇目的繼承與教學上相當多元，可見學習崑曲能拓廣戲路與表演技巧。由於京劇早期有著青衣、花旦不可兼唱的規矩，跨越行當演出的例子在京劇中不多見，而崑曲則似乎不受限制。以同光十三絕中的朱蓮芬爲例：「凡崑旦戲無齣不能，無折不妙，尤以《思凡》、《活捉》、《相梁》、《刺梁》爲最。」〔註14〕演出的角色類別之廣，或貞靜、或肅殺、或旖旎深情。而過去的報刊史料在討論崑曲演員時，多半只以「崑

〔註8〕《清代伶官傳（下卷）・李七》，頁16～18。

〔註9〕據梅蘭芳：《舞台生活四十年：梅蘭芳回憶錄》（北京：團結出版社，2006年），頁327。

〔註10〕見梅蘭芳：《舞台生活四十年：梅蘭芳回憶錄》（北京：團結出版社，2006年），頁96。

〔註11〕據錢寶森口述其父親於「三慶班」學戲時，學《醉酒》的是陳德霖和李壽山。參見錢寶森口述，潘俠風整理：《京劇表演藝術雜談》（北京：北京出版社，1959年），頁3。

〔註12〕謝美生：《光豔驚絕尚小雲》（北京：東方出版社，2010年），頁48。

〔註13〕見《京劇表演藝術雜談》（北京：北京出版社，1959年），頁3～5。

〔註14〕朱書紳編：《同光朝十三絕傳略》（北京：三六九書報社，1943年），頁31。收錄於《民國京崑史料叢書・第1輯》（北京：學苑出版社，2008年），頁327。

旦」註明，而不說青衣或花旦。

> 從前崑弋班中，沒有青衣這個名詞，只有正旦、閨門旦等等，而崑
> 弋合組之班，凡名曰正旦者，則唱弋腔，不唱崑曲。至梆子，皮簧
> 班，始有此名。北平戲界人及社會中，管唱崑腔的旦腳，統名之曰
> 崑旦，比方《遊園》之小姐與春香，《佳期》之小姐與紅娘等等，凡
> 演這些腳色的人員，不管該劇本怎樣寫法，但社會中則統統稱呼為
> 崑旦，是正旦與花旦的分別很含糊。到了皮簧班，則青衣與花旦界
> 限就很嚴了。〔註15〕

　　一來所謂青衣、花旦的分類法並非來自崑曲，單標示崑旦可和京劇演員
區隔；二來，而崑曲劇目分工較細，有正旦、閨門旦、貼旦、刺殺旦等多項
門類，其中的閨門旦和貼旦實無法用京劇的青衣、花旦概然區分或對應，所
涉及的表演方法也比較複雜。從上述藝兼京崑的情況來看，京劇旦行發展從
青衣、花旦界限鬆動，漸進融鑄成花衫時，崑劇的影響應不能忽略，而關於
崑劇表演融入京劇，本研究於各篇章將試著更詳述之。

二、普遍學習之二：師法陳德霖

　　陳德霖是早期京劇青衣演員中，留下較多完整唱段錄音者，亦是後繼演
員們學習的模範。王瑤卿和梅蘭芳是其六大弟子之一〔註16〕，尚小雲雖拜師
未果，亦曾受其諸多教導。荀慧生雖未直接受過陳德霖教益，然和尚小雲同
樣，皆和孫怡雲學習過。其實孫怡雲是田寶琳弟子，與陳德霖是同樣的師承，
早先孫怡雲甚至一度名過陳德霖，後嗓敗才改操琴授徒〔註17〕。因此孫怡雲
所傳授的唱法，應不出陳德霖風格。荀慧生亦曾提到早年所錄唱片，如《孝
義節》等，正是學習陳德霖的唱法〔註18〕。程硯秋則是在童伶時期，即有「小

〔註15〕齊如山：《京劇之變遷・清代皮簧名腳簡述》（瀋陽：遼寧教育出版社，2008
　　　　年），頁173。
〔註16〕六大弟子為：梅蘭芳、王琴儂、王瑤卿、王蕙芳、姜妙香、姚玉芙，此說來
　　　　自1921年陳德霖祝壽合照，其中王瑤卿僅學習而未拜師，而據齊如山所記，
　　　　實實在在磕過頭的僅王琴儂一人。其他弟子還有韓世昌、歐陽予倩、荀慧生、
　　　　尚小雲、程硯秋、吳彩霞、俞步蘭、李香匀、黃桂秋、溥侗、莊君稼、王紅
　　　　拂、雍竹君等。見陳志明：《陳德霖評傳》（北京：文津出版社，1998年），頁
　　　　6。
〔註17〕見王芷章：《清代伶官傳（下卷）・陳得林》，頁29～35。
〔註18〕荀慧生：〈略談京劇旦角唱腔問題〉，《荀慧生演劇散論》：（上海：上海文教出
　　　　版社，1963年），頁78～84。

石頭」〔註19〕的雅號，意指他唱得像陳德霖（外號陳石頭），當時的報章中，亦有程硯秋於演唱上仿效陳德霖的記載：

> 陳德霖之《二進宮》與王鳳卿董俊峯合演，德霖是晚嗓子，本不見佳，而唱來穩鍊遒勁，非常入聽，老斲輪手，自是不凡……德霖唱時，程豔秋在簾內靜聽，非常用心，豔秋固常演《二進宮》者，經此揣摩，當大有進步也。〔註20〕

所述乃程硯秋正處十四、五歲的變聲期，沉潛中觀摩前輩藝術家演出，摸索用嗓發聲。嗓音恢復後，演出深獲劇評認可：「硯秋於陳德霖之腔，確具深造，愚在民國十五年聆其《戰蒲關》，通體皆宗法德霖，無一新腔。」〔註21〕可見程硯秋之演唱確實仿效陳德霖舊法。而他的人生導師羅癭公，在各式信札紀錄中，更是不止一次地提及陳德霖對程硯秋的讚賞，可見羅癭公是有意地將程硯秋的表演方式導入陳德霖的體系中〔註22〕。由上述諸般文字記載，可以發現陳德霖和尚小雲、荀慧生、程硯秋雖無拜師，然透過彼此的互動、演出觀摩與劇目繼承上，可知陳德霖的藝術具有一定的指標性，是當時旦行演員必然繼承仿效的對象，故此本論文在第二章再延伸討論陳德霖。

三、普遍學習之三：繼承路三寶之《貴妃醉酒》

四大名旦師承中，路三寶可說是較爲獨特的，他並非是原籍北京的演員，但是四大名旦皆學他的《貴妃醉酒》。這齣戲可說是梅蘭芳早期學、演劇目中，表演性較爲豐富的代表作品，劇中有連段載歌載舞的【四平調】，以及下腰銜杯、臥魚等高難度的技巧動作，若沒有過硬的功夫，便無法演出此戲。此外醉飲的眼神、步法，又極富層次而準確地表達了人物心境，爲此，梅蘭芳對路三寶之教學與個人演出經驗有以下分析：

> 這齣戲裡的三次飲酒，含有三種內心的變化，所以演員的表情與姿

〔註19〕《程硯秋史事長編》（北京：北京出版社，2000年），頁36。

〔註20〕原文那宅堂會戲（民國七年），出自張聊公：《聽歌想影錄》（天津：天津出版社，1942年），頁149。

〔註21〕蒨蒨室主：〈談程硯秋〉，《十日戲劇》（1937年），第一卷第七期，頁18。

〔註22〕尤其在1919年與1920年間，程硯秋甫拜梅蘭芳，羅癭公的信札中，屢提及陳德霖對程硯秋之評價，見《程硯秋史事長編》（北京：北京出版社，2000年），頁63。

態，需要分三個階段：（一）聽說唐明皇駕轉西宮，無人同飲，感覺
內心苦悶，又怕宮人竊笑，所以要強自作態，維持尊嚴。（二）酒下
愁腸，又想起了唐明皇、梅妃，妒意橫生，舉杯時微露怨恨的情緒。
（三）酒已過量，不能自制，才面含笑容，舉杯一飲而盡。此後即
入初醉狀態中，進一層描繪醉人醉態。〔註23〕

《醉酒》是梅氏畢生終愛，晚年拍攝電影時亦選錄這齣戲，作為個人代
表作品之一。此外，他將這齣戲教給了第一個徒弟——程硯秋。程於 1920 年，
代表梅蘭芳參與南通戲曲學校成立，演出的正是這齣戲。程硯秋所演的《醉
酒》亦頗受好評：

豔秋此劇特色，約有數端，可得而舉，身段熟練，絕不生硬，一也。
醉眼惺忪，傳情阿睹，二也。唱調圓轉，動止合節，三也。形容做
作，適可而止，四也。眉目姣好，天生麗質，五也。恆有具備如許
優點乎，除梅蘭芳外，自當推為程豔秋矣。〔註24〕

因此，程硯秋雖未直接和路三寶學過戲，但透過《醉酒》的學習，亦繼
承了路三寶極細膩而富表現力的演出風格，可惜該劇程硯秋並未留下影音資
料。而荀慧生的《醉酒》則是先和李壽山學，再經過路三寶的加工，並於
1922 年錄有百代唱片 2 面：【四平調】「海島冰輪初轉騰」及「好一似嫦娥下
九重」兩首經典唱段。1930 年大中華唱片則更補齊了「耳邊廂又聽得聖駕
到」，即是高、裴力士誆駕，楊貴妃搭著宮女們顫顫巍巍地跪地迎接，以及
「這才是酒不醉人人自醉」之和裴力士調笑之兩段唱腔。尚小雲則是出科後
即加入路三寶的「春和社」，在搭班過程中，受過路三寶指點劇藝，留有 1930
年勝利唱片二面，和 1932 年長城唱片一面，有趣的是，錄製內容和荀慧生完
全相同。

雖然，現今大都認為《貴妃醉酒》是梅派作品，另有一支標榜小翠花傳
承的路子，演法較為春情蕩漾。但無論如何，討論流派風格之前，師承的統
整可發現，四大名旦習藝並非死守一路，而是極為寬廣，兼習京崑，以求拓
展技巧與戲路，以至於他們後來得以開創表演。

〔註23〕梅蘭芳：《舞台生活四十年：梅蘭芳回憶錄》（北京：團結出版社，2006 年），
頁 35～36。
〔註24〕張聊公：《聽歌想影錄》（天津：天津出版社，1942 年），頁 272。

第二節　京劇旦行之崑曲傳承系統

　　「京崑不分家」是梨園行裡的老話，意思是京劇演員，總會學幾齣崑劇，目的是充實所學。早先四大徽班中，「四喜班」便是以演出崑曲著名，有「四喜曰曲子」〔註25〕之說，梅蘭芳的祖父梅巧玲曾爲掌班，是兼演崑曲和京劇的著名演員。在上一節討論中，京劇旦行必然藝兼京崑，但，隨著崑曲式微，演員表演和學習的方式也跟著改變，本研究試從上述四大名旦之師承再作討論。

一、非以崑曲學習開蒙

　　作爲前一時期的青衣代表演員、又爲內廷供奉、有「老夫子」〔註26〕之稱的陳德霖是四大名旦學習的標竿，他們皆仿效陳德霖老式青衣的唱法。但陳德霖卻並非一開始就是京劇演員，而是崑旦出身。他12歲時，初入「全福崑腔科班」學崑曲，藝名陳金翠，與錢金福同科。「全福崑腔科班」簡稱「全福班」，據《清代伶官傳》〔註27〕記載，「全福班」是由恭親王亦訴出資，令「三慶班」崑旦杜步雲成立之崑曲小科班，至同治皇帝駕崩後，科班無法經營只得報散。陳德霖隨後加入程長庚主持的「四箴堂」，學刀馬旦，兼從朱蓮芬學崑曲，直到19歲出科後，因崑曲日漸衰落，才拜田寶琳學皮黃青衣。〔註28〕相較於之後的演員們，陳德霖有著深厚的崑曲基礎，對此齊如山便認爲：

> 北平老腳，在譚鑫培、陳德林他們這一輩以前，都是先學的崑腔，
> 這便叫做崑腔的底子。在楊小樓王瑤卿，他們這輩以後，都可以算
> 是沒學崑腔，梅蘭芳等他們一輩，就更沒有學過了。小樓蘭芳他們
> 學崑腔，我慫恿他們力量很大。〔註29〕

　　齊如山認爲必須有崑曲底子，才能達到唸字講究，身段好看的基本要求，而從王瑤卿、楊小樓之後的演員，就都沒有學崑曲，而是在齊如山的鼓吹後，

〔註25〕馬少波等編：《中國京劇史》（北京：中國戲劇出版社，1991年），頁48。

〔註26〕「老夫子」一稱的由來是王瑤卿所起的。王瑤卿能成爲內廷供奉，是由於陳德霖的引薦，按傳統王瑤卿需稱陳德霖老師或先生，但王瑤卿與陳德霖論親戚平時以「德霖哥」稱之，難以改口「老師」，故以「老夫子」稱之。見陳志明：《陳德霖評傳》（北京：文津出版社，1998年），頁26。

〔註27〕王芷章：《清代伶官傳》，頁78。

〔註28〕以上整理依據陳志明編：《陳德霖評傳》（北京：文津出版社，1998年）。

〔註29〕齊如山：《京劇之變遷‧談四腳》（瀋陽：遼寧教育出版社，2008年），頁334。

才開始恢復崑曲學習的傳統。但是如王瑤卿的父親王絢雲、梅蘭芳的祖父梅巧玲皆是著名崑旦，按理說二人在家學淵源、耳濡目染下，實不可能沒有學崑曲。梅蘭芳的回憶似可解答這項疑惑：

> 「在我先祖學戲時代，」梅先生說：「戲劇界的子弟最初學藝都要從崑曲入手。館子裡經常表演的，大部分也還是崑曲。這是我在前面已經講過的。我家從先祖起，都講究唱崑曲。尤其是先伯，會的曲子更多。所以我從小在家裡就耳濡目染的，也喜歡哼幾句。如「驚變」裡的「天淡雲閒……」遊園裡的「裊晴絲……」。我在十二歲上第一次出台，串演的就是崑曲。可是對唱的門道，一點都不在行。到了民國二、三年上，北京戲劇界裡對崑曲一道，已經由全盛時期漸漸衰落到不可想像的地步。台上除了幾齣武戲之外，很少看到崑曲了。〔註30〕

以「學習」的標準來看，單純地「耳濡目染」與真正向老師一字一音地拍曲之間，是有一大段的差距的。而在梅蘭芳小時候，對於演員的培養，已不會從崑曲著手，他所學的第一齣戲是京劇《戰蒲關》，顯然是以能夠即時和市場接軌為考量，也就不會有如陳德霖以崑旦入門的情況。即使梅蘭芳第一次上台演出的是崑曲——《長生殿·密誓》中的織女，但在此之前仍未正式學習，故演出的角色並非正角，而從演出的劇目來看，似乎也只是為了喜慶，這場演出對崑曲劇藝並沒有實質的幫助。

二、崑曲之學習與演出：以動作豐富為考量

據齊如山所說，在他的鼓勵之下，梅蘭芳開始學習崑曲以精進劇藝，因京劇除了武戲之外，邊唱邊舞的戲並不多，大都只是左指右戳的簡單動作（這也對照前述為何學習《醉酒》）。唯有崑曲是「歌舞合一，唱做並重」〔註31〕，而他學的頭齣便是《思凡》，是向喬蕙蘭學的，之後應該有再經過陳德霖的加工〔註32〕。其實嚴格說來，《思凡》不能算是崑曲，在《納書楹曲譜》將它列

〔註30〕梅蘭芳：《舞台生活四十年：梅蘭芳舞台回憶錄》（北京：團結出版社，2006年），頁160。

〔註31〕梅蘭芳：《舞台生活四十年：梅蘭芳舞台回憶錄》（北京：團結出版社，2006年），頁314。

〔註32〕據梅蘭芳回憶，他也有和陳德霖學崑曲，具體曾以《遊園》的身段舉例，其他戲雖未提及，但應亦有經陳德霖指點。因陳德霖教學總是連唱帶做，而喬蕙蘭教梅蘭芳時，年歲已大，身段只能略微比畫。同註31，頁314。

爲「時劇」。梅蘭芳選擇學《思凡》主要是因爲它不像其他崑曲辭句艱澀，也因此這齣戲在當時仍有觀眾，不致出現叫好不叫座的尷尬。

而在實際演出，總要以舞台效果爲主要考量。梅蘭芳首演時，在【哭皇天】曲牌中「數羅漢」一段，演出時由演員扮上十八羅漢，增添舞台熱鬧氣氛，減緩演員獨角演出的壓力，這是「雙慶社」的俞振庭所作的場面調度，推測亦是當時流行的做法。然而這樣的方式其實有些干擾演出，後來幾經修正，甚至一度改爲佈景替代，直到 1945 年對日抗戰結束，在梅蘭芳上海美琪大戲院的復出演出中才捨棄。如此轉換過程，足見當初推出崑曲演出時，首要考量仍是外加的舞台裝置，以使得演出具可看性。

梅蘭芳第一齣學習的崑曲劇目是《思凡》，但據《立言畫刊》步堂的回憶，梅蘭芳於 1915 年左右首次演出的崑曲劇目卻是《春香鬧學》（和姚玉芙、李壽峰合演）〔註33〕，1916 年演出該劇時，則和《黛玉葬花》前後齣搭配。此時梅蘭芳正值古裝歌舞創作時期，《鬧學》和《葬花》的組合演出方式，頗類同頭、二本《虹霓關》兼扮不同行當的操作模式。觀眾對於梅蘭芳扮演貼旦、小花旦亦抱持著一定的新鮮感，而《鬧學》故事輕鬆易懂，又是活潑而富生活化的演出風格，可以想見演出《鬧學》，還是以市場需求爲主要考量。1920 年梅蘭芳首次拍攝電影，選擇的是《天女散花》和《春香鬧學》，原因是「身段表情比較多，大家都認爲拍電影很相宜」。〔註34〕梅蘭芳對《鬧學》之鍾愛，在於這齣戲「表演」有較多可發揮的空間。

在梅蘭芳拍攝《春香鬧學》電影同年，尚小雲首度推出《思凡》〔註35〕，但寬泛地說，這也不是尚小雲的第一次崑曲演出。尚小雲早先於 1919 年即演出《昭君出塞》，這是齣崑班常演的時劇，亦是陳德霖的代表作。當時尚小雲尚未獨自挑班，推測還是遵照傳統方式演出，而非如後來融入楊小樓武生技巧開創尚派一家「文戲武唱」的演法。尚小雲對崑曲演出亦相當積極，1922 年挑班後，溥儀大婚，尚小雲進宮演出，與業師喬蕙蘭合演《春香鬧學》。

〔註33〕據步堂回憶，之後則是吹腔戲《奇雙會》（和程繼先、姜妙香合演），或是《思凡》在《奇雙會》之前？參見步堂：〈梅蘭芳崑曲史〉，《立言畫刊》第 34 期（1939 年），頁 2。而步堂的回憶則和《京都崑曲往事》所整理的不同，該書將《金山寺》也列入崑曲演出劇目，因而梅蘭芳的首次崑曲演出是 1915 年吉祥戲園的《金山寺》，第二齣則爲《佳期拷紅》。見《京都崑曲往事》，頁 31〜32。

〔註34〕梅蘭芳：《我的電影生活》（北京：中國電影出版社，1962 年），頁 3。

〔註35〕據《一代名旦尚小雲》之年表所記載，頁 281〜282。

1923 年則首演《遊園驚夢》，1924 年推出《佳期拷紅》，1926 年串演京劇、崑曲而成《雷峰塔》。甚而在 1930 年留下《遊園驚夢》【步步嬌】：「裊晴絲吹來閒庭院」這支曲牌的錄音，是四大名旦中唯一留下《遊園驚夢》唱片錄音者〔註 36〕，也為後世留下了京派崑曲的珍貴演唱資料。

荀慧生原習梆子旦角，表演上亦多受梆子風格影響，跨學京劇更是相當費心的事。但在競爭之下亦不放棄崑曲演出，同樣的亦選擇《春香鬧學》作為演出劇目，曾在 1923 年時，列大軸演出。〔註 37〕甚至，1928 年創編《釵頭鳳》時，將唐婉與陸游同名詞篇由曲家曹心泉制曲，以崑曲演唱，是早期京劇新創中，少有以崑入詩詞的佳作，且留有唱片紀錄〔註 38〕。

程硯秋於 1918 年左右面臨「倒倉」危機，在羅癭公的輔導下，沉潛學習──崑曲，即是其中的重要功課。他在崑曲演出上亦十分積極，且是四大名旦中相較更為鑽研拍曲者，在吐字唱念上極力仿效南崑的風格。據俞振飛所述：

> 按照傳統，北方京劇演員都會若干齣崑曲，這是由於崑曲歷史悠久，在唱念、表演上都有一套程式規範，演員學藝時以它打基礎，很有好處。但是，一般說來，他們的崑曲，唱念總還帶有京劇味兒，積漸成習，未可非議。惟有硯秋同志的崑曲不是這樣，唱念很有南崑風格。有一位曲友聽了硯秋唱的《漁家樂‧藏舟》【山坡羊】的「淚盈盈……」，大為驚奇，怎麼程硯秋唱的是「俞派」曲子？你聽他的咬字、發音，都是「俞派」的模子嘛！〔註 39〕

不同於梅、尚、荀以舞台演出效果為主要考量，程硯秋似乎對於講究拍曲的「清工」更為投入。崑曲向來分「清工」與「戲工」，前者以字音、腔格等規律為準繩，務求達到曲家對每個細節的要求，而「戲工」則求諸場上，以表演效果為主。但程硯秋的崑曲師承和其他人其實沒有太大不同，也許因歷經漫長而苦悶的「倒倉期」，使他能心無旁騖地修持「清工」。而他早期的崑曲演出，亦頗得陳德霖嘉許，據羅癭公信札所記：

〔註 36〕梅蘭芳之《遊園驚夢》係晚年拍攝之電影，故不在上述「唱片錄音」的選列中。
〔註 37〕見《京都崑曲往事》，頁 34。
〔註 38〕上述二劇皆留有唱片。荀慧生：《釵頭鳳》（北京：勝利唱片，1930 年）；荀慧生：《春香鬧學》（北京：長城唱片，1932 年）。
〔註 39〕俞振飛：〈程硯秋與崑曲〉，《秋聲集》（北京：北京出版社，1983 年），頁 65。

廿二日在奉天會館，玉霜演《佳期》，較前回好得多，座客多鼓掌。

陳老夫子（德霖）在台簾聽畢在後台大誇獎之。戲碼倒第四。〔註40〕

　　程硯秋總是亦步亦趨地追循前輩的腳步，崑曲演出亦如是，諸如《佳期》、《思凡》、《琴挑》等，陳德霖、梅蘭芳、尚小雲擅演之劇目，程硯秋亦經常演出。1922年初獨立挑班後，一月底推出新戲《龍馬姻緣》，二月底便率班演出《遊園驚夢》，並由梅蘭芳擔任藝術指導。〔註41〕程硯秋對崑曲演出一直相當執著，俞振飛便談到：

他每逢演出《賀后罵殿》，總在前面加演一齣《琴挑》，中間插上一齣京劇武戲，這樣冷熱調劑，極爲恰當，因此在四十多年前的北京演出時，受到觀眾的歡迎。〔註42〕

　　《罵殿》和《琴挑》角色人物的調性差距懸殊，一爲甫遇國喪的后妃，一爲尼庵裡的小道姑，二者的組合原因，俞振飛未有多加解釋。但兩齣戲其實都有吃重的唱腔，《琴挑》屬於南曲，音樂旋律典雅優美，低迴深情；而《罵殿》則是大段【二黃】，是改編陳德霖的程腔代表劇目，涵蓋【散板】、【導板】、【回龍】、【慢板】、【快三眼】等多種板式，亢墜激昂酣暢淋漓。兩齣不同風格的演出放置在一個晚上，這對考驗演員演唱功力與人物的詮釋可說是達到了一種極致。1937年巴黎世界博覽會邀演時，程硯秋準備的劇目也是一系列崑曲，只可惜後來因對日抗戰而取消。而長年和俞振飛合作的過程中，也常將崑曲的表演融入新戲，例如《春閨夢》裡張氏與王恢的身段編排儼然《驚夢》中的杜麗娘與柳夢梅，也曾有過著作討論崑曲走位〔註43〕。可惜的是，程硯秋並未留下崑曲唱段的錄音資料，然而他的崑曲韻味則保留在京劇唱腔中，關於這部份的論述，筆者於碩士論文《傳承與新詮釋——程硯秋表演藝術研究》中有過討論，詳析其唱法中借助崑曲切音口法，並化用「橄欖腔」、「哼腔」、「囓腔」等腔格之細節〔註44〕，於此不重述。

〔註40〕此演出紀錄爲1920年。見程永江編：《程硯秋史事長編》（北京：北京出版社，2000年），頁63。

〔註41〕演出歷程載於《聽歌想影錄》，頁279。亦收錄於《程硯秋史事長編》（北京：北京出版社，2000年），頁85。

〔註42〕〈程硯秋與崑曲〉，《秋聲集》，頁63。

〔註43〕〈關於「身上」的事，「崑」和「黃」的關係如何——藝術雜記之五〉，《程硯秋戲劇文集》（北京：文藝出版社，2003年），頁558～582。

〔註44〕黃兆欣：《傳承與新詮——程硯秋表演藝術研究》（國立臺灣藝術大學表演藝術研究所碩士論文，2010年），頁66～71。

三、崑曲傳承於旦行青衣、花旦兼飾限制之突破

過去研究關於京劇舊規之「青衣、花旦不能兼飾」的問題，總會以行當跨越來看，討論早期的演員如何挑戰這個界限。其實，考察崑曲的演出及繼承狀況便可以發現，在「崑旦」的類目，青衣、花旦全然不在這項限制中，如上述朱蓮芬、喬蕙蘭皆是如此，而正工青衣的代表人物——陳德霖，最早於「全福班」學崑旦，即各門各類皆學，後繼各方旦角皆以他為青衣表率，但他自己卻對「正宗青衣」的說法頗有微詞：

> 人家說我是正宗青衣，意思是恭維我，我能夠不接受嗎？可是我聽這句話比罵我還難受，他們以為我不唱閨門旦的戲，不唱花哨的戲，說我規矩，其實我青年扮像美的時候，我一樣唱《鬧學》、《琴挑》、《驚夢》、《喬醋》、《穆柯寨》、《活捉》等等。〔註45〕

陳德霖由於舞台生涯較同時期的其他演員長，直到晚年六十多歲仍保持登台，唯年歲增長，扮相受限，多半只演唱工繁重的青衣戲，故而有此慨嘆。但從陳德霖列舉的劇目中，包含了閨門旦、貼旦、刀馬旦、花旦等等，讓人對於戲路、行當的跨越感到佩服，與今日所謂「文武崑亂不擋」的「全才旦角」並無兩樣。顯然當時觀眾對青衣、花旦門類雖抱持嚴格畫分的審視態度，但教學傳承，卻不在此限，其中又以崑曲劇目的種類跨越最大，上述討論之梅巧玲、余紫雲和時小福等，崑曲的造詣亦都相當全面。然而踏入京劇的領域後，這些旦角們也不得不服從青衣、花旦涇渭分明的規範。

因此，四大名旦在早期，即所謂突破行當限制前，演出之崑曲劇目，多半以《鬧學》、《佳期》、《思凡》、《出塞》、《遊園驚夢》這類扮相有別於傳統青衣，或穿裙襖，或執雲帚、馬鞭，既載歌載舞，又有較多生動表演，富雅趣卻又不失莊重的劇目。雖然恆定論由王瑤卿開始，打破青衣、花旦界限，融鑄一爐而成花衫，並在四大名旦的廣泛實踐下得以完成，但從崑曲的傳承劇目來看，早先全面性的教育方式，為後續打破行當限制鋪墊了相當紮實而全面的表演基礎。否則，兼重唱做的「花衫」一門，於功法上便無所根源。

〔註45〕齊如山：《京劇之變遷：談四腳》（瀋陽：遼寧教育出版社，2008年），頁312。

第三節　親屬與私寓間的傳承體系

梨園行是個很奇特的行業，過去因爲它被視作下層階級，其他領域甚少有人願意投入其中，外行子弟半途改業當演員者，則稱爲「下海」；相對的，演員也甚少有機會轉業。潘光旦便有如下論點：

> 伶人的出身與所以形成一種職業團體，有如上述，但是他們的所由
> 從一種職業的團體變做一個特殊的階級，則尚待討論。原不是伶人，
> 要做伶人固然不容易，既做了伶人，或伶人家庭的一員，而想改行，
> 想另營別種職業，事實上卻更要困難。〔註46〕

演員甚少有機會和外界人員產生替換交流，社會風氣促使梨園行「獨立自產」。而《中國伶人血緣之研究》在親屬關係的考證下，把整個梨園行牽繫成一張大網，然這樣的關係到了四大名旦之時，似乎有所改變。因爲除了梅蘭芳之外，其餘三人的祖輩並非演員，都是因家道中落，不得以而學戲。但探尋旦行傳承，則可發現，即使有圈外人加入，透過教學而構成的師承關係，乃至於婚姻關係，都使得梨園行的網絡更加緊密，代代相傳而自成體系，本研究試著透過親屬、籍貫與私寓的面向，探討旦行傳承演變。

一、親屬體系演變

梅蘭芳自祖輩梅巧玲開始，世代皆從事戲曲表演，梅巧玲又掌「四喜班」，即所謂的「梨園世家」，甚至可以說梅氏家族是部旦行傳承史。梅巧玲娶陳金爵之女，陳金爵原名陳煦棠，因擅演《金雀記》而被嘉慶皇帝賜名「金雀」，因此又名陳金雀，梅蘭芳的崑曲笛師陳嘉樑即是陳金爵之孫。而梅巧玲的大兒子梅雨田，是京劇琴師，娶胡喜祿的女兒；二兒子梅竹芬，娶楊隆壽長女，楊隆壽是程長庚的徒弟，創立「小榮椿」科班，培育了楊小樓、程繼先、葉春善等，因故停辦後，又重組成立「小天仙」科班，諸多武戲名家俱出於此：如遲月亭、范寶亭、閻嵐秋等。而楊隆壽的手把徒弟──茹萊卿，原學武生，後改拜梅雨田學胡琴，並爲梅蘭芳操琴，1919 年梅蘭芳赴日演出，琴師即是茹萊卿。梅蘭芳的師承與演出團隊，和他的家族緊緊結合在一起。

尚小雲、程硯秋、荀慧生則不是梨園世家，都是不得已而學戲，但是他

們都沒有選擇和「外行」通婚，因爲梨園行和自己人結婚已然約定俗成：

> 伶工世家，在京中特具一種社會。不與外界締結姻婭。故伶人中，
> 相互牽涉，大都不免有親戚關係。〔註47〕

即使尙、程、荀並非祖輩唱戲，透過聯姻，亦使得他們完全地融入梨園行裡，儘管他們的婚姻選擇各自有不同的考量，但都和自身的京劇事業密切相關。

尙小雲初娶李壽山之女李淑卿爲妻，李壽山是尙小雲的崑曲業師〔註48〕，亦是在舞台上合作的前輩。尙小雲初期搭「春和社」時，兩人同台演出了《白蛇傳》（李壽山飾法海）、《能仁寺》（李壽山飾黑風僧）、《奇雙會》（李壽山飾李奇），後來更協助尙小雲排演《詹淑娟》、《桃花陣》等新戲。〔註49〕

程硯秋娶旦角果湘林的女兒果秀英（婚後由羅癭公改名爲素瑛），《程硯秋史事長編》中收錄這段婚姻過程：

> 開春還是穿夾衣服的時候，借梅家老太太生日「過串望」，我母親帶
> 著我的大姐去梅宅，程家老太也帶著硯秋去相看。我母親看到硯秋
> 後回家說：「個頭挺高，小眼睛」。光相外貌還不夠，還要看戲。
> 〔註50〕

果素瑛和梅蘭芳的夫人王明華，以及一些演員的女眷們，都在一處學繡花縫紉。當時程硯秋經羅癭公介紹，拜梅蘭芳爲師，師娘梅夫人就等同程硯秋母親，這門親事是由梅夫人代表處理婚禮事宜，從介紹、提親、訂親都是梅夫人代表家長完成。而梨園行挑選婚姻的對象，以劇藝本事爲準，亦甚爲特殊，畢竟這關乎成立家庭後，是否能以此養家糊口。

程硯秋娶果素瑛，亦與其後的藝術道路有密切關係。果湘林原習旦行，師承王瑤卿，離開舞台後，大多參與經辦堂會、組織科班等。程硯秋婚後，果湘林則爲他料理演出事務，曾任鳴盛社社長。另果湘林娶妻余素霞（余紫雲之女、余叔岩之姐）。程硯秋倒倉時，在春陽友會借台練藝，便和余叔岩常有機會同台，恢復後首次搭班，亦選擇參加余叔岩的中興社。程硯秋學習余叔岩「依字行腔」，以湖廣韻爲準則，是他開創「程腔」的良好基石。

荀慧生則因梆子背景，一度受到京劇圈的欺侮歧視，娶妻吳春生，是名

〔註47〕張肖傖：《菊部叢譚・歌臺撝舊錄》（上海：大東書局，1926年），頁38。
〔註48〕如前一章節考究。
〔註49〕謝美生：《光豔驚絕尙小雲》（北京：東方出版社，2010年），頁48。
〔註50〕程永江編：《程硯秋史事長編》（北京：北京出版社，2000年），頁61。

且吳彩霞之妹，由楊小樓、李壽山、朱文英〔註51〕等居中牽線〔註52〕。荀慧生對這項婚姻十分重視，因爲過去他是學梆子，演出總被認爲鄉音野曲，娶妻梨園世家，是投入京劇圈最直接的方式。亦有報刊記載荀慧生娶妻其實幾經波折：

> 荀慧生學藝於正樂，正樂既散，荀以素性舉舉，交游寡合，無人爲之揄揚。名日衰，境日窘，同業中皆莫肯與論婚，即今所娶吳彩霞妹，亦幾經波折，乃成婚姻。巨眼識人，本非容易，亦難爲彩霞責也。〔註53〕

這段婚姻緣起於吳彩霞之子吳桂元和荀慧生的約定，兩人因每日清晨在一處吊嗓而認識。原先說定娶吳彩霞之女，但吳彩霞不願女兒嫁給貧窮而默默無名的荀慧生，無奈不好悔約，只得選嫁吳彩霞六妹。可見梨園行以婚姻締結關係，雖在同行中尋覓對象，亦有門戶之見。

若依《中國伶人血緣之研究》的建構方式，旦行傳承到了四大名旦，應只剩梅一支。但因教學、演出而促成聯姻，使得原先屬於外圍的人，也被納入梨園行中，因此旦行的親屬與師承關係在京劇傳承上是密不可分的。

二、籍貫地緣演變

程硯秋曾對旦行傳承作考證，歸納出以胡喜祿、徐小香所代表的「蘇系」〔註54〕。但凡演員爲旦行（或兼小生）主持的私寓，皆是蘇人，而他們的教育方式，皆是以崑劇爲主，進而藝兼崑亂，並傳之弟子，成爲「蘇系」。「蘇系」的說法主要相對於老生而言，從譚鑫培以上，程長庚、余三勝、張二奎因他們的籍貫，而代表著徽、漢、奎（京）三個體系，而這三個體系因語言使用習慣，而衍生出不同的表演風格，傳承之下又以程長庚的徽系影響最大。而京劇旦行之「蘇系」，則主要因爲過去北京的演員來源，大都爲蘇人：

> 早年南府中人，大都來自江南，尤以蘇人最多，皆選年少貌美者。
> 在南巡時攜之入都。嘉慶時漸及徽人，故今之伶工，凡屬伶工世家

〔註51〕兒子朱桂芳亦娶吳彩霞之女，常與荀慧生合作。
〔註52〕和寶堂：《戲苑宗師：荀慧生》，頁42。
〔註53〕楊中中：〈荀郎軼事〉，《戲劇月刊》第1卷第4期（上海：戲劇月刊社，1928年），頁1。
〔註54〕程硯秋：〈關於「身上」的事，「崑」和「黃」的關係如何——藝術雜記之五〉。《程硯秋戲劇文集》（北京：華藝出版社，2010年），頁498。

者，詢其原籍，以蘇徽兩籍爲多，有由來也。〔註55〕

　　南府，是乾隆時期皇家管理演劇的機構，後改名昇平署。而清朝宮庭戲曲演出和民間演員交流頻繁，此處的南府中人，或可泛指被徵召進宮的演員們〔註56〕。但他們都是來自江南的江蘇和徽州人，初來北京一定會遇上水土不服、語言不合的問題：

> 當年伶人學藝，固有科班之設，惟老板所攜來之子弟，多爲南籍，
> 一因語言隔閡，不能入眾，二因嬌慣成性，不忍使之吃苦，故祇好
> 在家習藝，或自傳授或請名師，俟學成時，即再另起堂號，以示能
> 自樹立，遂亦收徒授藝，輾轉衣缽相承。〔註57〕

　　由於這些人被選來北京時，都還只是小孩子，生活不能自立，而私寓培訓他們，也是以「相公堂子」爲主要需求，因此基本上讓他們一直在私寓中，而且也甚少有外地學員加入。透過私寓這種由南方尋訪人才而輸入北京，再自私培育方式，使「蘇系」得以不斷地傳承，自胡喜祿始，幾乎都是南方人：

表2：旦行演員籍貫表

人　名	生　卒	籍　貫
胡喜祿	1827～1890	江蘇揚州
徐小香	1832～1912	江蘇常州
朱蓮芬	1837～1884	江蘇元和
梅巧玲	1842～1882	江蘇泰州
時小福	1846～1900	江蘇吳縣
余紫雲	1855～1910	湖北羅田
喬蕙蘭	1859～1929	河北冀州
陳德霖	1862～1930	山東黃縣
王瑤卿	1881～1945	江蘇清江

〔註55〕張肖傖：《菊部叢譚・歌臺撫舊錄》，頁3。
〔註56〕關於南府、昇平署宮中演戲與民間的互動等其實有更多可以討論的細節，詳見么書儀：《晚清節曲的變革》（北京：人民文學出版社，2006年）。
〔註57〕周志輔：《枕流答問》（香港：周志輔自印，1955年），頁46。

　　上列〔註 58〕余紫雲是余三勝之子，所以和一般私寓人才的輸入方式不同，而陳德霖則是祖輩爲官，父輩開糧店，因荒年虧本停業，故去後，母親攜陳德霖一行弟妹來北京投親，不得以而入「全福班」學戲。喬蕙蘭和陳德霖頗爲類似，父輩至京經商失利，而只得投入戲。其餘基本上原籍江蘇，因學戲而遷往北京。

　　陳德霖和喬蕙蘭的例子，也預示了蘇籍旦行即將崩解。隨著商業興起，漸漸地人口流動頻繁，戲劇事業盛行，培訓演員已不需要特地將人才從南往北輸送，在北京本地即有不少人願意學戲。社會大眾也理解到，送子女學戲對生活改善不失爲一路，畢竟管吃管住，將來如果有機會挑班，也可以就此改善家庭。

　　私寓廢止後，蘇系旦行則儼然不存。四大名旦中，除了梅蘭芳，其餘三人皆非蘇人，然梅蘭芳已是梅氏家學第三代，亦可算是北京本地人。尚小雲可遠溯爲尚可喜的後代，但父輩已移居河北冀州，尚小雲則是北京出生。程硯秋則是北京正黃旗人，是演員族群中的異數。荀慧生是河北東光縣人，於天津和小桃紅學藝，後賣身於梆子藝人龐啓發，是四大名旦中唯一起先不在北京學藝者。

三、私寓系統演變

　　么書儀曾對私寓所培訓的演員數量有過統計：道光、咸豐、同治、光緒年間的演員共計 215 名，其中私寓出身者有 139 名，約佔 65%。〔註 59〕但因爲場域的功能不單純，訓練演員的目的，多半是爲了侑酒陪觴。這對演員的身分地位是種傷害，於戲曲事業亦有諸多不良影響，不少演員屢次想申請廢止，田際雲即是其中的主力，甚而一度引來殺身之禍，被密告誣指爲叛亂份子〔註 60〕。直到民國成立，和余玉琴、楊朵仙、孫硯亭、王琴儂聯名上書〔註 61〕，私寓自此不存，演員的來源結構，也就跟著受到改變，辻聽花《中國劇》說：

〔註 58〕本表羅列前述討論關於旦行傳承主要人員。生卒及籍貫依「梨園百年瑣記」
　　　　網站資料整理 http://history.xikao.com（瀏覽日期：2014/5/27）。
〔註 59〕么書儀：〈作爲科班的晚清北京「堂子」〉，《北京社會科學》第 3 期（2004 年），
　　　　頁 24。
〔註 60〕記載見穆辰公：《伶史（第一輯）》（北京：漢英圖書館發行，1917 年），頁 52。
　　　　收錄於《民國京崑史料叢書・第 1 輯》（北京：學苑出版社，2009 年），頁 74。
〔註 61〕劉曾復口述，見《京劇新序》，頁 391。

　　中國優伶之出身，大別之，爲科班出身、私家出身、票友出身、像
　　姑出身四派。科班出身者，係由少年時入科班，孜孜學劇，技藝漸
　　長，現身舞台；私家出身者，係優伶子弟，在宅學劇，俟其技成熟，
　　上台獻藝；票友出身者，本非優伶，隨性所嗜，學習戲劇，有時上
　　台，藉資消遣；像姑出身者，係一種孌童，在寓學劇，隨時上台。
　　此中，科班出身者最多，京中優伶三分之二，出自科班。男腳、女
　　腳，名高譽隆者，頗不爲少。〔註62〕

　　辻聽花這段分析發表於1920年，演員分部情形有科班、私家、票友、像
姑（即私寓相公）四個來源，其中科班出身者已成爲這時的多數。但其實這
四個分類，除了票友之外，科班、私家、私寓，三者的界定多有模糊地帶。
以梅蘭芳爲例，父祖輩皆爲演員，但他學戲時，亦曾在朱小霞主持的「雲
和堂」學戲，後搭「喜連成」科班，梅蘭芳實則兼具私家、私寓、科班三種
教育環境。另如程硯秋、荀慧生，是賣身於師父的「手把徒弟」，和一般科班
其實也大不相同，教育方式極爲嚴格，又需替師父料理家務，亦須另立一類
來看。

　　從教育體制來看，民國後即使私寓廢止，重要傳承人仍是來源於私寓，
如梅蘭芳的青衣老師吳菱仙是時小福綺春堂門下「八仙」之一〔註63〕，程硯
秋的青衣老師陳嘯雲，是梅巧玲主持的景龢堂弟子〔註64〕，花旦老師陳桐雲
〔註65〕出自時小福綺春堂；路三寶則是於章丘縣慶和班學藝，北京唱紅後自
營寶齡堂，可算是私寓另外一脈。

　　四大名旦受陳德霖和王瑤卿影響甚深，劉曾復認爲自私寓廢止後，在這
新一時期，陳德霖代表的是「正旦」體系，王瑤卿則爲「花衫」體系。他們
繼承了私寓時期藝兼崑亂的傳統，此外他們一度成爲「內廷供奉」，進宮演
戲。自他們入清廷供奉後，演出的劇目與聲腔，乃至於皇家特有的審美觀亦
影響著他們的表演方式。如一至八本《雁門關》中的蕭太后，雖是源自花旦
梅巧苓專屬劇目，但陳德霖以青衣勝任，並在宮中觀察慈禧太后日常生活舉

〔註62〕辻聽花：《中國劇》（北京：順天時報出版社，1920年），頁153。
〔註63〕指時小福八位以仙排字輩的弟子們。
〔註64〕見羅癭公：《菊部叢譚》，收錄於張次溪：《清代燕都史料正續編》（北京：中
　　　　國戲劇出版社，1988年）。
〔註65〕詳見《新刊鞠臺集秀錄》，收錄於張次溪：《清代燕都史料正續編》（北京：中
　　　　國戲劇出版社，1988年）。

止後，又豐富了台步、神情等表演方法，蕭太后與慈禧太后儼然一人，獨有的台步至今仍流傳著〔註66〕。又如慈禧自編以皮黃演唱的《昭代簫韶》，由於與過去的演唱文詞慣例，有很大的出入，又促使演員們研擬新的唱法〔註67〕，此外在宮中演出時，慈禧於化妝、唱詞、表演又有許多不同的修改意見。此後四大名旦繼承的，不單單是私寓的教育內容，還融入了陳德霖、王瑤卿入宮演出所領略到的皇家風格，致使他們做了多種嘗試與改革，而這也深深地影響了四大名旦，造就旦行發展新一波的高峰。

小結

　　透過嚴謹的「師承關係」，京劇藝術得以代代相傳，名家的表演藝術精萃，也在教育的過程中保留。四大名旦雖各擅勝場，但他們的師承則大抵相同，繼承的是自私寓發展後，以陳德霖、王瑤卿爲代表，藝兼崑亂的表演傳統，另路三寶對《醉酒》的細膩詮釋，四大名旦亦有所繼承。然而由於京劇的盛起，對於崑曲的基本功要求已然不如以往，繼承的劇目逐漸減少，演出的崑曲劇目也以舞台效果爲主要考量，表演深度其實有限。僅程硯秋深入地磨練拍曲一功，並保持著於一場演出中安排崑亂雙齣的習慣，這也有利於後來他對程腔唱法的開拓。總之，崑曲歌舞並重的特色是四大名旦日後開創「花衫」的養分，在他們開始大量創作私房本戲之前，所學習與嘗試演出的崑曲劇目，在扮相、身段表演上，的確較京劇傳統青衣、花旦表演風格多元而豐富。唯荀慧生以梆子出身，表演風格上按理說又是另一路，但他和其他旦角演員相同，兼學皮黃青衣和崑曲，遵循京劇旦行的傳統。

　　從親屬、地緣、私寓演變來看，京劇旦行的傳承體系則又各具面向。親屬關係是梨園行獨有的特點，於此討論與師承關係恰成有趣的對照，從梅蘭芳、程硯秋、尚小雲的例子來看，足見師生關係與親屬關係在京劇傳承中，是密不可分的，尤其程、尚本非梨園世家，荀慧生則爲梆子班出身，他們皆藉著婚姻締結加入梨園血緣系統，既是他們藝術成長的助力，亦見其努力躋身京劇主流之企圖。

〔註66〕見陳志明：《陳德霖評傳》（北京：文津出版社，1998年），頁20～21。
〔註67〕陳志明：《陳德霖評傳》（北京：文津出版社，1998年），頁20～21。由於《昭代簫韶》難以照舊法編腔，爲避免影響唱腔的習慣性，因此在逐漸在字、腔之間相互權衡。

　　人才的流動與私寓的廢止，則影響了「蘇系」旦行的傳承系統。逐漸地，旦行演員已非全然的江蘇或南方人，新起的旦行演員祖籍雖大不相同，但多是父祖輩即到北京，因家道中落而不得已學戲者，程硯秋以北京旗人投身梨園行，則又是極為特殊的例子。且行人才雖已非蘇系，但蘇系象徵的「私寓」風格，卻依然向下傳承，到了陳德霖、王瑤卿，則又因「內廷供奉」的背景，以「青衣」和「花衫」二大風格影響了後繼的四大名旦。

第二章　正聲：青衣典範之成形

　　從原來的爲生行配戲，到獨自挑班影響劇壇，旦行崛起的過程可說是大半部京劇史。歷來相關研究多半以梅蘭芳乃至四大名旦之表演特點爲主，忽略了前輩們表演藝術能量的積累。的確，四大名旦所代表的流派表演是今日劇壇主流，但在此之前旦行發展，卻是不可忽略的研究區塊。從前一章的討論中可知，四大名旦即使曾有其他行當的學習，如：程硯秋先習武生，後習花旦，最後才歸青衣，但他們最終都以唱工繁重的青衣，作爲藝術學習的至高目標，且遵循著陳德霖爲代表的傳承體系，有著堅實的唱工基礎，才足以應付大量的新戲創作。若再進一步追溯，早期旦行發展氣脈何其弱勢，陳德霖以唱工異軍突起，立身揚名，實是承上啓下的關鍵。

　　扣合著《京劇新序》的「陳、王」體系說，身爲同樣開創旦行表演新一頁者，陳德霖於旦行史上的專論遠不及王瑤卿多，筆者僅見有陳志明爲先祖搜集資料匯整之《陳德霖評傳》。其實，陳德霖對後世旦行的影響全然不亞於王瑤卿。在演出紀錄上，陳德霖是早期旦行唯一留下所有京劇板式唱腔錄音者；而在表演範式的界定上，陳德霖的唱法及表演風格則樹立了京劇正工青衣的形象。相較王瑤卿中年塌中退出舞台，以教學、導演開創旦行表演的其他面向，陳德霖則可說是清末民初京劇青衣的傳統典型。

　　青衣、花旦之二分與融合，是京劇旦行發展的重要議題，然而對於老式青衣的界定，除了過去所謂「一味地抱著肚子傻唱」，應當有更多值得討論的內涵，否則無法凸顯旦行在傳統青衣之普遍繼承。本研究試以陳德霖的舞台生涯爲脈絡，探討其表演技巧，析論「正工青衣」之表演典範與內在的精神。

第一節　早期旦行審美趨勢

　　京劇早期以老生戲爲主，旦行多爲其附庸配戲，對演員的限制其實不少。又因相公堂子的風氣盛行，收入來源多半以侑酒爲主，對於舞台技藝，尤其唱工一門的講究，便相對不太注重。因此早期旦行往往以扮相、做表取勝聞名，如梅巧玲最爲人所稱道者，是他在演《盤絲洞》時，演出蜘蛛精沐浴時露出白晰的肌膚，朱書紳編《同光朝名伶十三絕傳略》中說：

> 貌豐而美，肥不傷癡，杜工部麗人行所盧擬者，巧玲能萃其精華而實見之，故有胖巧玲之號，每飾盤絲洞之蜘蛛精，於沐浴之際，褫上衣裸半體，肌膚潔白，望如凝脂，晶瑩朗潤，玉露堆成，如傻白芍藥陳列水晶盤中，冰清玉潔，相映成輝，不數楊家阿環春風玉露煙潤花儂，凝香於華清池畔也。〔註1〕

　　梅巧玲擅長花旦，如此裸露豔情的表演，便成爲他的代表作品，雖然相關文字描述不免存有「花譜遺風」，充滿了對演員的個人想像，但亦和他的外號「胖巧玲」相符，似乎都是種頗爲「肉感」的表演。在這以老生爲主的時期，梅巧玲獨據一方，是花旦受到歡迎的直接例證，卻也說明了觀眾看旦行和看生行表演的心態全然不同，而所謂「聽戲」的標準，在此一時期的旦行是不適用的。

一、旦行早期發展限制

　　關於京劇執牛耳者的說法，最早有前、後「三鼎甲」，再者有「三大賢」，最後才是「四大名旦」，旦行表演藝術發展晚了老生將近一百年才趨於成熟。齊如山謂：

> 青衣一腳二十年以前，最不重要，比方戲班中第一腳是老生、第二腳是武生、第三腳是花旦、第四腳才是青衣。〔註2〕

　　其中劇目來源自是主因之一，畢竟早期京劇以帝王將相、英雄好漢之歷史傳說故事居多，「三慶班」排演《三國志》便是一例：程長庚飾魯肅、徐小香飾周瑜、盧勝奎飾孔明、楊月樓飾趙雲、黃潤甫飾曹操、錢寶峰飾黃蓋〔註3〕，這齣戲是「三慶班」的代表作，編配齊整，全看生、淨角演員，而不以旦行

〔註1〕　朱書紳編：《同光朝十三絕傳略》（北京：三六九書報社，1943年），頁32。
　　　　　收錄於《民國京崑史料叢書・第1輯》（北京：學苑出版社，2008年），頁319。
〔註2〕　齊如山：〈戲劇腳色名詞考〉，《戲劇叢刊》第1期（1932年），頁71。
〔註3〕　蕭長華：《蕭長華戲曲談叢》（北京：中國戲劇出版社），頁58。

為賣點。因此京劇舞台早期以老生為主，青衣多半只是配角，酬勞甚至不及花旦，王瑤卿便提到：

> 那時候看戲的人，最注重老生；花旦次之。青衣一門，雖在花旦之上；賺錢可沒有花旦多。最紅的青衣，戲份不過三四十吊錢。頭等青衣所演的戲：大概是《二進宮》、《彩樓配》、《落花園》、《教子》、《跑坡》、《探窰》、《探母》一類；二路青衣跟老生配演的戲佔多數，如：《御碑亭》、《趕三關》、《大保國》、《牧羊園》、《法門寺》一類的戲。〔註4〕

頭路青衣戲中的《落花園》，陳杏元有大段的【反二黃】和【西皮】，按理應饒富變化韻致，卻也漸漸不受觀眾喜歡，王瑤卿甚而幾度以告假來拒演〔註5〕，可見青衣唱腔已逐漸被淘汰，如今這齣戲亦近乎失傳，幾無人搬演，關鍵因素應當在於唱腔過於陳舊。早期以新腔著名者僅有胡喜祿，他於《五花洞》所創的「十三咳」至今仍保留著，但這類花腔在當時已是十分新奇的事：

> 徽班著名青衣，首推胡喜祿，其唱務以沖淡取勝。譚鑫培為余言：「胡唱《彩樓》，只一句花腔，尚不肯輕用。」其矜祕可知。〔註6〕

陳彥衡以胡喜祿為例，是要批評1930年代大唱奇腔怪調。但，藝術評比是種相對關係，他所謂的「沖淡」的風格，於早期旦行唱腔發展來看，似乎已然到了索然無味的窘境。王瑤卿初搭「三慶班」，還不夠二路青衣的資格，能演的戲碼更有限，「總是《祭江》、《祭塔》、《落園》，幾齣單頭戲來回換著唱」〔註7〕。於是乎在戲碼和腔調都重覆而陳舊的情況下，青衣這時的表演和創作能量相當貧乏。

而市場品味亦影響旦行的學習趨勢，齊如山〈戲劇腳色名詞考〉說：

> 幾十年以來，北京演劇的情形，趨重花梢放浪，學戲的都趨重花旦；凡面貌好看一點的，舉止活潑一點的，都去學花旦。即便有想學青衣的，他的親戚朋友必大家攔阻說：「拿著這們好的材料，放著花旦不學，為什麼學青衣呢？」於是資質面貌好點的，都去學花旦，只賸下那笨一點，或是面貌差一點的，只有條好嗓子，沒法子才學青

〔註4〕 王瑤卿：〈我的幼年時代〉，《劇學月刊》第2卷第3期（1933年），頁27。

〔註5〕 王瑤卿：〈我的中年時代〉，《劇學月刊》第2卷第4期（1933年），頁10。

〔註6〕 陳彥衡：〈舊劇叢談〉，《戲劇月刊》第3卷第5期（1931年），頁6。

〔註7〕 王瑤卿：〈我的幼年時代〉，頁27～28。

衣。因爲聰明貌美的人，都去學花旦，花旦在戲界當然就佔勢力了。〔註8〕

齊如山點出了早期觀劇導向，對於旦行，首重是扮相與表演能力，不是一般所謂聽戲著重的「唱工」。而旦行子弟們亦甚少學習青衣者，這情形可於「同光十三絕」中兩大青衣得到驗證：時小福和余紫雲，他們的兒子卻皆不繼承父輩青衣藝術，反倒有以老生聞名者〔註9〕，如時慧寶、余叔岩等，雖不是改學花旦，仍可說明此時青衣風氣之低靡。

相較青衣不受重視，同時期的花旦演員因表演容易討好，反倒大受歡迎：

> 青衣與花旦本是絕不相同的，因爲青衣專飾節烈女婦，演時要處處鄭重，不失身分；花旦專飾俏鬟蕩婦，處處宜伶俐活潑，姿態自然。青衣重唱而不重貌，但如毫無姿色，雖有絕好唱工，終覺吃力而不討好；花旦則完全相反，故易受歡迎。〔註10〕

花旦中如田桂鳳是擅演《打櫻桃》、《打麵缸》、《送灰麵》之類的小戲，又常和譚鑫培共演《烏龍院》，以伶俐的口齒和細膩而富生活化的表演聞名，甚而一度名過譚鑫培。陳彥衡談花旦的發展時，便以田桂鳳爲例，說明此時花旦聲勢之高：

> 花旦資格最老者，首推梅巧玲、楊貴雲，他如萬盞燈、一汪水、寶琴、麗秋等，人才雖眾，聲價未隆。自田桂鳳出，而花旦幾與鬚生爲敵體。桂鳳姿容秀媚，作工細膩熨貼，尤能動人，嘗與譚鑫培演《烏龍院》《翠屏山》等劇，當時稱爲雙絕。譚或因故不到，桂鳳獨演末劇，雖至天晚，坐客無一去者，其魔力可知。〔註11〕

田桂鳳的傳人小翠花亦有類似的記述：

> 田先生最紅的時候，他在譚老先生頭裡唱「倒第二」，往往等他唱完戲，座上的觀眾起堂一大半。所以有個時期譚老先生就讓田先生唱

〔註8〕 齊如山，〈戲劇腳色名詞考〉，《戲劇叢刊》第1期（1932年），頁70。

〔註9〕 時小福有四子，除三子跛一足，終生未學戲外，長子時炳奎（德寶），習老生兼胡琴，三次子時玉奎習文淨，四子時慧寶習老生；余紫雲有四子，除有一子不詳，其餘皆習老生。見潘光旦：《中國伶人血緣之研究》（上海：商務印書館，1941年），頁167、172。

〔註10〕 陳敬我：〈綠綺軒戲談〉，《戲劇月刊》第1卷第1期（上海：戲劇月刊社，1928年），頁3。

〔註11〕 陳彥衡：〈舊劇叢談〉，《戲劇月刊》第3卷第5期（1931年），頁7。

「大軸」。〔註12〕

兩人記述田桂鳳爭唱大軸的過程略有出入，都明確地指出了花旦受歡迎的程度。然而，單靠表情與演技，卻禁不起時代的考驗。當田桂鳳正紅的時候，科技尚未進入劇場，夜戲不盛行。輪到大軸上演則已過黃昏，舞台上僅用火把照明，演員的表情既無法被看清，賣座也就大受影響。自此田桂鳳便甚少登台，僅在當會戲中偶一露演。但更無情的是，歲月對青春的摧殘：

> 記得在他晚年有次「堂會」演出中，他一出場的神態風度就博得了
> 滿堂好，可是到了台口亮相時，觀眾卻都樂了。因為那時化裝還沒
> 有油彩，年老的人皮膚鬆了，水粉和胭脂抹不上去，觀眾看了他的
> 扮相又老又難看，就不由得樂了。等到他轉身向裡走去歸座時，觀
> 眾從他的背影上，又看了他的步法身段的神態，又是滿堂好，而到
> 他坐下轉臉向外時，觀眾見了他的臉，又忍不住樂出來了。〔註13〕

重唱工的青衣無法以大段唱腔獲得觀眾認同，只能為老生配戲；重做表的花旦即使躋身主流，卻也因為年老色衰而不復當年。其時，觀眾的審美和「相公堂子」的風氣應有相當大的關聯，亦影響了早期旦行的發展，而唯有克服了唱腔和扮相的問題，旦行的表演才得以邁入另一個境界。

二、行當界限邊緣的表演嘗試

雖說青衣、花旦不能兼串，既定劇目中可發揮的表演空間亦相當有限，然此時期的前輩演員們，也許不甘於墨守成規，也許為求觀賞上的新鮮感，一直在界限邊緣，小心翼翼地嘗試著。王瑤卿的回憶錄中便談到：

> 在那個年月，戲也算好唱。看戲的人，先把旦角門類，分得很清，
> 說：「花旦能拿刀鎗，狠不容易。」〔註14〕

所以對觀眾來說，禁錮內的規範恪守不是評判標準，逾越行當之外的挑戰才是真正令他們感興趣的。自胡喜祿始，以青衣身分擅長「打出手」、「飛手絹」這類表演特技，可算是率先跨越疆界〔註15〕。後來的梅巧玲尤其擅演

〔註12〕小翠花：《京劇花旦表演藝術》（北京：北京出版社，1962年），頁153。
〔註13〕新鳳霞：〈程硯秋先生對我的教益〉，《說程硯秋》（北京：中國戲劇出版社，2011年），頁154。
〔註14〕王瑤卿：〈我的幼年時代〉，《劇學月刊》，頁43。
〔註15〕董維賢：《京劇流派》（北京：文化藝術出版社，1981年），頁138。

旗裝，以《雁門關》中的蕭太后最爲知名，雖爲花旦，但講求大派爽朗而不失莊重身分，甚而偶爾亦演出青衣戲，從他身上可以覺察到行當界限或已鬆動的跡象。其弟子余紫雲更是大膽，他因先學花旦，後改青衣，所以能兼演《虹霓關》、《梅龍鎮》〔註16〕，而不受限於青衣一門，劇評家張肖傖便這樣記述他的表演：

> 二本《虹霓關》之丫環獻茶時，托盤疾走，雖臨風弱柳，無以過之。
> 一段【二六】，清幽委婉，聽者心曠神怡，不啻讀楊柳岸曉風殘月之
> 句，眞有瑤臺夢醒天上人間之感。加以體態柔曼斌媚，如嬌鳥依人，
> 益復使人神往。〔註17〕

二本《虹霓關》的丫鬟其實原是乳娘性質的角色，屬青衣應工，傳統的扮相是穿褶子外罩長坎肩，時小福即是如此扮相。而余紫雲以青衣身分，改穿裙襖扮花旦，足下支著蹻〔註18〕，對看客們來說是件十分新奇的事：

> 《虹霓關》之丫環，本爲乳娘，服青褶子，爲青衫正工戲，至紫雲
> 乃改穿花衫。每紫雲演此劇時，則京中旦角無不往觀者。其繞場所
> 走步，非他人所能及，故人爭師法也。〔註19〕

相較花旦梅巧玲曾以《盤絲洞》之沐浴表演聞名，過去對青衣的要求是「不能露手」，且「行不露足、笑不露齒」——全身上下包裹得極爲嚴實，以維護貞節的形象。因此，二本《虹霓關》雖不含有風情作態的表演，單就看到青衣演員露手端酒，足下一雙金蓮，便可解釋爲何青衣扮演花旦，能引起觀眾這麼多的想像空間。

余紫雲以花旦扮相來演青衣戲，同時期的時小福，則是以「捲袖青衣」〔註20〕爲名，他拿手戲爲：《桑園會》、《汾河灣》。由於劇中人物有採桑、灑掃的動作，必須把袖子挽起，露出手來作戲，對看慣唱工青衣的觀眾來說，已然是相當具噱頭的表演：

> 舊時皮黃旦分青衣花旦兩門，青衣不重表情，徒唱而已；花旦不重

〔註16〕此記載見（清）倦游逸叟撰，張江裁輯《梨園舊話》，收錄於張次溪：《清代燕梨園史料正續編》正續編（北京：中國戲劇出版社，1988年）。

〔註17〕張肖傖：《菊部叢譚‧燕塵菊影錄》（上海：大東書局，1926年），頁69。

〔註18〕此爲王瑤卿的記述，見梅蘭芳：《舞台生活四十年：梅蘭芳回憶錄》（北京：團結出版社，2006年），頁101。

〔註19〕羅癭公：《鞠部叢譚》，收錄於張次溪編：《清代燕都梨園史料正續編》，頁782。

〔註20〕方問溪：《梨園話》（北平：中華印書局，1931年），頁16。

唱工，以表情爲主。不似崑曲之有五旦，規模謭陋，不值一笑。惟
《汾河灣》一劇，唱做并重，實冶青衣花旦於一爐。舊時捨時小福
外，無人能勝任者。〔註21〕

對於傳統觀眾而言，唱屬青衣，做歸花旦，這種概然分類亦影響了演員
對劇目的詮釋法。故而演出《汾河灣》，尤其是夫妻鬧窰拌嘴的橋段，劇評便
認爲這屬於「花旦作派」，例如：當薛仁貴發現柳迎春床下多隻鞋後，柳迎春
故意略帶調侃地說：「他比你還年輕的很，我不但與他同席吃飯，到晚來，還
同他一榻安眠。」諸如這類對白，其實亦給予青衣演員，在正經八百的唱工
中，有可展現身段表情之處。相較余紫雲改扮相找俏頭，時小福在青衣戲中
豐富「表演」的方式，則又更加吸引人，張次溪〈時小福傳〉說：

君以《教子》、《斬竇娥》、《汾河灣》等劇爲最擅長，特善表情。同
一劇也，他人演之則無精采可言，一經君表演，則情致纏綿。醰醰
有味，故觀君劇者，恍如身臨其境，爲之涕泣者有之，爲之太急者
有之，幾不知身在劇場也。〔註22〕

就劇評來看，青衣演員跨越唱工戲的範疇，注重表演的細節才能打動人
心。時小福有「捲袖青衣」之名，顯然此時期的青衣，無法純以唱工獲得觀
眾認可。

反觀花旦演員，雖是這時候的旦行主流，但若也兼能唱工、武工，便能
更加出類拔萃，譽噪一時。如楊桂雲（朵仙），擅演醉酒，嗓音失潤後，專演
惡婦一類的戲，如《雙釘記》、《雙鈴記》等，但也能勝任刀馬旦，每演《馬
上緣》、《英杰烈》必能滿座。路三寶從山東獲邀到北京搭班，頭天打炮《賣
胭脂》、第二天《馬上緣》、第三天《醉酒》，三種不同類型的劇目，一下就唱
紅了。而且他有嗓子，甚至還有代班內青衣唱《二進宮》的紀錄。但，王瑤
卿對這些花旦演員其實頗有微詞，也許是帶點青衣生不逢時的牢騷，花旦的
唱與武於他而言都不夠水準。〔註23〕

重花旦而輕青衣是旦行發展的普遍現象，因此在表演上，主要以舞台效
果爲權衡，而非唱工。即使有行當外的跨越，也不是靠唱腔取勝，而是做表、

〔註21〕楊中中：〈顧曲雜言（續）〉，《戲劇月刊》第1卷第12期（1929年），頁3。
〔註22〕張次溪：〈時小福傳〉，《戲劇月刊》第2卷第1期（1929年），頁2。
〔註23〕王瑤卿認爲楊朵仙不會大刀花、下場花，田桂鳳只能小戲，路三寶唱腔過直，
　　　　不過這類批評，其實貫串全文，或許不能片面解讀，全然否定他們的舞台造
　　　　詣。王瑤卿：〈我的幼年時代〉，《劇學月刊》，頁43～44。

扮相、武工等，屬於「視覺」層面的戲劇效果，此時在相公堂子的風氣下，旦行演員們亦尚未深入思考如何以「唱工」，來跳脫旦行色相品評的問題。

第二節　青衣唱法之成形

　　旦行的藝術價值提昇，需諸多條件構成。即使早期旦行受歡迎的程度未必亞於生行，但唱工一門遲遲未臻完備，遏止著旦行藝術價值的提昇。據梅蘭芳回憶〔註24〕指出，早期青衣唱腔發展有幾個代表人物，分別是：胡喜祿、陳寶雲、林季鴻和孫春山，前二人是著名的青衣演員，後二者爲擅創腔與研究音律的票友。胡喜祿唱花腔，但相對地更擅做派；陳寶雲則擅唱花腔，但對於他的唱法，並沒有太多的紀錄，只知道他和孫春山教學相長常有交流；林季鴻是福建人，喜歡研究新腔，代表作是《玉堂春》〔註25〕，但他自己不登台，而是先教楊韻芳試唱，然當時的青衣大都不唱《玉堂春》〔註26〕，楊韻芳亦並未以此劇新腔賣座。孫春山則是從音律和戲情、戲理著手，改正了許多戲的唱詞和唱腔，余紫雲、陳德霖、張紫仙都曾向他學過。

　　唱腔創作其實一直未有停滯，但問題還在於演員以什麼樣的專才聞名。上述青衣名家即使唱工有一定的造詣，但觀眾的審美情趣，以及他們考量劇場效益所做的改變，亦分散了唱工對於旦行演員的重要性。故陳德霖以唱工留名於世，在旦行發展史上何其關鍵，他不僅是青衣行當成熟的標幟，更是旦行超脫花譜色相摹寫，邁入表演藝術品評的轉捩點。

一、唱片錄製：唱工青衣之崛起

　　錄音技術成熟與唱片市場興起是唱腔能廣泛流傳的主因。早期演員們即使有極高的造詣，也只能透過文字二度描繪，無法直接了解到演唱的情形。光

〔註24〕梅蘭芳：《舞台生活四十年：梅蘭芳回憶錄》（北京：團結出版社，2006年），頁92～94。

〔註25〕梅蘭芳說《玉堂春》是林季鴻教楊韻芳，而梅雨田聽了之後，學回來再教給梅蘭芳。說法和齊如山有所出入，齊如山則認爲這齣戲是由梅雨田、孫春山、陳德霖三人共同創作，之後教予楊韻芳，但因楊韻芳早逝，未能即時上演。齊如山：〈戲界小掌故〉，《京劇談往錄三編》（北京：北京出版社，1990年），頁417～492。

〔註26〕余紫雲、時小福、陳德霖、孫怡雲均不演《玉堂春》。參照王瑤卿、陳墨香口述，邵茗生筆記：〈女起解沿革派別記〉，《劇學月刊》第1卷第2期（1932年），頁3。

緒末年（約莫於 1908～1909 間）百代唱片公司錄製了第一批京劇唱片〔註27〕，
老生有譚鑫培、許蔭棠、王鳳卿等，花臉有何桂山、金秀山，青衣有陳德霖、
姜妙香等〔註28〕，花旦有路三寶，老旦爲謝寶雲（兼老生）、龔雲甫。在此之
前，各家唱片或多或少有零星出版，唯獨這次的錄音是有系統地廣搜各行當
名家，由譚鑫培事後致信給百代唱片公司可知錄音邀角的過程：

> 自話匣輸入中國以來，總未克將眞正名角收入，而貴公司此次由喬
> 君介紹，將北京名角全行約唱，一係委託得人，一係機器之靈，引
> 人入勝。〔註29〕

由於硬體設備達到水準，加上中間邀約人喬藎臣懂得鑑賞，這次的錄
音於戲曲史別具意義，無疑是對清代京劇名家作一評價——何人的表演實堪
錄音留存？在旦行中，刀馬旦、武旦大都沒有嗓子，花旦路三寶錄製了《醉
酒》、二本《虹霓關》、《烏龍院》、《奪小沛》（反串小生），姜妙香當時當未改
小生，錄的亦不是大段慢板的戲，唯獨陳德霖錄了《祭江》〔註30〕中：「曾記
得當年來此境」四句【二黃慢板】，是第一張收錄青衣慢板的唱片。

百代唱片公司之所以有系統地選錄一批唱片，目的是以名角爲號召，好
在激烈的競爭中突圍〔註31〕；相對的，京劇的流傳亦藉此從劇場幅及大小家
庭，於是唱片錄製對演員來說，絕對是名聲的提高與擴大，能獲選錄製完整
唱段的演員，便是受認可爲此中代表人物。然而許多旦角，到了中年都會面
臨「塌中」危機，嗓音失潤自此告別舞台，如孫怡雲、王瑤卿等皆然。陳德
霖則因爲一度染上鴉片癮，於 1899 年（時年 38 歲）塌中，陳志明《陳德霖
評傳》記述：

> 爲此，祖父決心戒除嗜好〔註32〕，生活上注意調養，每天很早起床

〔註27〕 羅亮生：〈戲曲唱片史話〉，《京劇談往錄三編》（北京：北京出版社，1990 年），
　　　　頁 397～416。

〔註28〕 以上除青衣部份，其餘僅部份羅列，另據羅亮生〈戲曲唱片史話〉指出有孫
　　　　怡雲錄音，但吳小如勘正實是孫喜雲之誤，孫怡雲當時在津門爲人操琴調嗓。
　　　　見吳小如：〈羅亮生先生遺作《戲曲唱片史話》訂補〉，《吳小如戲曲文錄》（北
　　　　京：北京大學出版社，1995 年），頁 800～836。

〔註29〕 吳小如：《吳小如戲曲文錄》（北京：北京大學出版社，1995 年），頁 788。

〔註30〕 另有【西皮】之《銀空山》、《趕三關》，合爲一張。

〔註31〕 中國唱片市場原以英商謀得利洋行爲主，法國百代唱片公司便以「京城一等
　　　　名角」爲號召，希望以這批唱片贏得市場龍頭。見陳超編：《圭璋蘊璞——京
　　　　劇小生祭酒姜妙香紀念集》（北京：中國書店出版社，2010 年），頁 27。

〔註32〕 指鴉片癮。

步行到南城陶然亭、金魚池一帶遛彎喊嗓子，同時還約請著名琴師
陳彥衡先生吊嗓，堅持一天唱一齣《祭塔》。營業戲很少演，僅在宮
中承差。這樣經過十多年的鍛鍊。嗓子竟然又練出來了，而且比從
前更高亢、嬌脆，有時聽起來像十八九歲少女在演唱一樣。〔註33〕

靠著過人的毅力勤加鍛鍊，陳德霖擺脫塌中困擾，延長舞台生命，進而
擔任宮中教習。到了民初，與陳德霖同時期的演員，僅餘他一人能勝任繁重
的唱工戲，如《二進宮》一劇：

《二進宮》一劇雖爲民初童伶常演之戲，然唱工非常吃重，青衣尤
不易唱，民初享大名之青衣，除陳德霖外，竟無演此戲者。〔註34〕

該劇中青衣和花臉、老生對唱，講求三人鼎立，接唱氣口緊密，行腔屢
有翻高，於「你道他無有纂位的心腸」中的「他」與「有」是「節節高」的
花腔，沒有過硬的演唱實力無法勝任。年近耳順的陳德霖嗓音不衰，而能成
爲老輩演員當中唯一獲選錄音者，無疑是對其正宗青衣地位的肯定。

另一位錄音者姜妙香，則是當時的青衣新秀（其時尚未改小生），1904年
起，和陳德霖的業師田寶琳學戲，兩人雖算是師兄弟，姜妙香亦經常受陳德
霖教導，重新學了許多生旦戲，對陳德霖執弟子禮稱「先生」〔註35〕。而姜
妙香錄音則和陳德霖一樣，皆由孫佐臣操琴，錄音後隔年即拜在陳德霖門下。
百代唱片如此安排，儼然有陳德霖攜徒共同獻藝之意。

除了《祭江》，選錄之《趕三關》和《銀空山》〔註36〕屬於刀馬旦劇目，
則是陳德霖最得意的代表作，他常對人言：「這銀空山就是我的青衣《長坂
坡》。」〔註37〕武功架勢雖無法透過錄音呈現，然陳德霖之意圖似乎是要向大
家證明其兼擅武功，更勝其他青衣之處。

羅亮生認爲這批唱片最可惜的地方，是主事者過於重視唱工，而忽略念
白的錄音或捨棄了嗓音較差的演員〔註38〕，但實際上這也反應了科技進入戲

〔註33〕陳志明：《陳德霖評傳》（北京：文津出版社，1998年），頁4～5。
〔註34〕張聊公：〈評陳德霖的表演〉，《陳德霖評傳》，頁80。（原出自《聽歌想影
　　　　錄》）。
〔註35〕陳超編：《圭璋蘊璞——京劇小生祭酒姜妙香紀念集》，頁25。
〔註36〕錄音開頭劇目唱名爲《銀空山》，但唱段則實爲《大登殿》中王寶釧唱的【西
　　　　皮二六】。陳德霖：《銀空山》（北京：百代唱片，1908年）。收錄於「中國京
　　　　劇老唱片網」（http://history.xikao.com，瀏覽日期：2014/5/20）。
〔註37〕王瑤卿：〈我的中年時代〉，頁13。
〔註38〕羅亮生：〈戲曲唱片史話〉，頁400。

曲領域的影響。當錄音技術受到重視，自然以品質爲優先考量，演員的名聲、嗓音、技巧，乃至於錄製的選段，都必須有代表性。

然花旦演員以做表爲主，單純透過聲音演出，無法探知面部表情與身段，有如自廢武功，只能以聲動人。奈何他們的嗓音普遍不夠細緻，音色品質足堪錄音的僅有路三寶一人，卻又無法如青衣那樣直工直令地演繹難度較大的經典唱段。而念白需舖墊情節才能凸顯節奏感與戲劇效果，早期唱片能容納的時間有限，實難單純揀選某個段落的白口表演，甚而需聘多人長串對話，不符經濟效益。不似唱腔能從音樂性爲出發，以句數、段落爲單位，便可展示其藝術價值，也正因爲如此，錄音的流行推動了唱工的提高。

透過唱片的流通，唱片市場興起，青衣地位得以扭轉。陳德霖到了晚年，觀眾常會覺得他的扮相不佳，影響演出效果〔註 39〕，一如田桂鳳當年難敵歲月的摧折。但錄音技術正好彌補容貌衰老的缺憾，直到陳德霖逝世前，仍能參與錄製唱片，保持演出，不似其他演員因年齡容貌、嗓敗等因素早早退出舞台。故，唯有唱工堅實，才得以確保舞台生涯永續，而後起之旦角，亦無不以唱腔錄音爲自己以及新戲宣傳，可見陳德霖完備唱腔，並得唱片紀錄，實爲旦行發展的重要關鍵。

二、正工青衣唱腔

「正工調」是早期京劇演唱的標準調門，相當於西樂中的 G 調，較今日大都落在「凡字調」（約爲 ♭E 調）高出甚多〔註 40〕，無論生、旦皆必須如此，故早期青衣受限於調門，演唱技法實具難度。而調門的固定主要是爲了伴奏時定調統一：

> 在昔名伶登台，戲班無自帶場面之陋習，概由官中司琴者任之。琴師上台之始，即將琴定調爲正工，無論正副角色，均用此調。若主角調門較正工爲高，該戲所用配角，必以主角之調爲準繩。此所以汪大頭歡迎李長勝配戲也。〔註 41〕

由於當時不興私房琴師，調門無法因應個人即時調整，故而統一，這是

〔註 39〕張聊公：《聽歌想影錄》（天津：天津出版社，1942 年），頁 149。

〔註 40〕有的作正宮調，凡字調因過低，在當時被貶稱趴調。見黃鈞、徐希博主編：《京劇文化詞典》（上海：漢語大詞典出版社，2001 年），頁 147。

〔註 41〕施病鳩：〈碧梧軒劇話〉，《戲劇月刊》第 1 卷第 1 期（1928 年），頁 1。

很合理的推論，然而，崇尚高調門的原因有待更進一步的考證，這和演出場域的大小、演員的生理狀態皆有關，但癥結點應在於「配演」的問題。就文中來看，京劇早期演唱以老生為主，正工調，甚而更高調門的要求最終是為了和老生配戲，然而青衣以小嗓演唱來搭配，尤其【二黃】，等同在老生原有的調門中，必須再往上翻高八度〔註42〕，若非有條高亢的好嗓子，則不能勝任。因此所謂的「正工老生」、「正工青衣」，字面的意義既指演員能應工正腳，亦指能唱正工調者，陳德霖於1908年錄製的《祭江》四句【二黃慢板】即為正工調。

　　早期青衣受限於調門，演唱技法實具難度。但過高的調門，其實限制了演員唱腔技巧的發展，勉力唱上的結果致使早期旦行在轉腔上能做的變化不多，程硯秋便認為：

> 當年正旦的唱法，一味地趨向高亢平直，美其名曰「黃鐘大呂」，其
> 實所表現的乃是呆板生硬。〔註43〕

　　其實風格的演進是種相對的概念，程硯秋這段話出自1954年紀念王瑤卿之悼文，其時新腔備出，老派唱法自是顯得簡單得多了。另方面，程硯秋亦認為傳統唱腔為他奠下堅實的基礎：

> 當然，最初學戲時腔調很簡單：我第一齣戲學《彩樓配》，由始至終
> 全是西皮；第二齣學《二進宮》，由始至終全是二黃；第三齣學《祭
> 塔》，全是反二黃。學了這三齣戲，可以說基本上掌握了青衣的腔
> 調。這些最基本的腔調，雖然它們在幾個戲裡，各都只有四、五個
> 調子（指大腔而言），但掌握這些基本腔，對我後來進行創腔卻有很
> 大的好處。〔註44〕

　　三齣開蒙的唱工戲便幾乎涵括了舊有的幾個大腔，可見傳統青衣唱腔甚少變化，基本上是種平直方正的風格。而就前一章節的討論中可知，即使有孫春山、林季鴻等人協助研究唱詞和編腔，但受到當時流行的審美趨勢，或者說受到觀眾的反饋影響，唱腔的編創仍十分有限，相較王瑤卿有大量新腔，

〔註42〕男女腔音區不同，女腔在西皮中和男腔常差四、五度，在二黃中則較多作八度關係，見《京劇文化詞典》，頁146。

〔註43〕程硯秋：〈悼瑤卿先生〉，《程硯秋戲劇文集》（北京：華藝出版社，2010年），頁292。

〔註44〕程硯秋：〈創腔經驗隨談〉，《程硯秋戲劇文集》（北京：華藝出版社，2010年），頁372。

陳德霖被認爲「繩守典型不趨時尙」〔註45〕的古典保守路線。但其實陳德霖從不間斷創作，陳富年於此便有所紀錄：

> 在《落花園》的一段【西皮慢板】中，老夫子使了七個大腔。那時唱青衣的只要能在【西皮】、【二黃】、【反二黃】中各會四個大腔就可以登台應付，到了陳德霖的時代已感覺不夠用，加以一部份票友創造新腔，使他們啓發，所以他們也編制部份新腔以補充不足。在《落花園》第五句大腔後半段，是陳德霖所編，以前從無此唱法。第六句的腔是照孫春山所編《打金枝》第二句的腔小有變動。第七句是陳德霖編的。〔註46〕

前述王瑤卿一度拒唱的《落花園》，陳德霖予以重新編腔，希冀賦予老戲新生。可惜該劇僅有記譜，並沒有錄音資料留下，而另一劇《虹霓關》亦是與孫春山的共同創作，以八句【西皮慢板】包含了青衣「八大腔」，陳德霖於1928年再度受邀錄製唱片時，便選了《虹霓關》。按說這齣戲舊版原只有四句【原板】，而這個版本則添爲八句，並改唱【慢板】攙入了完整的大腔。即使如此，陳德霖於陳彥衡看來，仍是屬於規範的老派青衣代表：

> 德霖亦紫雲之亞，恪守師傳，不趨時尚，後輩皆以「老夫子」稱之。近來青衣，創爲新腔，鬭巧矜奇，變本加厲，往往以皮黃之腔調互易，上下之句法倒裝，迷離惝恍，不可捉摸，競相效仿成爲風尚，而於四聲陰陽棄置不講，識者頗引爲憾。〔註47〕

在1920年至1930年間，新戲新腔備出，各種「出格」的情況所在多有，此時「陳德霖」的名字，基本上就是傳統規範的代表，他的老派青衣唱法，反倒如陽春白雪珍奇：

> 自王程之新腔出，風靡全國，凡號稱名旦者，幾莫不以新腔號召。而德霖則如魯殿，巍然獨存，益覺可寶。然今之所謂新腔者，家絃戶誦，甚之花叢柳巷之間，皆莫不能之。聽歌者耳熟能詳，則其新亦幾希矣。而今之所謂老腔，則非學有根底者，所能道之。若爲淺學者言，則或疑爲新腔矣。夫老腔韻味醇厚，而易于流入呆滯；新腔音節纖巧，而易流入貧俗。其緊要關鍵，仍在于用嗓運氣，苟能

〔註45〕小田：〈青衣唱法概論〉，《戲劇月刊》第1期（1928年），頁1。
〔註46〕陳富年：《京劇名家的演唱藝術》（重慶：四川人民出版社），頁23～124。
〔註47〕陳彥衡：〈舊劇叢談〉，《戲劇月刊》第3卷第5期（1930年），頁6。

運用得法，固無所爲新與老也。〔註48〕

陳德霖並非一味守舊，其演唱新腔得以唱成典範，在於沿襲正工調影響下的老式唱法，予人發思古之幽情，是以韻味取勝，而非取巧討好者。其實陳德霖從未間斷創作，早先在清宮演戲時，慈禧好編詞讓演員安腔，或是移植崑曲劇本改唱皮簧（如《昭代簫韶》）。

有趣的是，《虹霓關》的八句慢板其實從未在台上唱過，是純然的音樂創作，係陳德霖平日喜歡吊嗓之唱段。按理說《虹霓關》之夫人屬刀馬旦應工，劇中有思春以及被殺跌撲的表演，青衣演員是不演的。當年余紫雲亦只在二本演丫環〔註49〕，而不是演夫人。陳德霖以此戲錄音，可和1908年選錄《銀空山》、《趕三關》共同對照，其欲以劇目的選擇，告諸大眾自身實爲文武兼能，一如上一章所說的，他對所謂的「正宗青衣」的說法，覺得是觀眾諷刺自己年老、扮相不佳，「青衣」似乎只等同「搗著肚子傻唱」，而忽略演員全面的努力與訓練〔註50〕。可見陳德霖所代表的「傳統典型」，絕非是種死板僵化的風格，青衣的老式唱法應當有更深刻的內涵。

二、陳德霖口法：崑曲口緊與張口之諧

且行演唱忌口型過大，以免影響形象，因此往往聽不出字音，這和前一章討論的且行屬於「蘇系」其實亦有直接關係，陳彥衡認爲：「時本蘇人，猶操南音，所唱多崑曲遺韵。」〔註51〕以胡喜祿、時小福等爲代表的且行演員們，由於是來自南方，說話多半帶吳音，又以崑曲開蒙學唱，訓練上強調口緊，意即字音必須隨著行腔的過程中，依「切音」的組合原則緩緩吐字，這原本是爲求「啓口輕圓，收音純細」的唱曲美感。但，一旦過於「緊」，反而容易把原來的字音模糊了，徐蘭沅便認爲：

> 當時一般的都是把一個字的切音（字頭）唱得長，本音（字腹）出現很短暫，稱之爲「口緊」。如「王」字把「烏」音的時值放得長，「王」字出現很短，這樣反而弄渾了字音。〔註52〕

〔註48〕小田：〈說腔〉，《戲劇月刊》第1卷第8期（1929年），頁1。

〔註49〕頭本夫人，二本丫環爲梅蘭芳之首創演法。見梅蘭芳：《舞台生活四十年：梅蘭芳回憶錄》（北京：團結出版社，2006年），頁102。

〔註50〕齊如山：《京劇之變遷・談四腳》（瀋陽：遼寧教育出版社，2008年），頁312。

〔註51〕陳彥衡：〈舊劇叢談〉，《戲劇月刊》第3卷第5期（1930年），頁6。

〔註52〕徐蘭沅：《徐蘭沅操琴生活》第3集（北京：中國文藝出版社，1998年），頁24。

此外，徐蘭沅亦談到旦行小嗓發音，迸嘴音〔註53〕「i」容易高而響亮，「a」音則發悶，因此過去青衣大多牽就迸嘴音，迴避張口音的演唱練習，長期下來，無論何種唱詞皆以「依依……」應付，也就落下了不張嘴的毛病。但齊如山認爲這無關演員的基本功問題，而是源於崑曲唱法：

> 自陳德林以前之唱青衣者，大都數都張不開嘴。陳德林以後之唱青
> 衣者，大多數都是能張開嘴的。所謂不能張嘴者，並非錯處，因爲
> 彼時的腳色，都是先學的崑曲，後來所謂有崑曲的底子，念字多不
> 講張嘴，例如「戰」字讀篆，「可」「半」等字，也不能完全張嘴，
> 這路字很多，不必盡舉。〔註54〕

齊如山謂青衣演唱發展，以陳德霖爲介，「張口」與否而致吐字清晰，區分旦行從崑曲而至京劇的演唱口法。在此之前，多因沿襲南方人學崑曲之字音，甚而因口型過小而犯字；唯陳德霖不是南方人，演唱張口得宜，加上崑曲底子深厚，因此相較過去演員優於咬字富有力度而清晰。但是，到了1930年代末，其他評論家卻有不同的見解，認爲陳德霖「有聲無字」：

> 步堂云：老夫子如此重名，而竟有聲無字，非不肯咬准，實因嗓高
> 音直，難以回旋，正如猛力賽跑者不暇四顧也。〔註55〕

正如前述工正調的影響，青衣唱腔調高音直，使得陳德霖依然有字音不清的問題：

> 如陳德霖之字音裹入高調中，並不能十分清晰，而情緒較繁複之唱
> 亦不能盡致。實因高下轉折一氣呵成之際，已把全力用上，更無察
> 幽致曲之餘力也。……此老調所以使人感覺單調也。〔註56〕

徐凌霄這段評論原是爲程硯秋而寫，其時新劇大量創作、演唱調門也有所降低，對於陳德霖的老派唱法自是無法滿足。但討論京劇表演藝術時，對於普遍現象、個人特質、舊有規範三者之間需有所區隔，否則容易對劇評產生誤讀。陳德霖於每個字的演唱起始，都相當注重咬字的力度，每個字的字頭甫唱出時皆富強度聲響。如1908年《祭江》〔註57〕之錄音，調門正工調，

〔註53〕徐蘭沅強調爲迸嘴音而非閉口音，因「i」音並非全然閉口。見徐蘭沅：《徐蘭沅操琴生活》，頁15。
〔註54〕齊如山：《京劇之變遷・談四腳》（瀋陽：遼寧教育出版社，2008年），頁287。
〔註55〕凌霄漢閣：〈記「程」（下）〉，《半月戲劇》第2卷第2期（1939年），無頁碼。
〔註56〕凌霄漢閣：〈記「程」（下）〉，《半月戲劇》。
〔註57〕依陳德霖：《祭江》（百代唱片，1908年）分析之。收錄於網站「中國京劇老

唱詞爲：「曾記當年來此境，棒打鴛鴦兩離分。從今後永不照菱花鏡，清風一現未亡人。」幾乎逢高音 do 至 re 的字，字頭都相當清晰，如：「當、境、鴛、鴦」，可以想見演唱者鼓足氣，奮力打出字音的唱法。

但高調門減損演員在有限音域中的聲音韌度，影響字音的處理，收韻略嫌不足，在極高音和極低音各有不同狀況：如「鴛、鴦」只聽得見字頭而不收韻。這兩個字因音極高，又無甚迂迴，奮力唱出後，僅能聽得見字頭，韻母的部份都不夠飽滿，即前述「字音裏入高調中，並不能十分清晰」。低音區則又因聲音的共鳴、亮度不夠，亦受影響，如「棒」聽來不似江陽，「未」則因音區低則全然聽不見字。

另外，「兩離分」之「兩」張嘴後，字腹隨即帶過，而非咬緊字頭的拖腔法，同齊如山所言，在陳德霖唱法中，已有張口的覺知。到了晚年，1929 年的《四郎探母》〔註 58〕中蕭太后唱段錄音，調門降至凡字調，行腔力度仍保有剛勁；咬字非純然口緊唱法，而是適度地有所修正，如其中【倒版】：「兩國不合累交戰」之「戰」非如齊如山所言念「篆」，而是直接張口唱「戰」；【慢板】：「各爲其主奪江山」之「江」亦勻稱地唱出，於拖腔中清楚地歸韻。

顯然高調門是陳德霖難以動搖的「規範」，在這個限制下，仍不能忽略陳德霖於張口音，乃至於「字與腔」之間的彈性調配。他在字音的處理上，實深具咬字的傳統功法，然傳統唱腔之高調門於演唱上已相當吃力，又因「口緊」的唱法限制，僅能將聲音勉力唱出，字音的清晰度便容易減損。而崑曲吳音的缺陷及「張口音」的掌握，其實一直是陳德霖欲克服的問題，到了晚年，其調門降低加上咬字的修正，可知陳德霖並非盲然地墨守舊法者。

三、陳德霖唱法：剛勁、甩音、游絲行腔

民國初年時，譚鑫培的演出已不多，其琴師孫佐臣以搭配孟小如、王蕙芳和梅蘭芳的演出爲主，遇有兩邊撞期時，便時常忙不過來。徐蘭沅因此有機會接替爲譚鑫培和陳德霖伴奏《武家坡》，演出後他對陳德霖的演唱特色概括如下：

唱片網」（http://oldreords.xikao.com，瀏覽日期：2016/9/20）。

〔註 58〕依陳德霖：《四郎探母》（蓓開唱片，1929 年）分析之。收錄於網站「中國京劇老唱片網」（http://oldreords.xikao.com，瀏覽日期：2016/9/20）。

> 陳德霖先生那段西皮慢板，初聽無甚特色，繼之就使你越聽越好。
> 與眾不同的是咬字清晰而「噴口」有力。唱腔非常簡潔，當遇有拖
> 腔時，聲音便似春日游絲，若斷若續。〔註59〕

「咬字清晰、噴口有力、唱腔簡潔」皆為正工調與崑曲口法的展現，老派唱法最大的特點是剛勁，即聲線直，甚少滑音、裝飾音等。主要因為調門太高，演員最重要的就是盡全力衝上高音，務求氣力、音準到位，高音往低音唱時亦然，仍以《祭江》：「曾記得當年來此境」為例，「曾」字的腔是由sol 到高音 do 再到 la，由低到高必然是奮力唱，而高到低容易鬆卸氣散，陳德霖則依然由高往下衝著唱。如此處理穩健有勁，而不致有塌音之弊。但這種唱法容易使唱詞無論情境悲喜，乍聽之下都十分剛勁，似無甚餘力作圓滑修潤之憾，江上行於 1925 年看陳德霖的戲，認為其「激昂有餘，委宛不足」〔註60〕，便是這種剛勁唱法所致。

但他亦觀察到當演到王寶釧向父親王允爭取自己的婚姻時，【西皮原板】：「昔日有個孟姜女」速度比一般旦行唱法快，陳德霖以此激烈風格表現正合劇中情境。這種調節狀況在《祭江》亦是：不同於現今一般四句慢板都填入許多大腔，而有愈唱愈慢的問題。陳德霖僅在首句「曾記得」三字趨緩，遇大腔時，反而靈動。到第三句時，速度已然偏向原板，末句則又更快。如此一來，大腔的處理不賣弄耍花，而是種玲瓏連串顆粒感的聲音——「大珠小珠落玉盤」，節奏輕巧明快，而不致沉墜。

過於注重力度，容易給人聲嘶力竭之感。但陳德霖卻有不一樣的處理方式，他往往在將收音時，高唱一點在歸回原來的音，使得平直的旋律多一擺盪，讓人覺得演唱者有保有餘力，姜妙香稱這種音為「甩音」：

> 在尾音將要收住以前，他往往有一「甩」（如尾音是 5－時他唱成 5
> －65－）他演《探母》的蕭太后，唱「兩國不和屢交戰」時，「戰」
> 字高腔就有一甩；唱「五鼓天明即刻還」時，還字腔先往下落，然
> 後挑起再一甩。〔註61〕

〔註59〕徐蘭沅：《徐蘭沅操琴生活》第 1 集（北京：中國戲劇出版社，1962 年），頁
　　　　14。
〔註60〕江上行：〈回憶陳德霖〉，《六十年京劇見聞》（北京：學林，1986 年），頁 101
　　　　～104。
〔註61〕姜妙香：〈憶陳老夫子〉，《戲劇報》第 19 期（1961 年）。同文收錄於《陳德霖
　　　　評傳》。

　　姜妙香描繪的這種唱法，在今日旦行演唱已是必然，尤其【導板】、【散板】這類有長音的字句時，都是以甩音作結，姜妙香日後亦化用這種甩音爲小生唱法。而他所說「還」字的唱法，以 1929 年《四郎探母》的錄音聽來，則更爲別緻，他在「即刻」是將速度放慢，引人注意，忽地在「還」的低音中加快速度，再挑起一甩。或許亦是晚年降低調門，得以伶俐耍腔所致。

　　另外，陳德霖亦習慣在同一個音唱兩次時，第二個音先高一點，然後下墜至原來的音，亦可視作一種小幅度的甩音。如《彩樓配》首句【倒板】接【慢板】：「梳妝打扮出繡房，辭別了雙親二位爹娘」，其中「梳、辭、爹」的高音 re，都是種偏高而「甩」的勁頭來唱第二個音。

　　剛勁和甩音唱法廣泛運用於每個字，在傳統的審美標準，認爲如此得以表現古代貞節烈婦的堅毅性格，是傳統青衣的演唱典範。董維賢便如此分析：

> 旦角爲了表現「貞節烈女」，一般的唱法又都是以陽剛爲主。自從胡喜祿根據人物性格首先進行突破，例如他演《玉堂春》的蘇三，使用了比較陰柔的花腔，於是旦角唱法爲之一變，遂開辟了後來旦角兩種唱法（陽剛和陰柔）的途徑。陰柔的唱法，逐漸推廣，最後終於勝過了「陽剛派」。屬於「陽剛派」唱法的只剩下時小福、陳德霖等幾名演員。……陳德霖則是繼承了「陽剛派」傳統的優點，其唱法所謂「陽剛」也並不是生硬地像「砸夯」那樣，有的是「剛柔相濟」，他音色旋律非常優美。〔註62〕

　　文中認爲所謂「陰柔派」興盛，也許是相對於後起旦行演員，不再以正工調演唱，而少了那種早期剛勁的普遍現象。然就詮釋風格來說，京劇中的青衣雖是女性，絕非單純女子柔弱的刻板印象。他們幾乎都有著不畏環境艱難，不向強權低頭的堅毅性格，如《紅鬃烈馬》、《三娘教子》等劇，而陳德霖的剛勁，正能詮釋戲中女子之剛烈。

　　爲了讓行腔有所變化，陳德霖在唱法上仍有所處理，不是生硬地傻唱，據徐蘭沅觀察，其實還有：「春日絲細，若斷若續」之特點。細從錄音資料來分析，當陳德霖在連串拖腔中，便不似前述之剛勁，甚而爲作足氣力發聲，於高音前大換氣；轉而藉由提氣拉高共鳴位置，將聲音瞬間收細，使聲音能

〔註62〕董維賢：《京劇流派》（北京：文化藝術出版社，1981 年），頁 142。

提高，這種唱法和崑曲的「豁腔」、「拎勁」極為類似：

> 豁，疏通、開朗。此引伸為上揚之意。俗稱豁頭，古稱送音。……
>
> 豁腔唱法，以虛為主，宜向上遠揚，飄然而收。〔註63〕
>
> 拎，提起。唱法勁頭之一。唱時用虛勁將音提起，多用於第二較高
>
> 之音，一般首音要低三度以上。〔註64〕

早期旦行學戲是崑曲開蒙，唱京劇時，除了沿用崑曲口法，亦保有其轉腔技巧。故所謂「春日游絲」，是陳德霖在剛勁之中揉入了崑曲風格，加上其音色本猶如童聲般嬌嫩，此處聽來別具委婉纖巧，與吐字、甩音恰成剛柔並濟之勢。如《彩樓配》【西皮慢板】第二句「老天爺若稱奴心想」，「想」字之拖腔有連續四個以 Si-Re 為主的小腔，彼此間僅以短暫的小氣口或墊低音的方式緊密銜接，其中氣口後的 Si，以及由 Si 接至 Re，便皆以上述收細法行腔，加上氣口小而連接密，「音——氣口——音」之間的連接沒有明顯的隔斷處，如此連串玲瓏小腔便如同徐蘭沅形容之「春日游絲，若斷若續」。

由上述特點分析來看，在高調門與唱腔平直的情況下，使得傳統青衣演唱有咬字不清及聲線過於剛硬之弊。然而除卻舊法的既定限制，陳德霖的演唱其實口法嚴謹，而於富含剛勁的甩音發聲之外，又可見轉腔處的細膩嬌柔，這些特點則可歸結為陳德霖所代表的青衣唱工。

第三節　青衣表演風格

青衣花旦被二分化後，即使演員們都有完整而紮實的訓練基礎，卻仍受限於舊規。陳德霖以唱工出眾而被視作傳統青衣，但青衣的表演美學始終沒有明確的形式，較多是關於「規範」的討論，演員只要稍有逾矩，便被視作不是青衣。但批評再多，演員的嘗試卻從沒有間斷，甚而以此成為個人的「一招鮮」，如余紫雲的二本《虹霓關》、時小福的《汾河灣》，規範的挑戰總是更引人注意。

陳德霖或許可算是青衣發展中的特例，「正宗青衣」一詞加諸後，似乎他就等同老派規矩，一切以他演出為標準，後起的旦行皆欲投其門下：

> 瑤卿、蕙芳、妙香、蘭芳、玉芙皆德霖弟子。名青衫無不出其門，

〔註63〕王正來：《曲苑綴音》（香港：香港中華文化促進中心，2004 年），頁 4。
〔註64〕王正來：《曲苑綴音》，頁 7。

蓋梨園之河汾也。尚小雲初欲拜蘭芳門下，以他故中止。又欲拜陳
德霖，已請客矣，及期而德霖以事不至遂罷，程豔秋已受業於蘭芳，
即德霖之再傳弟子也。其嗓音清窄，極類德霖，本有「小石頭」之
稱，待嗓音回復時，追步不難也。〔註65〕

　　雖然陳德霖以「青衣」泰斗響譽，但回顧其藝術生涯，幾乎演遍了文武
崑亂各種戲碼，其中表演轉換的調適過程，應有關鍵的要領。由陳德霖的例
子來看，老派青衣即使專抱一門，在各門類角色跨越與交融，無論是技藝傳
承或表演方法，亦有待深入研究之處。

一、青衣規範與表演調性論證

　　從本研究討論的案例來看，青衣、花旦不能兼飾的問題，其實不存在於
旦行的養成教育。而齊如山對於青衣種種限制亦頗不以爲然，他曾撰文〈戲
劇腳色名詞考〉，文中細數旦行的發展歷史，對青衣、花旦之截然區分有著不
一樣的觀點：

> 青衣又名青衫子，這純是皮簧梆子裡頭的名詞。青衣就是正旦；正
> 旦就是閨門旦，所穿的宮衣帔蟒都有……
>
> 二十年來，青衣大講作工，如《武家坡》、《汾河灣》、二本《虹霓
> 關》丫頭（原爲乳娘），都是越唱越活潑，把閨門旦的價值，又恢復
> 回來了。青衣在戲界，又占重要位置了！所以近來學青衣的，又
> 一天比一天多；面貌好身段活潑的人，也要學青衣了。這們一來，
> 把花旦擠兌的快沒飯吃。這個情形，與乾隆、嘉慶以前一樣：原
> 先正旦算正腳，貼算副腳；後來管正旦叫青衣，管貼叫花旦。現
> 在的情形可眞是青衣算正旦，花旦算幫差兒了。這不是與乾嘉以
> 前一樣麼？總之原先青衣同閨門旦沒分別，就是十幾年以前，青
> 衣也沒不兼演閨門旦的。比方《起解》、《會審》的玉堂春、《樊江
> 關》的薛金蓮，《趕三關》的代戰公主，《探母》的鐵鏡公主，《雁
> 門關》的青蓮公主，《五花洞》的眞、假潘金蓮等等，數十年來，那
> 一個好青衣不唱這幾齣呢？按道理說，這是青衣的戲麼？大致好
> 角年紀大了一點，像貌一差，他就不願演閨門旦的戲，於是一群
> 外行，又造出一個名詞來，叫「正宗青衣」，這眞是不通到家了，

〔註65〕羅癭公：《鞠部叢譚》，收錄於《清代燕都梨園史料》，頁781。

> 至於唱青衣的唱作，應該怎麼樣？這話很難說，因爲青衣兼閨門
> 旦的戲，種類太多（與梆子中的花旦一樣），一兩句話不易説定；
> 大致舉止安穩中，須要有精神，唱白蘊藉之中，須要有筋骨才好。
> 〔註66〕

　　齊如山從行當源流、服裝、做派、劇目，甚至扮相等角度切入，認爲青衣涵蓋的範圍甚廣，並非只唱著青衫的戲，但凡唱作俱重的主角戲都應由青衣來演。但或許由於齊如山與梅蘭芳長期合作，編創許多載歌載舞的古裝新戲，甚至於老戲的表演方式亦有所改動，梅蘭芳的演出風格實挑戰傳統青衣審美，因而齊如山的這段觀點頗有爲梅蘭芳背書之意，有些地方值得商榷。譬如：《起解》、《會審》，據王瑤卿回憶紀錄，過去著名的青衣是不唱的〔註67〕，甚而有記載認爲蘇三一角有抬腳的動作，固需踩蹻〔註68〕，如此便不屬青衣演出。而所謂三齣青衣戲《武家坡》、《汾河灣》、二本《虹霓關》「大講作工，愈唱愈活潑」，有點言過其實：其中余紫雲演出二本《虹霓關》是踩蹻，是跨行當演出，與青衣去之甚遠；而《汾河灣》固然有夫妻拌嘴的橋段，但仍有其規範，實難掌握，王瑤卿幼年欲演《汾河灣》，其師謝雙壽便認爲這齣戲不到年紀，不能輕易學〔註69〕；《武家坡》則講究人物相府千金之身分地位，一招一式皆有準繩，以上三者其實不能混爲一談。

　　但齊如山的看法其實點出了青衣的美學一直隨著觀眾審美和表演者的特長而有所調整。談論青衣，應該以演出性質、比重來看，非因人物之貞淫與穿關而限制演員戲路的發展性。大體來說，他更重視的是在表演上「舉止安穩中要有精神」、「唱白醞藉中要有筋骨」，這和陳德霖，乃至於過去旦行的習藝背景是相符的。但，也的確忽略、混淆了這些演員在角色歸派時必然遇到行當限制，實際上青衣演出的劇目與花旦終究有所不同，對此，陳彥衡於〈舊劇叢談〉提出：

> 徽班青衣花旦判然兩途：青衣貴乎端莊，花旦則取妍媚，一重唱工，

〔註66〕齊如山：〈戲劇腳色名詞考〉，《戲劇叢刊》第1期（1932年），頁70～72。

〔註67〕當時有名的青衣都不唱《起解》；又，王瑤卿提過，曾和陳德霖和孫怡雲在同一班，他們都不唱《玉堂春》，這個戲就都歸王瑤卿來演。王瑤卿，〈我的中年時代〉，頁7。

〔註68〕馮小隱：〈顧曲隨筆〉，《戲劇月刊》第2卷第9期（1930年），頁3。

〔註69〕其師語：「你學甚麼戲，我都能教你；獨這出戲，非到了歲數不能唱的。小孩唱這出戲，是容易壞坯子的，等慢慢再教給你罷！」王瑤卿：〈我的幼年時代〉，頁34～35。

一講作派，二者往往不可得兼。〔註70〕

青衣、花旦既是角色性格門類，也代表了表演功法之偏重，故演員自身的氣韻與基本功決定其爲青衣或花旦。也許全面的訓練不等同全能的演員，許多先天條件終究限制了演員的發展，而花旦和青衣的專才需求，很難在演員一人身上完整呈現。譬如花旦能唱青衣戲者，僅有路三寶，但也只是偶一爲之，其餘則嗓子無法負荷；而所謂青衣演員能兼唱的花旦戲者，如時小福、陳德霖等兼唱《打花鼓》，其實只是歌舞小戲，而不是風情獨具、表情狠辣的《烏龍院》、《戰宛城》等。

其實青衣與花旦的區別與限制，有很大的因素是觀眾的士大夫心態作祟，對於青衣的要求多在貞節上作文章：

> 青衣花旦所扮的，雖同是年輕的婦女，但其中卻有貞淫之分。在一般主張打倒婦女貞節習慣的人們，固然不以爲意；而那些具舊道德觀念的人們，就未免看著不順眼了。〔註71〕

對於「青衣」高規格的種種要求，似乎可以和歷來文人面臨國難時的處境作聯結，文人重「守節」，於是演員在表演上亦須有所矜持，一旦兼飾貞、淫婦人，對觀眾來說彷彿真做了逾越不軌的事，無法接受看同一演員今日是王寶釧，明日是潘金蓮的情況，即使演員能在扮演上調適，但難免在不同人物氣性的掌握上有所混淆。如上述劇評便是針對梅蘭芳試圖融合青衣、花旦成花衫而言，保守觀眾之所以無法接受，主要是因爲他們認知的「貞節烈婦」形象被破壞了，無論是服裝、白口、身段都過媚：

> 近來青衣都兼花衫。青衣、花衫表面上似無嚴密界限之分，但以梨園舊規論，規畫甚清。從服妝上之區別，凡青衣所演之戲，出場即著青衣，不著彩襖者，如《南天門》、《教子》、《桑園會》、《武家坡》、《牧羊圈》、《探寒窰》之類，皆屬於青衣戲。此外如《女起解》、《玉堂春》、《御碑亭》、《趕三關》之類，便屬於花衫戲矣。梅蘭芳、尚小雲、程豔秋、白牡丹諸伶之身分，都偏近於花衫。二十年來，觀者之心理，亦趨重於色，梅之唱之白之做之身段皆得柔媚，婉變、婀娜有餘，而剛健不足；嬌媚有餘，而冷雋不足，非正宗青衣也。

〔註70〕陳彥衡：〈舊劇叢談〉，《戲劇月刊》第3卷第5期（上海：戲劇月刊社，1931年），頁7。

〔註71〕豁公：〈哀梨室戲談〉，《戲劇月刊》第1卷第4期（1928年），頁3。

小雲之嗓音近青衣矣，而其調與白及做等，惟梅是趨，非正宗青衣
也。豔秋限於嗓子，能柔而不能剛，得韻而氣未足，一切作派，亦
是師承蘭芳，較梅雅閑而仍近乎花衫身分。白牡丹本是先唱花旦近
習花衫，其青衣戲本屬不多，故當代正宗青衣，祗陳德霖、王琴儂
兩人耳。〔註72〕

從文中可探知梅蘭芳花衫戲的創作，即使是新一代旦行的演出風尚，
亦為傳統看客所不容。對於嚴苛的觀眾而言，青衣不容其他行當的元素混
入，且必須符合陳德霖所代表的：「著青衫、音剛健、性冷雋」的「正宗青
衣」三大規範。其中著青衫的原則，是從劇目到人物性格而至裝扮系統化
的規範，青衣單指這些處艱難環境而品格高尚的女子，可說是文人操守的
投射；音剛則於前段中有所討論，旦行的小嗓在正工調中，以「剛勁」為
美，嫵媚柔弱都不符合貞烈的性格。類似的情形，看舒舍予評尚小雲便可
佐證：

嗓音厚實，惟略帶木氣，喜用剛音。近雖稍見柔和，運腔仍嫌稍拙，
然演正青衣戲之唱，富足有餘，所惜字音欠究，人辰常歸江湯，是
其一疵。〔註73〕

尚小雲的唱工被認為過於剛、拙，但正符「青衣」之演出需要。舒舍予
的觀點顯示，到了他的時代對旦行唱法的美感需求已經有所改變，但「青衣」
仍是不可輕易動搖的傳統。至於所謂「冷雋」，程硯秋所著〈演戲須知〉或可
再進一步地說明：

作節烈婦人，貌雖美麗，要態度端莊，不可使人動淫思之念，而能
令人敬畏，所謂面如桃李，凜若冰霜，否則失卻青衣身份。……凡
品格高純之人，念做必須端莊肅靜態度。不可多使身段，凡於念唱
時手舞足蹈，眉飛色舞者，乃輕浮之人，絕非端士學者。〔註74〕

程硯秋於傳統青衣與悲劇詮釋相當有心得，他於該文中載記了前人的藝
訣與個人表演心得。綜合前述對青衣端莊、貞節來看，程硯秋更提出了「冷」
的美學，青衣貴乎內斂，舉止有所操守，從表情、身段等，都必須在極度限
制的規範中，表現出莊重而孤高，和觀眾保持唯美疏淡的距離，而不是討好

〔註72〕張肖傖：《菊部叢譚‧薔薔室劇話》（上海：大東書局，1926年），頁31。
〔註73〕舒舍予：〈梅荀尚程之我見〉，《戲劇月刊》第1卷第2期（1928年），頁2。
〔註74〕程硯秋：〈演戲須知〉，頁252。

求巧的媚俗表演。

二、陳德霖之青衣做工

程硯秋於習藝期間，一直以陳德霖爲追仿對象，他對陳德霖的表演風格有過相當精闢的見解，他提出：

> 當年的陳德霖老先生，是規矩派的領袖，他會青衣，亦會花旦（如《打花鼓》等戲），但只是兼長，不是混合。他認爲青衣雖重唱功，亦自有做功，最要緊的是一種「靜穆嚴肅」的風格。
>
> 京劇既稱爲古典的戲劇，那麼有許多戲如《進宮》、《教子》、《罵殿》《擊掌》、《武昭關》等，演員登台，仍有以嚴肅靜穆的態度爲基礎之必要。〔註75〕

程硯秋所謂「規矩派」的領袖，是相對王瑤卿而言，誠如前述青衣的表演風格與規範一直是浮動的，陳德霖即使身兼多能，彼時已被視爲是守成者。但程硯秋以演員視角，提出了青衣和花旦在本質上仍有不同，列舉的戲碼亦都非常講求莊重，不能擠眉弄眼、搖頭晃腦。而歷來京劇青衣開蒙戲皆有《大保國》，目的就是訓練演員戴上鳳冠後，頭就不能亂動，以免鳳冠兩側的珠結挑牌打到臉，鳳冠紋絲不動，人物才有份量，由這例子便可知京劇青衣必需的沉穩態勢。

而陳德霖所體現的青衣做工，莊重之中還有一層是靜謐而內斂的美感，這和前述的「冷」其實有些類似，都忌一味地擺弄身段，以免有失人物的氣度風範：

> 戲曲界的老前輩曾告訴過我們說：不論任何戲的做派，全不要「見棱見角」的，一切要「含而不露」，「動中有靜、靜中有動」，要用心裡的勁來指揮動作，硬砍實鑿的做，反而不美了。動作的「美」——漂亮，對表演的好壞，關係是很重要的。〔註76〕

程硯秋談到的「含而不露」與「心裡勁」是掌握青衣做工的一大原則，而身體的質感是深沉而非外顯的。但是「靜」、「冷」與「呆」、「傻」僅一線之格，要達到身體能合乎「美」地反應心裡狀態，且有出眾氣韻，關鍵還是

〔註75〕 程硯秋：〈演員的「四功」與「五法」——藝術雜記之二〉，《程硯秋戲劇文集》（北京：華藝出版社，2010年），頁455。

〔註76〕 程硯秋：〈戲曲演的四功五法〉，《程硯秋戲劇文集》（北京：華藝出版社，2010年），頁321。

基本功的掌握，程硯秋便認為：

> 姿勢要相輔而行。勢者，固定方式也；姿者，所出風神也。有勢而無姿則不美，有姿無勢則不實。〔註77〕

姿、勢相輔相成的關係點出了形體的訓練與內在氣韻實則是等同重要，陳德霖之所以能體現靜中之美，是遍及文武崑亂諸多戲碼的演出經驗，凝煉而內化後的身體氣韻。對此，梅蘭芳於陳德霖留下的劇照中，有相當具體而微的觀察：

> 陳老夫子的糜夫人手抱阿斗，眼看著趙雲，體表莊重，臉上有戲，是青衣標準藍本。陳老夫子還有個《雁門關》的照片也很好，雖然坐在桌子後面，只露上半身，但從胸脯、脖子、肩膀三部份，給後學揭示了這類角色端坐的姿勢。〔註78〕

陳德霖並無影像資料留下，劇照或可說明靜態的表演能量。雖然照片看起來已是耄耋老人，但陳德霖清楚地體現了只要準確地掌握姿勢、表情的美感，就能在極簡的外在表現中，達到表現人物內在情境，其實與前述齊如山所說的「舉止安穩中，須要有精神，唱白蘊藉之中，須要有筋骨」是相同的境界，都是種高度凝鍊，厚積薄發的表演。

梅蘭芳回憶和陳德霖學《遊園驚夢》時，身段細節之講究令人感到那樣的輕鬆柔和，予人無限詩意〔註79〕。而劇評亦紀錄他在《奇雙會》一劇的表演方式，或可補充說明表演美感：

> 奇雙會寫狀之李桂枝，有人謂桂枝正在悲苦之中，不應與趙寵過于調侃，致失劇情，言極盡理。梅蘭芳固以此戲名者，而於此等表情未細研究，一味調笑，予實否之。陳德霖與侗厚齋演此，在堂會中見過一次，德霖扮李桂枝，風度端凝，作派得法，寫狀一場之調笑，輕描淡寫，已入佳境。以吾觀之，蘭芳實遠不及。唯今觀戲者眼光咸重色而不重藝，以德霖此戲之佳，曲高和寡，殊為可惜。或謂德霖以年歲關係，演此風流少婦，自不宜過分調笑，不能與綺年玉貌

〔註77〕 程硯秋：〈演戲須知〉，《程硯秋戲劇文集》（北京：華藝出版社，2010年），頁251。

〔註78〕 梅蘭芳：〈漫談運用戲曲資料與培養下一代〉，《戲劇報》第7期（1961年），頁25。

〔註79〕 梅蘭芳：《舞台生活四十年：梅蘭芳回憶錄》（北京：團結出版社，2006年），頁161。

之蘭芳同日語也。〔註80〕

　　劇評家說了兩個重點：一是本研究中不斷重述的「凝鍊」風格，陳德霖表現人物的情感，以內心狀態出發而不躁動，畢竟李桂枝在當時雖是新婚，心中仍是百般牽掛獄中的老父，如果尺寸掌握不好，喜笑形色，詮釋便有所失準；二者則爲陳德霖的扮相與年紀的問題，在表演上有所調整。一如梅蘭芳在晚年拍攝《遊園驚夢》電影時，因爲考量自己年齡大，不適合過於露骨過火的動作，故在尺度收放上有所拿捏，於描繪少女春情的「磨桌」身段，僅「保留表情部份，沖淡身段部份」。〔註81〕收斂身段的選擇既是扮相考量，亦是年齡到了一定階段，有所體悟才能達到表演內化的境界。

　　關於青衣靜謐沉穩的美感，或許和陳德霖擔任內廷供奉兼教習有關，畢竟宮中演戲不比外面的戲班，慈禧太后有許多講究之處，稍有拿捏不當就會怪罪下來。皇家演出的訓練造就了陳德霖能相當精準地詮釋人物，從觀眾對他演出《雁門關》之觀察可知：

　　　　陳石頭蕭太后道白斬釘截鐵，氣像雍容華貴，活畫出一位手握兵權
　　　　之辣手老婦。〔註82〕

　　《雁門關》原是梅巧玲的看家戲，屬於花旦應工；陳德霖在內廷供奉時承接了這個角色，以「青衣」應工，著重表現人物的氣度與神韻，尤其透過日常生活的觀察，將慈禧的生活舉止化用在戲裡的台步身段，展現出王后的「身分」，從此就成了他的代表作。所謂的「身分」也許可以概括青衣的表演美學，以梨園行話來說即是：「往台前一站就是有份量。」

小結

　　本章主要以陳德霖的表演藝術爲主題，討論「青衣」於京劇旦行傳承脈絡中的發展與表演美學。在陳德霖之前，京劇旦行較多以色媚人，表演務求新奇討好，故而觀眾喜歡看的是生動活潑、表情多與較戲劇化的花旦戲，而不是著重唱功的青衣戲。而青衣與花旦其實不斷地有所互動，演員於界限

〔註80〕張舜九，〈梨園叢話〉，《戲劇月刊》第 1 卷第 9 期（上海：戲劇月刊社，1929 年），頁 5～6。

〔註81〕梅蘭芳：《舞台生活四十年：梅蘭芳舞台回憶錄》（北京：團結出版社，2006 年），頁 169～170。

〔註82〕張聊公：〈評陳德霖的表演〉，頁 79。

邊緣有諸多嘗試，但仍是以劇場效果爲主要考量，尙未有「青衣」主題性的自覺。

唱片市場的興起，使京劇的聲音能在劇場外廣爲流傳，由是演唱的技術比做表更爲重要，於青衣地位之提昇實爲關鍵。而觀衆與賣家有其商業考量，標榜的是名家唱工，於是身爲內廷供奉的陳德霖，成爲青衣的領導人物，他完備了慢板大腔的傳統範式，亦是後起旦行們遵循的典範。

青衣美學其實是一直有所浮動的，當陳德霖被冠以「正宗青衣」的頭銜，雖是標示其劇壇地位，但不被陳德霖所接受，以爲這窄化了演員的表演能力，限定演員只能演出某類人物與劇目。其實，青衣的表演實是旦行畢盡一生，內化各種技巧後，所追求的最高境界：詮釋的是靜謐肅穆的高節女子，予人深遠的美感。在唱工上，以剛音唱正工調，轉腔細節則以收細法務求靈巧；在做表上，以少馭多，以簡馭繁，表現的是人物的身分與氣韻。陳德霖不以花招取勝，而是務求凝鍊，表現青衣高度藝術化後的內斂美學。

第三章　融鑄：王派花衫之開創

　　四大名旦開啓了京劇旦行表演史輝煌燦爛的一頁，而促使其藝術成熟的，則是他們共同導師——王瑤卿。相較於陳德霖，王瑤卿被歸屬改革者，他將青衣、花旦、刀馬旦融於一身而成花衫，改變了剛直唱腔與內蘊氣質，轉向另一種較多元而著重整體的表演效果。在「青衣」的傳統規範外，王瑤卿有更多個人創造與加工後的演出細節，進而諸多劇目在王瑤卿的整理下，成爲「王派花衫」代表作。

　　不似陳德霖在 1908 年即參與了「百代唱片」第一波的京城名家錄音，王瑤卿直到 1931 年才有「長城唱片」錄製《兒女英雄傳》中的《悅來店》、《能仁寺》六面唱片，而且只有四句散板，其餘全部念白。看似留下的範本偏少，但王瑤卿卻有爲數眾多的弟子傳人，蘇曠觀於《戲劇月刊》之〈王門弟子述評〉〔註1〕列舉的有：程豔秋〔註2〕、王幼卿、黃玉麟、金碧豔、郭效青、程玉菁、李淩楓七人，是以較嚴格的標準來篩選、討論師從王瑤卿者。而筆歌墨舞齋主〔註3〕所發表的〈京劇生旦兩革命家——譚鑫培與王瑤卿〉一文中，則引述了神保的〈古瑁軒弟子記〉〔註4〕，其中涵蓋了男演員：果香林

〔註1〕蘇曠觀：〈王門弟子述評〉，《戲劇月刊》第 1 卷第 3 期（1928 年）。收錄於史若虛等編：《王瑤卿藝術評論集》（北京：中國戲劇出版社，1985 年）（北京：中國戲劇出版社，1985 年），頁 384～390。

〔註2〕當時的程硯秋尚未改名。

〔註3〕筆歌墨舞齋主：〈京劇生旦兩革命家——譚鑫培與王瑤卿〉，《劇學月刊》第 3 卷第 7 期（1934 年）。收錄於史若虛等編：《王瑤卿藝術評論集》（北京：中國戲劇出版社，1985 年），頁 372～384。

〔註4〕作者述名爲「神保」，具體發表年代不詳，文中僅以旦行演員爲主，還不包括票友及生行。

〔註5〕、羅小寶、梅蘭芳、程硯秋、荀慧生、尙小雲、于連泉、王惠芳〔註6〕、姜妙香、榮蝶仙等 25 人；女演員：黃詠霓、毛劍佩、杜麗雲、華慧麟、王玉華、章遏雲等 13 人；戲校生則有中華戲曲學校宋德珠等 8 人。時至今日，談到王派傳人，則多以程玉菁、王玉蓉、于玉蘅等「玉字輩」〔註7〕弟子，及謝銳青、劉秀榮等中國戲校學生爲主要代表，因此廣義來看，基本包含了四大名旦、四大坤旦與劇校學生，可說是無旦不王派；而從旦行演出劇目的繼承關係來看，當年由王瑤卿創作、加工的劇目，今則多被視爲流派代表劇目，如：《三擊掌》、《武家坡》、《汾河灣》、《起解會審》、《孔雀東南飛》、《寶蓮燈》等，於是又可說旦角戲無不出自王派。

當代劇壇咸認爲王瑤卿之表演藝術爲「王派」，在過去京劇流派表演討論時，已是既定的說法：早在蘇曠觀〈王門弟子評述〉〔註8〕中，即以「王派」爲王瑤卿之表演定位，尤其是門下弟子爲數甚多，可說是京劇史之最；董維賢《京劇流派》〔註9〕地毯式地廣泛討論了京劇史各行當有所成就，且於傳承有所影響的流派宗師，而談論王瑤卿時，即開宗明義提到「王派」是「旦角藝術的基本流派」；另《中國京劇史》則在談論旦行流派時，亦認爲王瑤卿創立了「王派」〔註10〕，王派基本上是後來各家流派表演開枝散葉的源頭。然而若以「流派藝術」概念來檢視，「王派」的發展未若四大名旦各具顯著風格。比如唱腔，實難以從現今流傳的經典唱段中，明確地說明哪一句是「王腔」，或者某種發聲是「王嗓」。從客觀因素來看，或許由於王瑤卿離開舞臺的時間相當地早，而留下來的錄音資料，亦僅有《悅來店》、《能仁寺》之偏重話白的唱片與大嗓說腔的錄音〔註11〕，與其他名家演員相比少之又少，更遑論參

〔註5〕 即果湘林，程硯秋之岳父。

〔註6〕 即王蕙芳。

〔註7〕 王瑤卿弟子中，有不少以玉字起名者，以程玉菁（原名程玉美）爲首，有王玉蓉（原名王佩芬）、馮玉錚、羅玉萍、范玉秋、于玉蘅、牟玉秀、張玉英等。而玉字輩弟子可說是一支較特殊的繼承者，他們不似其他繼承者在成名後另歸一派，而是始終被歸於王派。見劉松崑：〈通天教主──王瑤卿〉。《中國京劇》第 1 期（1998 年），頁 33～35。

〔註8〕 蘇曠觀：〈王門弟子述評〉，《戲劇月刊》第 1 卷第 3 期（1928 年）。

〔註9〕 董維賢：《京劇流派》，頁 143。

〔註10〕 馬少波等編：《中國京劇史》（北京：中國戲劇出版社，1991 年），頁 677。

〔註11〕 王瑤卿所留下的錄音資料僅有：《悅來店》（北京：百代唱片，1931 年）、《能仁寺》（北京：百代唱片，1931 年）及《王瑤卿說戲》（北京：中國唱片，1961 年）。

與電影拍攝，留下影像紀錄傳予後世。然而王瑤卿在教育、導戲創作上不遺餘力，因此單純以個人的表演特點來討論「王派」藝術內涵似乎略顯單薄，傳統教育口傳心授之啓發，乃至於參與新戲創作的激盪過程，更是表演研究不可忽視的一環。

2010 年中國戲曲學院「王瑤卿對京劇藝術的貢獻及其戲曲教育思想研討會」中，與會者一致認爲王派是旦行流派之源〔註 12〕，且以上述諸多旦行演員皆師事王瑤卿的情況來看，這個觀點是必然成立，然其中存在著略爲模糊的概念——既爲「派」，必具備藝術家個人強烈色彩的特殊性，而王派的特殊性又有普遍包容性，使它成爲後世各種表演風格流變的源頭，王派由「一人特殊（王瑤卿個）——普遍包容（繼承者廣泛）——各自分支（傳人流派紛呈）」三者之間的相互關係，以及一幹多枝的傳承系統，甚難以簡單邏輯合理說明。本文試從資料記載配合現有的有聲資料佐證，分析王瑤卿表演藝術的特殊性與普遍性，進而討論其花衫之融鑄與開創在流派傳承上的意義。

第一節　嗓音特色於唱法的技巧發展

早期旦行演員所留下錄音資料中，最爲齊全的是陳德霖，板式、唱腔都相當完整，而陳德霖所代表的也是傳統老派的青衣唱法，以較爲高亢平直的方式演唱高調門的舊式唱腔。從徐蘭沅〔註 13〕將旦行嗓音所分的三大類來看：「立音嗓子（窄而高）、亮嗓子（寬而亮）和悶音嗓子（厚而悶）」，其中立音嗓子指的就是陳德霖一類的老派青衣唱法，亮嗓子便是王瑤卿的寬亮發聲法。可惜的是，出生稍晚於陳德霖的王瑤卿，僅能在錄音資料中聽到四句勉力演唱的【西皮散板】，念白則是近乎大嗓，故從錄音資料去定義王瑤卿的發聲特色有失精準。由於王瑤卿遇到演員中年二度變聲的關卡——「塌中」，嗓音失潤的他無法以唱悅人，便很早離開了舞臺，齊如山於此曾有詳盡的紀錄：

> 當他在二十歲左右時，嗓音寬亮而又會唱，扮相頗美而亦能表情，
> 身段亦美，迨塌中後，因嗓音自己已經不滿意，只好在腔調及話白

〔註 12〕陳友峰錄音整理：〈「王瑤卿對京劇藝術的貢獻及其戲曲教育思想研討會」會議記錄〉，《戲曲藝術》第 2 期（2010 年），頁 122～127。

〔註 13〕徐蘭沅：〈略談梅蘭芳的聲腔藝術〉，《戲劇報》（1962 年）第 8 期，頁 11～14。

中找俏頭，腔調無論怎樣想法子，但嗓音不夠高，一切高腔都不能
唱，只好在矮腔中俏頭，於是便不會滿人意了。〔註14〕

　　雖然無法從唱片錄音瞭解王瑤卿極盛時期的演唱方法，然而從這段文字
記載中亦不難發現：有別於陳德霖的細嫩高亢，王瑤卿屬於寬亮音，加上塌
中後便無法唱高音，只能從低音中尋求突破，種種生理上的限制，使得他開
始發展旦行另一種演唱方法。

一、亮嗓子：中低音域的舒展發聲

　　陳德霖的傳統唱法雖是青衣的典範，但隨著時代改變，當人們對字音與
情感的要求有所改變時，便已無法滿足新一批的觀眾群，在 1930 年代末，四
大名旦已名躁一方，評論家點出了舊式技巧的盲點：

　　　　陳德霖之字音裏入高調中，並不能十分清晰，而情緒較繁複之唱亦
　　　　不能盡致，實因高下轉折一氣呵成之際，已把全力用上，更無察幽
　　　　致曲之餘力也……此老調所以使人感覺單調也。〔註15〕

　　前一章已知陳德霖的字音訓練其實相當紮實〔註16〕，但窄而高的尖細演
唱方法，此時已無法滿足聽者字韻聆賞的美感需求，平直的唱腔無法傳達豐
富細膩的情感。顯然老派青衣的腔調與唱法，長期下來產生了規範法度所無
法解決的弊病，而關於字音與音高的調合關係，蘇曠觀則有更明確的比較推
論：

　　　　青衣聲調字眼，互爲消長，即聲調高越，字眼不易清晰，聲調低平，
　　　　字眼易於清晰。證諸實例，比比皆然。顧聽青衣，聽其清越脆亮，
　　　　至少必有相當高拔挺峭之程度，否則低塌平易，與花旦近矣。反言
　　　　之，尖脆銳利而過度者，必不能管字，無字之唱，終不可取，兩方
　　　　應爲之平，折衷是已。〔註17〕

　　蘇曠觀認爲花旦的字眼能清晰，在於掌握低音，但全趨向低音則不能勝

〔註14〕　齊如山：《京劇之變遷・清代皮簧名腳簡述》（瀋陽：遼寧教育出版社，2008
　　　　　年），頁 191。
〔註15〕　凌霄漢閣：〈記「程」下〉，《半月戲劇》第 2 卷第 2 期（1939 年），無編頁碼。
〔註16〕　齊如山對陳德霖的訓練背景有很詳盡的紀錄，尤其是字音的掌握，陳德霖
　　　　　在崑曲的口緊要求中，突破過去崑曲不擅闊口的問題，而無字音不清的藝
　　　　　病。齊如山：《京劇之變遷・談四腳》（瀋陽：遼寧教育，2008 年），頁 261〜
　　　　　388。
〔註17〕　蘇曠觀：〈王門弟子述評〉，《戲劇月刊》第 1 卷第 3 期（1928 年），頁 40。

任演唱，如此又失卻青衣舞台表演的基本要求；而當立音嗓子於字音與唱腔無法諧調時，王瑤卿有別於陳德霖的「亮嗓子」，便讓旦行發聲獲得解決之道，蘇曠觀於此則又補充了「亮嗓」的確切發聲法：

> 在唱法上，王派主張不太用力掙扎，庶幾有吐字之餘地。然因捏喉
> 不及德霖之緊，故發音不若陳之峻峭高拔，然能利用其較爲寬舒之
> 音，以行極靈活之腔，是故青衣唱工，欲求字正腔圓，捨王派實難
> 圖之。陳腔極圓，而字太含糊，談不到正不正；孫怡雲字較陳老清
> 晰，而腔近拙，均未若瑤卿之能兩全。〔註18〕

相較陳德霖「捏喉」的高亢唱法，王瑤卿以較爲舒展的中低音演唱，音色寬厚飽滿而不細窄尖銳，因此字音較爲清晰，也有餘力發展豐富的行腔技巧。而劇評家稱這種聲音爲「中和之音」，比如說其徒弟程玉菁：

> 玉菁之嗓丹田音頗壯，有瑤卿昔年中和之韻。〔註19〕

舒舍予則說荀慧生之中低音是：

> 嗓音以傷于唱秦腔，雖得中和之氣，惜犯寬音太多之弊，惟頗清柔
> 而善運用。近來細音已見增多，寬音自覺漸少，然尚未臻結實之境。
> 咬字甚切，飄倒尚不多見。念白清脆有味。〔註20〕

從這兩段比較來看，可知所謂「中和之音」正是中低音區的寬亮音，且利於咬字清晰。若以此再回溯王瑤卿的嗓音特色，便可發現王瑤卿雖於高音有不如陳德霖之處，但仍能在低調門的發聲音域中，尋求旦行演唱的詮釋技巧。

寬音唱法使旦行漸漸地不受正工調的限制，但王瑤卿帶頭降低調門後，卻也引起了老派觀衆的不滿：

> 泊乎今日規模久廢，典型全無，自命爲名角者，無不自帶場面，以
> 掩其拙，而所唱調則愈唱愈下，雖扒字亦有其人可慨也夫。〔註21〕

「扒」字指的是凡字調，和正工差距甚遠，如此說法是譏諷其調門之低。但如此一來，演員演唱技巧的門檻降低，又自備私房胡琴，專屬個人的新腔也就相應而出，如梆子出身的荀慧生轉唱京劇後，無法唱青衣高腔，雖然他

〔註18〕蘇曠觀：〈王門弟子述評〉，收錄於史若虛等編：《王瑤卿藝術評論集》（北京：中國戲劇出版社，1985年）（北京：中國戲劇出版社，1985年），頁385。
〔註19〕徐筱汀，〈程玉菁之緹縈救父〉，《戲劇月刊》第1卷第2期（1928年），頁3。
〔註20〕舒舍予：〈梅荀尚程之我見〉，《戲劇月刊》第1卷第2期（1928年），頁2。
〔註21〕施病鳩：〈碧梧軒劇話〉，《戲劇月刊》第1卷第1期（1928年），頁1。

亦曾留有《孝義節》〔註22〕之唱片，欲以此證明能勝任傳統唱工，但錄音仍以寬音居多，調門則降至小工調（如同舒舍予之記述）。但這卻沒有影響到荀慧生於唱腔的發展，進而以嫵媚寬音獨具一格，可見王瑤卿開中低音演唱風氣之先，亦使其他演員仿效而藉此突破自身嗓音限制。

然而徐蘭沅認爲王瑤卿塌中和他的發聲方式有關，因寬音雖然音色明亮卻無法久唱。王瑤卿的胞侄王幼卿被吳小如視作王派嫡派傳人〔註23〕，在1930年代中期亦塌中就退出舞台轉作教學。他於1929年和1936年皆有留有錄音，1929年之《武家坡》〔註24〕【西皮二六】：「指著西涼高聲罵」的「著」，於拖腔中字音近「啊」，將字轉於張口音而利於寬音演唱。錄音的調門在六字調，尤其於中音特別寬亮甜潤，但由高音轉中低音區時，便常會發生大嗓的「冒喙」狀況，如其中無義「的」強盜「罵」「幾」聲，奴爲你「不」把相府進，標註的字都冒出了大嗓，可見其發聲習慣了中低音共鳴區，高音區是較於吃力的，一旦勉力唱高而欲過渡至中低音時，聲帶瞬間鬆馳就出現了失去控制的狀況。到了1936年錄製《萬里緣》時，嗓音狀況更不如前，調門在凡字調和六字調之間，念白試著以中低音鬆馳舒緩，偶有大嗓倒覺得自然，但【西皮慢板】：「棄榮華來受這貧苦風光」，「光」之低音拖腔已全然是大嗓；「每日裡良妻樣婦隨夫唱」，「唱」的高腔更是出現大嗓轉換小嗓的咽啞狀況。

其實早期諸多旦角都有「塌中」的問題，不盡然和發聲方式有關，吸鴉片與作息方式應也有影響，如陳德霖是因爲染上鴉片癮而嗓敗，後經苦練才回復。就連梅蘭芳也曾有過塌中危機，舒舍予曾有如下記述：

> 唱音甜潤而媚，能使人動憐愛情感，表情亦細到，功候甚深。故歌
> 喉雖有將近塌中現象，尚覺不甚明顯。〔註25〕

徐蘭沅亦將梅蘭芳的嗓音歸類於寬亮嗓子，但他認爲梅蘭芳於發聲上有所苦練，故並未有塌中問題。其實梅最早是拜陳德霖，開蒙師父吳菱仙

〔註22〕荀慧生：《孝義節》（北京：高亭唱片，1925年），收錄於「中國京劇老唱片」網站。

〔註23〕吳小如：《吳小如戲曲文錄》（北京：北京大學出版社，1995年），頁669。塌中的時間點亦以吳小如說法爲準。

〔註24〕譚小培、王幼卿：《武家坡》（北京：高亭唱片，1929年），收錄於「中國京劇老唱片」網站。

〔註25〕舒舍予：〈梅荀尚程之我見〉，《戲劇月刊》第1卷第2期（1928年），頁1。

教的亦是老式青衣的唱法，但梅蘭芳自認嗓音條件不同於陳德霖，故而有所調整：

> 我的唱法早年是走的陳德霖先生的路子。後來感覺我的嗓子跟陳先生不很相似，他的嗓子細亮嬌潤，我是一條寬嗓子，跟王瑤卿先生的嗓子比較接近。因此，我又吸收王先生的唱法。〔註26〕

舒舍予的塌中之說也許言過其實，但就摸索發聲方式的角度來看，各門各法都有其侷限，傳統發聲只能維持於正工調高音區，王瑤卿的寬亮中低音，對聲帶則雖是舒展，卻使聲帶無法捏喉作細。相較王幼卿，梅蘭芳取其平衡，故能使聲帶於高低音區保持自如轉換，而嗓音甜潤寬亮俱全，亦成爲梅氏表演一大特點。

二、收著放，放著收：舒展唱法的字音表現技巧

王瑤卿降低調門，雖與「塌中」有直接關聯，卻並非純然生理因素的解套辦法。一如譚鑫培改程長庚之黃鐘大呂，而走細膩纖巧之情，王瑤卿其實亦受到譚鑫培的影響，將調門降低後，使旦行演唱能於宛轉曲折之中傳達豐沛感情，由是和陳德霖的傳統唱法有所區別。劇評亦常將譚、王二人並列討論，認爲他們都是演唱技巧的開拓者：

> 青衣之有王，絕類老生之有譚，蓋皆以行腔流利，神韻生動爲主，所謂活唱法；又曰有情之唱，以能唱出劇中人之境地爲尚。試以德霖與瑤卿較，其別自顯。〔註27〕

雖然「以譚鑫培作比較」是當時劇評常見的模式，但王瑤卿與譚鑫培有過相當長時間的合作，於唱法上學習譚鑫培不無可能，而蘇曠觀的觀點亦是敏銳地覺察到兩人之間相互借鑑，他更認爲：「譚偷旦腔，用於生唱，不經道破，人或不覺。王偷生腔，用於旦唱，不經道破，人亦不覺。」〔註28〕因此王瑤卿於中低音的運用，便有許多與譚鑫培相似的演唱技巧：

> 譚嗓富彈力，故能伸縮自如，於收音每多奇峭，有類懸崖勒馬，雖

〔註26〕原爲 1954 年的錄音，經梅葆玖於董圓圓拜師會上播放。見梅蘭芳，〈不抄近路是我學戲的竅門〉，《中國戲劇》第 7 期（1995 年 5 月），頁 10。

〔註27〕蘇曠觀：〈王門弟子述評〉，收錄於史若虛等編：《王瑤卿藝術評論集》（北京：中國戲劇出版社，1985 年）（北京：中國戲劇出版社，1985 年），頁 385。

〔註28〕蘇曠觀：〈王門弟子述評〉，收錄於史若虛等編：《王瑤卿藝術評論集》（北京：中國戲劇出版社，1985 年）（北京：中國戲劇出版社，1985 年），頁 386。

一刹那頃，已收得甚圓，此於【西皮正板】句中第二節不行腔處聽之最顯，其訣在一放即收，一往即復。絕似書家藏鋒，每筆之末，故逆其來勢略行送回，故圓混無跡。王腔遇此等處，與譚有同一妙用。視老派之必以重濁音殿於字尾，強直拖住，方落得下，收得穩者，大有巧拙之別。譚王二派之腔，所以較前人靈活者，此其原因之一。〔註29〕

王瑤卿在高調門的奮力演唱法中脫困，於中低音的演唱多了靈活之美，在尾音的收法不似舊法剛拙，用「一放即收，一往即復」的方法，使唱腔不再像老派青衣注重高亢剛勁的立音，在高音域的奮力演唱中，造成勉力收音的痕跡〔註30〕。而關於運用收放之間的情感傳達，其弟子南鐵生（1902～1991）於此技巧中，有更爲具體的說明：

> 「王派」在唱上的特點是抒情與渲染氣氛相結合。所以，在細膩委宛中韻味濃而又不失於纖巧。這是既注意控制音色要美，又強調用丹田氣（利用橫隔膜的動作控制氣息），中氣不好的人是不能把王派的唱腔處理好的。先生還創造了「收著放」（漸強的音量處理）和「放著收」（漸弱的音量處理）的唱法。因此一句普通的【散板】或【導板】都唱得非常有氣勢。〔註31〕

王瑤卿於低音區中，掌握到聲音的強弱控制法，因此唱腔的展現多了許多豐富的聲情，如《玉堂春》〔註32〕中：「舉目往上觀」，在「觀」字上便在第一個長音中，試著將聲音收輕（放著收），進而往下一壓，略帶鼻音唱連續的低音，如此小腔的演唱也顯得靈動而不生硬，亦凸顯了女性的柔弱嬌媚，然後又以「收著放」的方式唱「Fa」，使聲音由晦暗不明到逐漸清楚，由是將蘇三內心的不安與悲淒，彷彿由心內深處緩緩地唱出來。可見調門降低後，

〔註29〕蘇曠觀：〈王門弟子述評〉，收錄於史若虛等編：《王瑤卿藝術評論集》（北京：中國戲劇出版社，1985年）（北京：中國戲劇出版社，1985年），頁387。

〔註30〕徐蘭沅曾談到，過去老式的旦角演唱，相流行「前帶（口額），後砸夯」的唱法，指的是在開始與結尾都露點大嗓，這種唱法筆者尚未有更確實的考據，但比較上段引文之「以重濁音殿於字尾」，似有可以相互補充之處，推測應是音高而字濁，使得這種唱法斧鑿的痕跡過重。見徐蘭沅：〈略談梅蘭芳的聲腔藝術〉，頁13。

〔註31〕南鐵生：〈春華秋實——紀念王瑤卿先生百年誕辰〉：《王瑤卿藝術評論集》（北京：中國戲劇出版社，1985年），頁104。

〔註32〕王瑤卿：《王瑤卿說戲》（北京：中國唱片，1961年）。

延展了運腔高低強弱的彈性，而這種技巧亦是過去老派青衣於中低音域區缺少的迴旋之美。

唱法掌握了收放控制，於念白亦有所助益，尤其是用在「叫板」，往往需要較激昂的聲調，卻容易只求一味高聲，而無法傳達人物情感，甚至每齣戲念成一個樣子。荀令香學習《金水橋》時，記述了王瑤卿的對聲音收放的要求：

> 你把「綁了」二字，用勁念響了就算對了嗎？錯就錯在這兩個字用了一個樣的勁頭。「綁了」這兩個字，在念時要『放著收』，綁字要用噴口將字音揚上去，但「了」字出口，一定要用氣托住，在收音時微帶顫音。記住，她（指銀屏公主）這不是帶著兒子高高興興去赴宴。〔註33〕

秦英誤擊斃詹國丈，銀屏公主無奈綁子上殿請罪，氣他莽撞無禮，又將面對愛子九死一生的緊要關頭，勢必不是單純地嚷嚷而已。這種在高聲後收至顫音的處理方式，正在激憤處隱含悲悽，表現銀屏公主又怒又怨，威儀中惴惴不安的複雜情緒，而如此念法王瑤卿之說戲錄音中亦有示範可供佐證。〔註34〕

三、開口音的掌握關鍵

徐蘭沅在討論舊式青衣唱法時，曾談到旦行小嗓的「一」字音好找共鳴，「啊」字音則不好唱，因此過去有的旦角無論什麼字眼，皆以「一」字拖腔〔註35〕，以避掉小嗓不利於開口音的困擾。王瑤卿於此便有所突破，他受到梆子開口音的影響，研究開口音的發聲方法：

> 瑤卿不是崑腔底子，韻白念的不及老輩，崑腔講口緊，梆子講開口，完全北方音，瑤卿受了這種影響，他念白口太敞，可是有一樣，雖然不及老輩講究，但開口音極好聽，大受觀眾歡迎，於是戲界的思想，也跟著變了，遇有小孩開口音念得好聽，則親戚朋友必高興，說好了，張得開嘴，有飯吃了，瑤卿以後的旦角，念白都是講念開

〔註33〕荀令香：〈姓名香馨滿梨園〉，《王瑤卿藝術評論集》（北京：中國戲劇出版社，1985年），頁64～65。
〔註34〕王瑤卿：《王瑤卿說戲》（北京：中國唱片，1961年）。
〔註35〕徐蘭沅：《徐蘭沅操琴生活》，頁15。

口音的，第一個人便是梅蘭芳，以後都是如此。〔註36〕

齊如山以王瑤卿非崑腔底子的觀點切入，其實有待商榷：據王瑤卿自述〔註37〕所載，他是蘇籍人士，父親是是咸豐年間的崑旦王絢雲，崑曲於他而言應算是家學。而在1894起隨班入宮承差，宮中演戲自是崑亂兼演，若要能應付，必須得有功底才行。周貽白亦認爲：

> 王瑤卿先生在幼年時代曾習唱過崑曲，是由他父親的一個師兄教的（那個人姓夏，過去也是一位有名的崑旦，因年老無靠，才由他父親接到家裡來住，直到這位夏老先生逝世）。王先生自己常説「不懂崑曲」，這是一種謙遜，其實他的徒弟中，如程玉菁就向他學過《扈家莊》、《金山寺》等崑曲；他也校正過中國戲曲研究院戲曲學校學生劉秀榮的《斷橋》一劇；也替謝銳青改訂過《思凡》的字音和唱法。〔註38〕

另筆者於2011年訪問于玉蘅，亦提到他在王門學藝時，先和王少卿學習崑曲，曲子學完後再由師父王瑤卿作細部修正。因此王瑤卿並非是沒有崑曲底子，應是有意改變崑曲口緊的習慣，而若説這是受到梆子的影響則可以合理推測：由於當時演出「皮簧、梆子兩下鍋」是常態，到了清朝末年北京「十個戲班子，總有八班是梆子腔」〔註39〕，王瑤卿於是受到梆子演唱方法的影響，是可以確認的。但由於借鑑的是梆子唱法，所以不以字緊爲準則，倒以唱字清楚爲主；然齊如山推崇陳德霖之字緊，故認爲王瑤卿之口太敞爲不美，其實都是相對性的比較問題。

又依徐蘭沅的説法，「一」字音好唱，容易「立音」，而「啊」字音不好唱，是「悶」音，王瑤卿的寬亮音恰能迎刃而解：王瑤卿的嗓音既不若陳德霖之高亢，故而張口音的掌握，是不以高音、立音取勝，而是在他擅長的中低音共鳴區，運用鬆弛舒展的亮嗓子唱法，使張嘴音得以發聲，如此便是有別於陳德霖細窄立音的寬厚之音。而若進一步結合上述「字眼與聲調高低」

〔註36〕齊如山：《京劇之變遷·清代皮簧名腳簡述》（瀋陽：遼寧教育出版社，2008年），頁192。

〔註37〕王瑤卿：〈我的幼年時代〉，《劇學月刊》第2卷第3期（1933年）。

〔註38〕周貽白：〈回憶王瑤卿先生〉，《王瑤卿藝術評論集》（北京：中國戲劇出版社，1985年），頁315～316。

〔註39〕齊如山：《京劇之變遷·清代皮簧名腳簡述》（瀋陽：遼寧教育出版社，2008年），頁192。

的關係來看，音細高易字模糊，王瑤卿則完全沒有這個問題。因此王瑤卿雖非老式青衣之立音嗓子，卻能利用自身中低音的優勢，使吐字清晰，甚至突破舊式唱法於開口音的侷限。

開口音一直是旦行極欲克服的問題，本研究引用齊如山談論陳德霖、王瑤卿到梅蘭芳，都是得力於張口，而梅蘭芳練習開口音時，也費了好一番工夫，一度讓人覺得他的唱太僵化，不如朱幼芬響亮好聽，但其實朱幼芬全然「迸嘴音」演唱，待梅蘭芳開口音練就之時，觀眾對他的認可也就大大提升。〔註40〕張君秋受王瑤卿教益甚多，亦對開口音的訓練十分重視：

> 《賀后罵殿》的【二黃快三眼】以及《玉堂春》裡的【西皮二六板】轉【流水板】的等，都是難度比較大的唱段，這些唱段，我每次吊嗓是必唱的，而且一段唱不僅唱一次。吊嗓還要注意選擇各種轍口的唱段，如《玉堂春》那段【西皮二六板】轉【流水板】的唱腔是人辰轍，屬於閉口音，旦角的閉口音比較好唱一些，開口音比較難一些，不要因為難就不去吊了，愈是難，愈是要有意識地去練，像《賀后罵殿》【二黃快三眼】的唱段是發花轍，屬於開口音，更應該多練。〔註41〕

張派新戲如《詩文會》、《西廂記》、《狀元媒》中的經典名段，多有開口音之轍口，尤其是江陽轍，如【四平調】：「喜盈盈進畫堂」（《詩文會》）、【反二黃】：「碧雲天、黃花地，西風緊，北雁南翔」（《西廂記》）、【西皮小導板】：「天波府忠良將，宮中久仰」（《狀元媒》）等，都是開口音轍口的經典名段。

第二節　板式節奏的靈活運用

既於唱法上發展有別於陳德霖的寬嗓唱法，王瑤卿得以游刃嗓音、字眼與音高之間，如此更能進一步於舊有板式中，創出各種不同的節奏運用技巧。而王瑤卿雖無留下完整板式的錄音，但創腔作品為數不少，因此從這些創腔與徒弟繼承的紀錄中，仍可發現許多線索。

〔註40〕徐蘭沅：《徐蘭沅操琴生活》第 3 集，頁 16。
〔註41〕張君秋：〈談戲曲青年演員的學習〉，《張君秋戲劇散論》（北京：中國戲劇出版社，1983 年），頁 190。

一、從字數結構的改變發展新唱法

傳統京劇唱腔，有其固定不變的模式〔註 42〕，若要能突破成套固定的板式，張君秋便認爲王瑤卿擅於在字數、句數的不同組合中，產生唱腔的跌宕變化：

> 王瑤卿先生設計唱腔對唱詞也有特殊的要求，他認爲，唱腔的固有格律同唱詞的固有格律關係很密切，往往唱詞格律的突破可以促成唱腔格律的突破，如果唱詞總是十字句、七字句，十分工整，那麼唱腔也很難有更多的突破，他更喜歡長短句的結構。他設計某段腔時，常常提出一些修改唱詞的方案，要求作者能在某句唱詞中加幾個垛句，然後創出的腔果然富有新意。〔註43〕

比如從川劇改編之《柳蔭記》，標榜未更動原劇一字，將許多長短不一的詞句編入皮簧〔註 44〕，可說是王瑤卿的編腔代表作之一。本研究試另以《白蛇傳》〈遊湖〉一場爲例，白蛇出場唱：「人世間竟有這樣美麗的湖山」，近乎白話的句子已超乎傳統京劇「三、三、四的」字數組成規律，而王瑤卿則於杜近芳和劉秀榮〔註 45〕分別編排了【西皮搖板】和【南梆子】不同唱法，同樣的唱詞，卻有各自不同的處理方式，以此爲例更可凸顯王瑤卿編腔之靈動且因人制宜。

【南梆子】的版本無「樣」字，斷句爲「人世間、竟有這、美麗的湖山」，前兩組三個字與傳統無太大差異，而關鍵在「美麗的湖山」要如何處理，若是對比《霸王別姬》中虞姬所唱【南梆子】之斷句法：「我這裡、出帳外、且散──愁情」，可以發現最後一句的音樂結構是在「且散」的「散」字上作文章，最後以「愁情」落在的固定唱腔格式中。王瑤卿於此便將「美麗的湖山」

〔註42〕 傳統青衣唱腔甚少變化，因此在教學時，只要學會了《祭江》（二黃）、《祭塔》（反二黃）、《彩樓配》（西皮），便掌握演唱基本的十二套大腔，此說法參見程硯秋〈創腔經驗隨談〉一文。

〔註43〕 張君秋：〈念昔絳帳裡，諄諄頻發蒙〉，《王瑤卿藝術評論集》（北京：中國戲劇出版社，1985年），頁 58。

〔註44〕 《柳蔭記》之編腔已有諸多分析討論，故本研究於此不贅述。見黃克保：〈王瑤卿與京劇《柳蔭記》〉，《王瑤卿藝術評論集》（北京：中國戲劇出版社，1985年），頁。

〔註45〕 杜近芳、葉盛蘭、吳素英：（《白蛇傳》北京靜場全劇錄音，1959 年）；劉秀榮、張春孝、謝銳青：（《白蛇傳》北京實況全劇錄音，1981 年）。收錄於《梨園網》（http://liyuan.xikao.com）。

之「麗」以類似墊字處理，輕輕帶過，在「的」字上耍一小腔後，落在「山」字上而唱收尾的腔，因此「美麗的——湖山」之音樂結構實與【南梆子】「二——二」的組成方式無太大差異，使原先看起來不好編腔的五字句，經此一唱便和傳統「且散愁情」的編法類同，但多了墊字，節奏輕重有了俏頭，腔有了變化，舊的規範中亦有了新意。

　　而另一【西皮搖板】的唱法，其自由節奏的板式本就有靈活調度的空間，但王瑤卿亦非以水腔處理，而是在此一長句中，於「人世間」換氣，「竟有」往上一提唱長音，到「這樣」的「樣」上則微挑，短促帶過尾音，順勢唱出「美麗的湖山」，「竟有」和「這樣」的兩次輕揚，有如白蛇觀景時，唯妙微肖地唱出白蛇口中不禁讚嘆美景的語氣。而「美麗的湖山」則先以低腔舒緩演唱，而至「湖山」再轉度到明亮的長音，發揮杜近芳音色共鳴的優勢。如此先收著迂迴而逐漸延展放出音量，恰與白蛇遊湖從近景觀賞，到放出視線看遠方湖山相結合，悠揚的尾音則又予人無限綺旎的春景。

二、鬆緊帶：固定板式中的速度變化

　　除了同一唱詞的不同唱法，王瑤卿更在單一節奏的【西皮垛板】中，唱出靈活的韻致，如同前述王瑤卿會希望編劇在固定唱詞結構中，填入長短不一的句子，以增加節奏變化而有新意。據劉秀榮〔註46〕回憶所述：當年排演時，王瑤卿希望編劇田漢寫出一段白蛇對許仙愛與怨恨等複雜情緒的唱詞，田漢隨手寫了：

> 你忍心將我害傷，端陽佳節勸雄黃；你忍心將我誆，才對雙星盟誓願，你又隨法海入禪堂；你忍心叫我斷腸，平日恩情且不講，怎不念我腹中懷有小兒郎；你忍心見我敗亡，可憐我與神將刀對槍，只殺得筋疲力盡，頭昏目眩，腹痛不可當，你袖手旁觀在山崗。手摸胸膛你想一想，你有何面目來見妻房？〔註47〕

　　這段唱詞有六字、八字和十一字，字數組成又相當不公整，甚至不是上下句的對應形式。然而王瑤卿拿到唱詞後，一邊哼唱，便將唱腔譜出來，以「垛句」的方式，數著板唱，中間連數個「你忍心」又在速度上有所細微不同，有疊覆強調的效果：第一個「你忍心」頂著一擊大鑼接唱，在「你」上

〔註46〕劉秀榮：《菊圃榮秀上：生平介紹談說藝《斷橋》《拾玉鐲》》（北京：中國文聯音像出版社，2000年）。

〔註47〕以下分析以杜近芳之錄音為例。

作腔，千絲萬縷的情感就這樣展開；第二個「你忍心」將速度加快，表現了兩人過往恩情倏然抹殺；第三個「你忍心」則在「心」上帶啜泣似的小尾音，恰詮釋「叫我斷腸」；第四個「你忍心」則是連三個重音，將速度往下「扳」（撤慢），字字懇切唱出水鬥時的千辛萬苦。隨後在「腹痛不可當」的「當」上作腔，漸次加快而後再「你有何面目」的「目」上，瞬間屏息「哽」住，再幽怨地接唱滿腹悲憤委屈。如此在「板」中操作自如，即使是看似單一的節奏，亦有不同的快慢強弱，王瑤卿便以「鬆緊帶」作喻，說明他在傳統板式中的處理方法：

> 你扯一尺鬆緊帶，就是一尺，這是個定數，但這一尺鬆緊帶，繫在你的腰間，或者是腿肚子上，它將隨著你的體形胖瘦，可大可小，但仍然是一尺鬆緊帶。唱戲的板眼，也是一樣，一板三眼，也是個定數。但演員根據角色當時的規定情景，根據感情的變化，節奏時快時慢，可鬆可緊，快與慢，自然地合起來，不「硬山擱檩」，這就叫做鬆緊帶。〔註48〕

而能游刃於不同字數結構與板式的關係，充分地掌握了演唱節奏的處理，程硯秋則提出是因爲王瑤卿的「南城口音」緣故，他認爲：「瑤卿與霜說的都是南城京話，所以口齒清利，吐字眞切細緻，於行腔耍板最爲便利。」〔註49〕然而在其他評論耳裡，或有不認同王瑤卿於字音與腔的處理方式：

> 瑤卿千伶百俐，製腔如探囊取物，隨手拈來，工夫之深，運用之巧，頗足令人心折，所編各腔，非不流利動聽，然韻味不若德霖之厚，故不耐久嚼，而喜用京字，平仄雖調，上去二聲，往往適得其反。〔註50〕

上述評論與程硯秋的觀點看似一褒一貶，卻都顯示了王瑤卿之所以能便利製腔，流俐清晰的北京口音是主要因素之一，使得他能不拘於舊式青衣對字音口緊的要求，更加自如生動地掌握行腔的節奏。

〔註48〕 黃蜚秋：〈王瑤卿先生談「鬆緊帶」的唱法〉，《戲曲藝術》（1982年）第4期，頁35～36。收錄於史若虛等編：《王瑤卿藝術評論集》（北京：中國戲劇出版社，1985年），頁282～285。

〔註49〕 程硯秋：〈戲曲界與「普通話」〉，《程硯秋戲劇文集》（北京：華藝出版社，2010年），頁505。

〔註50〕 小田：〈青衣唱法概論〉，頁1。

三、雙板、滾板：變化拍子的唱法

　　掌握了字、板式與節奏之間的關聯，王瑤卿於是能在舊板式中唱出新節奏，甚而變化出新的唱法，這或許受譚鑫培擅於運用墊字及耍板之影響，尤其是在【快板】的處理上。程硯秋有相當精闢的見解，他引用了徐大椿的《樂府傳聲》來說明：

　　　　快板要板要字眼真切，口齒伶俐。最要緊的是氣度沉穩，控得住，
　　　　愈跳蕩愈從容。所以說「快板難於穩」。所以《傳聲》亦說：「快板
　　　　字字分明，遇要緊字眼，又必以跌宕出之，使聽者知其字音之短，
　　　　而音節反覺得其長。」亦是個穩字注明。「閃板」亦是這個道理。
　　　　〔註51〕

　　所謂「閃板」指的是不在原有的正拍上，而是唱在後半拍上，這是譚鑫培常用的技巧，而王瑤卿則在「閃板」的基礎上又衍生為「雙板」，即在原有的板後都各墊一板。如現今常演的《四郎探母》中四郎和鐵鏡公主【快板】對唱，鐵鏡公主之：「有什麼心腹事，你只管明言」，於「有——什——麼」中間都各多一拍，即是為「雙板」唱法，之後的「心」「腹」、「你」則以「閃板」銜接，尤其「心」在「麼」的後半拍墊尾音接唱，落在正拍，「腹」則是搶在後半拍唱，如此錯落有致顯得特別地俏。又如《玉堂春》之「拉——拉——扯扯就到公庭」亦是如此，在原有的節奏中將「拉」字延長一板，甚至在第二個「拉」上作腔，使唱詞在板的延長變化中，得以被強調；演員在緊密節奏的演唱過程中，亦有所紓緩；更於看似【快板】必然字多腔少的定律，運用節奏變化巧置新奇動人之處。

　　「滾板」亦是王瑤卿的創作〔註52〕，它的結構是由自由節奏的散板而逐漸上板乃至加快，趙榮琛形容這有如「數著唱」〔註53〕。如《硃痕記》「捨飯」一場的唱法：

　　　　有貧婦（高唱而後大鑼一擊後漸次加快）跪蓆棚淚流滿面尊一聲二
　　　　將爺你（「你」字作腔）細聽我言（唱散），可憐我有（有唱穩收音，
　　　　再次加快）八十歲的婆婆她三餐未曾用飯，眼見得就餓死在那（愈

〔註51〕程硯秋：〈唱腔——藝術札記之一〉，《程硯秋戲劇文集》（北京：華藝出版社，
　　　　2010 年），頁 435。後段唱法分析亦參考了程硯秋之記載。
〔註52〕受訪者于玉蘅表示，和王瑤卿學戲時就是這麼唱，強調這是王派的腔。
〔註53〕趙榮琛〈程派藝術漫話〉，《程派完全手冊》（北京：中國戲劇出版社，1980
　　　　年），頁 67～73。

唱愈快到「那」字，連續唱幾個那）蓆棚外邊（唱散轉【哭頭】）啊……

二將爺啊！

這段唱腔在原有的固定字數中，突破了原有的上下句格式，不以七、十字作一句的終結。程硯秋編創新腔時，獲王瑤卿許多教益，《硃痕記》亦成爲程派的代表作，實際原是王瑤卿的發想。而在程派不少唱段中亦有此應用，如《鎖麟囊》：「驀地裡見此囊依舊還認，分明是出閣日娘贈的鎖麟，到如今見此囊猶如夢境，我怎敢把此事細追尋，從頭至尾仔細地說明？手托囊思往事珠淚難忍！」，和上述的結構則大致類同，都是「散板高揚──上板漸次快──轉慢唱散或哭頭」。

從上述討論中，可發現王派唱腔的藝術內涵，多偏向原理、原則，故而王瑤卿雖無如陳德霖之完整板式錄音傳世，卻更讓人容易掌握到學習脈絡：從發聲來看，王瑤卿降低調門，在中低音區得以盡情展現聲音變化，發揮演唱的聲情，進而在字音、板式與節奏的關係掌握中，能創造出各種不同的演唱技巧；在唱腔上，王瑤卿留給傳人的，不是幾段成套固定的唱腔，而是讓後繼傳人能從中充分發揮的「行腔法」，這套方法不拘於一格，可以說是放諸四大名旦，乃至於以華麗風格演唱見長的張君秋，皆不離這原則，因而後繼傳人能在掌握唱腔收放與靈活的板式節奏之中備出佳腔。

第三節　生動韻致的念白技巧

王瑤卿在演唱上不具嗓音優勢，於是在其他地方設法開展表演空間，又如上述齊如山所記述的──「從話白找俏頭」，可知念白亦是王瑤卿鑽研琢磨最多者。然而王瑤卿所留下的念白資料較爲欠缺，其中《悅來店》與《能仁寺》皆爲純然京白，另說戲錄音中有念白者爲：《金水橋》、《三娘教子》（有引子、韻白）〔註54〕。而齊如山便認爲王瑤卿的韻白非是強項：

> 瑤卿無崑腔底子，念白欠講究，敵不過上邊所舉幾位，所以他就設法在京白中找俏頭，他的京白，全得力於旗人。按戲界中人，與旗人來往最密者，以他王府上爲第一家，不過他所來往的，都是內務府人，說話不夠高尚，所以他之京白，多含中下人家的叫囂性質，與德林之京白，大有不同。可是後來者，尤其是女腳，多半是學他

〔註54〕收錄於王瑤卿：《王瑤卿說戲》（1962）。

這種。他的韻白，在彼時老腳們都以爲不夠高尚，但觀眾也相當歡迎，説見後。〔註55〕

因陳德霖並無念白的資料紀錄，所以齊如山這段關於「高尚」的比較無法得證。然可以確定的是王瑤卿的念白有別於過去強調崑曲的雅致底韻，主要來源於生活上的語言化用，因此具有個人特點並受到觀眾的認可。而這亦與當時梆子班盛行有著密切關係，王瑤卿既於開口音的發聲中興許受到梆子影響，同理，話白的念法借鑑梆子，亦不無可能，齊如山便如是認爲：

> 瑤卿之白受梆子影響極大，因爲在光緒中葉以後，一直到清朝末年，
> 北平可以説是梆子的世界，彼時十個戲班中，總有八班是梆子腔，
> 尤其花旦一行，更爲吃香，如冰糖脆，玻璃脆，小旋風，銀娃娃，
> 大五月鮮，小五月鮮，三位靈芝草等等皆是。以上所舉都是純粹梆
> 子班之腳，與皮簧班是兩件事情，因爲在光緒中葉以前，皮簧班人
> 家的子弟，都是學皮簧或崑腔，絕對沒有學梆子腔的，到此時才有：
> 如羅小寶、陳鴻禧等，均爲皮簧人家之徒弟，但均專學梆子，此種
> 風氣，到清末尚未衰，如尚小雲、荀慧生、于連泉等，最初都是學
> 的梆子，此足見梆子腔之盛。〔註56〕

梆子班盛行影響了王瑤卿的念白，兩者之間的必然性齊如山並未詳盡說明，但從文中可發現梆子班的花旦是較爲出色的。花旦向來重的是說白與表演，王瑤卿若有受梆子班影響，借鑑梆子花旦的機率較大。因此梆子較爲貼近庶民生活的表演風格，亦影響了王瑤卿，故而齊如山雖以崑曲且行的標準，認定王瑤卿之韻白格調不高，但另方面，相對生活化的京白，則提供了王瑤卿較爲寬廣的創作空間。

一、京韻白：流利生動的京白韻致

同樣認爲日常生活的語言習慣影響著演員的表演，程硯秋則以「南城口音」的角度，提出和齊如山「內務府叫囂式京白」不同的觀點。程硯秋認爲這種說話方式幫助了王瑤卿在行腔要板的便捷，而所謂的「南城口音」與王瑤卿是蘇籍人士有很大的關係：

〔註55〕齊如山：《京劇之變遷・清代皮簧名腳簡述》（瀋陽：遼寧教育出版社，2008年），頁191。

〔註56〕程永江編：《程硯秋史事長編》（北京：北京出版社，2000年），頁63。

　　當年蘇崑班戲曲家以及江南的文人藝士，都聚在南城（宣武門以
外，前門以西）。他們的語音都以口齒清利見長，這與南城話的形成
大有關係。尤其是戲曲界影響極大。〔註57〕

　　語音漸變融合非本文的討論範圍，然而從程硯秋的觀察來看，好比溥洞
雖是清宗室人，但他擅長崑曲，說話細聲細氣，像蘇籍人士講京話，而這種
口音別具韻致且清晰流利，因此亦成爲戲曲表演的念白技法。程硯秋與齊如
山的觀點雖相佐，卻都是將生活中的語言提煉至藝術化的舞台語言，因而無
論究竟是梆子風格或南城口音，王瑤卿的念白極富流利的節奏感與生活化的
生動趣味，在實際表演上，便發展爲所謂的——「京韻白」，這在王派代表作
《十三妹》中有具體的表現，其傳人李開屏便認爲：

　　《十三妹》何玉鳳的念白，既非韻白，亦非純粹口語化的對白，與一
　　般花旦的京白也不同。十三妹的念白在發聲咬字和氣口上有輕、重、
　　緩、急、抑、揚、頓、挫的豐富變化，故稱之爲「京韻白」。〔註58〕

　　京韻白可說是王瑤卿於舊有京白，強調語言韻致，使原來的京白不僅是
種口語化的說白，因此，無論是「叫囂」也好，「口齒清利」也罷，王瑤卿「京
韻白」的語氣、聲調表現都比過去豐富許多。

　　而一如譚鑫培運用虛字、墊字來耍板，促成京白變化的關鍵，亦是虛字
的運用，其弟子荀令香便認爲：

　　王老在處理十三妹進「悅來店」後與安公子的對白，更是別有風采。
　　他充份地運用了北京民間俗語、並加以提煉使之藝術化。他念白中，
　　還襯有「啊、呀、哦、嗯、喲……」些字，這對塑造這個熱心俠腸
　　的少女形象亦起了畫龍點睛的作用。〔註59〕

　　舉例而言，何玉鳳要點破安公子說話的破綻，頭句的念白如下：

　　十三妹：哎！我想啊，什麼原諒不原諒的，倒也沒什麼要緊，你呀
　　說你的都是實話，是不是，一句瞎話沒有不是？

　　安驥：是。

〔註57〕程硯秋：〈戲曲界與「普通話」〉，《程硯秋戲劇文集》（北京：華藝出版社，2010
　　　　年），頁506。
〔註58〕李開屏：〈親傳教誨　畢生難忘——略談王派表演藝術〉，《中國京劇》第4期
　　　　（2000年），頁44。
〔註59〕荀令香：〈姓名香馨滿梨園〉，《王瑤卿藝術評論集》（北京：中國戲劇出版社，
　　　　1985年），頁67。

十三妹：待我呀，戳破了幾樣給你聽聽。〔註60〕

其中的「哎」、「啊」、「呀」雖都是虛字，作用不盡相同，如：「你呀說你的都是實話，是不？一句瞎話沒有不是」，這段你「呀」是個小氣口，緊接著後段的台詞速度瞬間加快，尤其「是不」如日常語氣吃字的方式快速帶過，而不是逐字朗誦，緊接著的「一句瞎話沒有不是」像連珠炮一樣迅捷，表現了何玉鳳江湖氣；又如「原諒不原諒的」，一樣的詞說兩遍，第一個「原諒」短，第二個「原諒」略為拉高而長，並用尾音「的」延長語氣，這句話便產生了由快節奏，到了最末一字漸高而輕揚，於是又得以表現少女的嬌氣，而不是一味的剛直。再者後面的「聽聽」則是第一個字高而輕，第二個「聽」則低而簡潔，並強調了「後鼻音」〔註61〕，使一長串講話的結尾爽朗俐落，在語氣的變化中增添何玉鳳胸有成足，以逸待勞的神態。

上述這一小段的念白表演，便可發現王瑤卿於白口的處理，既容納了生活化的語言，但又不是全然挪用，而是必須活用於人物刻畫，張君秋的學習經歷便可作進一步的說明：

> 王瑤卿先生還特別注重給我說京白戲，像《蘇武牧羊》的胡阿雲，十三妹的《何玉鳳》，《四郎探母》的鐵鏡公主，以至《探親家》等，都是京白戲。王先生對我說：「像你這樣又脆又亮的嗓子，尤其適合京白。」王先生的京白講究口語化，經他嘴裡念出的京白，字字清爽流利，句句自然熨貼，他唱《探親家》的【銀紐絲】，唱中有念，念中有唱，唱念之間過渡銜接十分自然，很有生活氣息。他教《十三妹》京白時，不許學生記詞，要求用腦子記，這樣要求是為了讓學生不死記。他念的詞，有時小地方有出入，如果你總在這些小地方死摳，他就批評你太不靈活，其實，詞句上的出入不能較真，要緊的是你念的詞同生活接近不接近，如果一味死記，拿腔拿調，念出來不口語化，臺上就不是演人物了，這是王先生最反對的。〔註62〕

張君秋的經驗點出了幾個王派念白重點：一是亮音的掌握，一如前述寬亮開口音能使字音真切；二是生活化的追求，務使字字流利，靈活調配，念

〔註60〕據錄音資料整理。王瑤卿：《悅來店》。
〔註61〕筆者曾於2011年訪問謝銳青，她談到王瑤卿教的京字京韻最重視的便是後鼻音，而這也是南方人比較欠缺的。
〔註62〕張君秋：〈念昔絳帳裡，諄諄頻發蒙〉，《王瑤卿藝術評論集》（北京：中國戲劇出版社，1985年），頁54。

起來如同劇中人物口吻而不做作；三是念白在抑揚頓挫的調配下，極富旋律和節奏感，使唱和念之銜接不感到斷裂。由此來看，掌握「京韻白」的關鍵，在於念法生動韻致，初步得融入日常說話方式，再者要將其中的音韻加以修飾美化，以表現人物情境，若只是強記死背聲音高低，便無法將「京韻白」的特點充分發揮。

二、風攬雪：京、韻白於一角色中的自由調度

在京白上有所突破之後，王瑤卿更進一步地結合韻白與京白於一人之中。過去旦行表演，依人物行當區分：青衣大都是講韻白，花旦則講京白（偶有例外）。而一如「京韻白」力求京白口氣、韻致與戲劇情境結合，王瑤卿亦將京白與韻白的不同特性，融於一人，配合角色在不同心境中的表現，而不拘於老式表演將京、韻截然劃分。這種念白方式謂之「風攬雪」，往往能增添舞台語言的趣味性，以《珍珠烈火旗》一劇爲例：

> 雙陽公主在母后父皇面前要念得嬌氣一些，用京白。頭場跟狄青說話要夠「份」，你是公主，不知道他是什麼人，不能正視他，而是斜視他，用韻白。結親以後點兵那場，人物關係不同了，感情也不一樣了，因此在「駙馬聽令」用韻白以後接著京白「你呀，你可小心著點」。這就顯出了嬌妻關切的心情，嫵媚的神態，而對其他將官就要顯出「帥」的身份。〔註63〕

京白的俏麗活潑與韻白的沉穩悠揚，可於一角色之不同情境中分別使用。荀慧生受王瑤卿影響，亦有同樣的方式，他認爲演出《汾河灣》時，即使是青衣，但在和薛仁貴逗鬧的時候，「不妨說得更活潑、更直率、更接近於生活一些，甚至可以用京白。」〔註64〕而荀慧生在念白上，常常不拘泥於韻白、京白的限制，時京時韻，甚至京、韻難分，其傳人李玉茹便說：「先生盡量把這些念白口語化，這就是荀派既非徹底湖廣音的韻白，又非完全京白的非常獨特的吐字清晰的念白風格。」〔註65〕顯然這是在王瑤卿風攬念白技巧上，又加以發揮而融鑄成新的流派風格〔註66〕。

〔註63〕謝銳青：〈回憶程式的典範——憶向王瑤卿老師學戲〉，《王瑤卿藝術評論集》（北京：中國戲劇出版社，1985年），頁201。
〔註64〕荀慧生：《荀慧生演劇散論》（上海：上海文藝出版社，1980年），頁4。
〔註65〕李玉茹：《李玉茹談戲說藝》（上海：上海文藝出版社，2008年），頁70。
〔註66〕另有「諧白」一說，參見孫毓敏：《我的京劇人生》（北京：中國文史，2017

「風攪雪」是王瑤卿在語言表演上的俏頭，然而無論京白或韻白，皆是
為求符合戲劇情境，而非是純然地賣弄以討好觀眾，王瑤卿曾說過：「我不
能放過任何一句話、一個字。」〔註67〕目的就是要發揮白口與唱腔中，「字」
的美感與聲情，張君秋向王瑤卿學習的經驗中，亦體會出舞台唱念的處理
原則：

> 舞臺上的唱念，京白也好，韻白也罷，都是劇中人物的唱念，不能
> 為唱而唱，為念而念，我現在常對青年演員講，說就是唱，唱就是
> 說，都要發乎內心，唱念才能諧調自然。我的這些主張是受王瑤卿
> 先生啟示得來的。〔註68〕

張君秋「唱念一體」的觀點，謂來自王瑤卿，意即要使唱的音樂性符合
生活中的說白，台上的說白則又必須有音韻美感，目的就是要使舞台的文字
語言能在音樂與說白的兩種表現中達到調和。而無論是「京韻白」或「風攪
雪」，處理好每個字句與人物心裡的關係，是表演最重要的原則。

第四節　不拘一格的花衫表演風格

前述關於青衣的討論較多是「孰非青衣」的規範問題，青衣代表的是種
嚴格而崇高的典範；王瑤卿之花衫則海納百川，沒有所謂的限制或典型，舉
凡：《兒女英雄傳》、《乾坤福壽鏡》、《珍珠烈火旗》、《虹霓關》、《樊江關》、
《穆柯寨》等，或晚年編腔創作的《白蛇傳》、《柳蔭記》，甚而旗裝戲如《雁
門關》、《萬里緣》、《探親家》、《梅玉配》等，都是唱做並重或文武兼備者。
顯然王瑤卿更想回到「旦行」詮釋人物的本質，表演從劇本設定與劇場需求
出發，而不是先限定「青衣」、「花旦」的界限，尤其荀慧生提倡「演人別演
行」，可以說是王瑤卿理念的最佳註解：

> 不管你唱的是哪一行，人物是頂要緊的。行當再嚴，也蓋不過人物
> 去，明確地說，行當就得服從人物。〔註69〕

　　　年），頁147。
〔註67〕荀令香：〈姓名香馨滿梨園〉，《王瑤卿藝術評論集》（北京：中國戲劇出版社，
　　　1985年），頁64。
〔註68〕張君秋：〈念昔絳帳裡，諄諄頻發蒙〉，《王瑤卿藝術評論集》（北京：中國戲
　　　劇出版社，1985年），頁54。
〔註69〕荀慧生：《荀慧生演劇散論》（上海：上海文藝出版社，1980年），頁2。

雖然王瑤卿的種種改革在當時引起了許多爭議，甚而譏諷他爲「洋腔」、「雜派」〔註70〕，但他的作法的確對後來旦行流派開創，產生了莫大的影響，劇目的編創不再受限行當，演員的發展也有無限可能。

一、花衫來源與定義

王瑤卿所開創之「花衫」，多半被認爲是青衣、花旦舊法突破的產物，但「花衫」二字其實不是演員自我標榜之詞，而是評論家取「花旦」和「青衫」各一字合而爲一個新的行當名稱，如舒舍予在談荀慧生時，便說他「乃花旦底子能唱者，亦即在熔冶「花」「衫」時代，最爲相宜而無有其匹者。」〔註71〕因此花衫的意義基本上就是：兼備花旦之做與青衣之唱。但是，齊如山對於此則有不同看法：

> 這也是後來的名詞，崑曲中是沒有，他的性質就是崑曲的旦，或正旦；也就是現在的閨門旦。那們爲什麼又叫花衫子呢？因爲後來的人，把古人的正旦，誤認爲是現在的青衣。可是《牡丹亭》裡的杜麗娘、《風箏誤》裡的詹淑娟、《奇雙會》裡的李桂枝，《會審》的玉堂春、《落花園》的陳杏元、《彩樓配》的王寶川、《打金枝》的公主、《慶頂珠》的蕭桂英等腳，說他是青衣，他不穿褶子；說他是花旦，他的舉止也很穩重，也不穿時裝（花旦褲子、襖子原先都叫時裝，不過《玉堂春》他穿的紅罪衣，原先也是時裝），所以又起了個名字，叫花衫子。其實性質與閨門旦一樣。〔註72〕

齊如山是以一戲中的正角觀點談論花衫的定位，在他看來，其實沒有所謂的青衣、花旦的區隔，但因爲時人的誤解，只得把一些非穿著「青衫」的正角，歸入「花衫」行中。但這裡其實也有些模糊的地方，例如：以「閨門旦」來看，《慶頂珠》似乎去之太遠、《玉堂春》也有些勉強。而文中透出些許端倪是在於「服飾」上的辯駁，如前述推論，也許是爲梅蘭芳之新戲創作解套。簡言之，花衫是穿著較花梢的正角，但若以梅蘭芳新編古裝歌舞劇來看，「花衫」的表演內涵更多的是關於新腔與身段的編創：

> 所以能就前人演戲的原則，參加己意化出種種的新腔，發明種種的身段，以博多數座客的歡迎，又把青衣花旦融合爲一，創出一個花

〔註70〕魏泯：《老藝術家王瑤卿及其他》（上海：平明出版社，1953年），頁5～6。

〔註71〕舒舍予：〈梅荀尚程之我見〉，《戲劇月刊》第1卷第2期（1928年），頁1～2。

〔註72〕齊如山：〈戲劇腳色名詞考〉，《戲劇叢刊》第1期（1932年），頁77～78。

衫名目來藉此標新立異，迎合社會的心理。（其實這樣辦法，創始的
是余紫雲，繼起的是王瑤卿，蘭芳還是最後一人。不過余王的冶花
衫於一爐，不甚顯著，蘭芳卻是彰明較著的，把他合而爲一的。）
〔註73〕

　　花衫之興起最初是種宣傳噱頭，以一人兼能多角爲號召。但本研究梳理
旦行發展脈絡時，亦指出跨行當的嘗試其實所在多有，故而花衫之獨特，應
當是試圖以「融合」一徑，憑唱做詮釋人物，而不論行當之分門歸類。

二、王瑤卿之花衫表演風格

　　王瑤卿由於塌中而退出舞台，他的藝術理念乃由四大名旦與其他旦行繼
續實現，因此花衫的融合雖於梅蘭芳完成，但還是必須歸諸催生者。由於王
瑤卿早期竭盡所能地或學或觀察，演出各名家的「一招鮮」：時小福的《汾河
灣》、余紫雲的二本《虹霓關》和余玉琴的《十三妹》，這些戲未必是名家實
授，只要經他演過，便能在前人詮釋之外有所突破。

　　但這都不是一蹴可幾的，他和陳德霖一樣，有相當全面的基礎：先從田
寶琳學青衣，接著在「三慶班」和崇富貴練武工，受傷後接著和謝雙壽學青
衣戲，有：《彩樓配》、《教子》、《探窰》、《二進宮》、《大保國》、《戰蒲關》、《祭
塔》、《打金枝》、《金水橋》、《武家坡》、《回龍閣》、《蘆花河》、《五花洞》、《三
擊掌》、《落花園》、《罵殿》等。謝雙壽甚至能同時教花旦而不被反對，這在
當時是僅有的，也是王瑤卿後來行當突破萌芽之始。

　　在和謝雙壽學戲的同時，王瑤卿也和杜蝶雲學刀馬旦戲，如：《娘子軍》、
《扈家莊》、《祥麟現》、《竹林記》、《破洪州》、《穆柯寨》、《鳳凰台》、《馬上
緣》、《殺四門》、《烈火旗》、《反延安》，但當時其實沒有登台實踐過。直到後
來，又向錢金福學習武工把子，才把這些戲重新排演。如此充實的學戲經
驗，可知行當對他來說其實就是劇目與功底的滋養，而和陳德霖不同的是，
他追尋著前人的腳步，極力想突破行當表演的界限，從中找到屬於自己的表
演風格。

　　王瑤卿在早期搭班時，「論資排輩」總是無法唱主戲，但他並不願意安份
地權當配角，而是盡力地將戲給演好，秉持著「一台無二戲」〔註74〕的理

〔註73〕豁公：〈哀梨室戲談〉，《戲劇月刊》第1卷第4期（1928年），頁3。
〔註74〕程玉菁：〈承前啟後　一代大師〉，《王瑤卿藝術評論集》（北京：中國戲劇出
　　　　版社，1985年），頁120。

念，不管什麼角色都能成爲他的代表作：比如《五花洞》，陳七十演主角眞潘金蓮、他來配角假潘金蓮，但經他一演，反倒將假潘金蓮演成主角；又如《起解》、《會審》原是頭路青衣都不唱的戲，其中《起解》甚至有點過場戲的性質，只有一段【原板】，但王瑤卿將《起解》加了大段祭獄神的【反二黃】，自此《起解》也能單成一齣〔註75〕。正因有這些競爭上的磨練，王瑤卿畢生都在想盡辦法豐富原戲的表演內容，且即使是一演再演的老戲，他都能有不同的詮釋：

> 《審頭刺湯》之雪豔，洞房刺湯勤時，陳德霖與王瑤卿二人做工不同，德霖刀刺湯勤後立即回身抽劍再刺，若瑤卿則刀刺湯勤後，因一擊不中，報仇心急，狀甚恐慌，滿地摸索小刀，迨湯勤將至帳邊取劍，適爲所見，乃推倒奪劍殺之，陳德霖做工似過簡單也。
> 〔註76〕

陳德霖和王瑤卿的動作模式都是「刀刺」與「拔劍」，架構大致是相同的，唯小地方的差異使兩人的表演產生不同的效果。王瑤卿著眼於人物的焦迫，如此拔劍就不是單純拔劍，而是緊張之中急轉發現，於是多了表演層次與轉折，相對陳德霖的傳統表演也就更爲逼眞動人。

王瑤卿在表演上注重細節，而不是墨守舊法，在諸多表演環節上，他的考量以人物的身分、情境、情感爲優先，所以在一齣戲裡，不同場次都有不同的詮釋角度，比如《貂蟬》一劇：

> 貂蟬這個活兒不好演。你在台上要注意到不同的環節，要把他的三種不同身分演出來。《拜月》這場戲，不能光表現出一個歌姬的身分就算了事，更重要的是，要把貂蟬憂國憂民的好心演出來，讓觀眾對貂蟬有眞正的認識。在《小宴》這場戲中，她是以王允的女兒、名門閨秀的身分出現在呂布面前，所以這場戲的表演，不能輕浮。而在《大宴》這場戲中，她又以一個美貌的歌姬身分出現，這時貂蟬的獻媚、嬌豔、輕佻，其目的爲了誘惑董卓上鉤。如果把握不好這幾場戲的火候，就會把戲演成一道湯。〔註77〕

〔註75〕梅蘭芳：《舞台生活四十年：梅蘭芳回憶錄》（北京：團結出版社，2006年），頁208。

〔註76〕舜九：〈戲劇談片〉，《戲劇月刊》第2卷第8期（1930年），頁4。

〔註77〕荀令香：〈姓名香馨滿梨園〉，《王瑤卿藝術評論集》（北京：中國戲劇出版社，1985年），頁61。

　　這齣王派劇目經小生葉盛蘭、葉少蘭兩代搬演，如今已更名《呂布與貂蟬》，是爲葉派代表作，其他人物不免被小生風芒蓋過，但從上述荀令香學戲的記述，亦得以還原《貂蟬》的演出細節。王瑤卿並非是單純地標榜不同行當的兼扮，而是貂蟬爲離間董卓、呂布，有著自我、名門千金與歌妓之不同身分，她要面對的人，要達成的目的都全然不同。因此若單純用青衣或花旦的「行當」規則來表演，貂蟬的人物調性難以歸屬，極可能演成三個角色，或者演成「一道湯」，自始至終就是貂蟬的一種面貌而已。

　　作爲三國連環記的犧牲品，貂蟬有諸多的心裡衝突，亦無法從單純從「行當」的角度去思考，以致流於技巧形式化。一如《審頭刺湯》在老戲之細節與空白上的塡補，王瑤卿之貂蟬亦有極具層次與張力的表演：

> 　　王允與貂蟬定計後，貂蟬在下場前有一句接唱，王老巧妙地運用【大鑼鳳點頭】的鑼經，爲貂蟬設計了左手持手帕、右手按掌的亮相動作，眞是「帥」極了，動作瀟脫俐落，與鑼經的配合更是天衣無縫。最後在貂蟬唱「要學西施惑吳君」的「吳君」二字時，王老用細膩的表演，刻畫了貂蟬的內心世界。在唱「吳」字出口時，王老右手成蘭花指欲向前指出，身體稍向靠後，「君」字出口時，右手有力地向前指出；身隨手動形成直立，目光炯炯有神。繼之在【大鑼一擊】中，左轉身，背手向下場門的亮相，更是姿態莊重。通過這一系列的表演，把貂蟬捨身救國、迎難向前的氣魄刻畫的神情逼肖。〔註78〕

　　「帥」的表演效果是種乾淨俐落，甚至帶點男子英氣，這種身韻風格多半用在武旦和刀馬旦身上。然青衣求的是內斂，花旦則是靈動活潑，詮釋貂蟬願意捨身爲國的心情，那種毅然決然的堅定，都嫌不夠份量。王瑤卿此處的處理，顯然是化用了武勢，但又不是眞的讓她變成了刀馬旦，而是在鑼經中，運用大鑼的沉重聲響，搭配手絹有力剛直的動作姿勢，凸顯了貂蟬雖一介女流而慷慨赴義的英雄氣度。

　　王瑤卿會戲甚多，有「通天教主」之稱，雖然這一開始也是個諷刺〔註79〕，卻無法抹滅他全能的表演長才，且教戲能說「總講」，意即所有的角色他能一

〔註78〕荀令香：〈姓名香馨滿梨園〉，《王瑤卿藝術評論集》（北京：中國戲劇出版社，1985年），頁63。
〔註79〕董維賢：《京劇流派》，頁149。

人全教，但也是有所選擇：

> 有一次戲曲學校請他教《豆汁記》，他說：「我不會這齣。這是花旦
> 活，這可把我撅了！」我說：「現在的金玉奴已不踩蹺，您怎麼不教？」
> 他說：「你又說外行話了。一齣戲有一齣戲的劇情和人物，就是專唱
> 花旦的，如果沒學過這一齣，也不能教，何況我還隔了行？更一層
> 說，比方《雁門關》一劇，會青蓮公主的就不一定能把碧蓮公主唱
> 好。京劇的動作身段看起來好像都差不多，會了這些，就可以什麼
> 都會。其實，一般的身段動作、武功把子之類，只是一種基礎，眞
> 正唱起戲來，可得把好劇情的分別和人物的分別，甚至同一個人物
> 在每一個場子和每一個關子上的分別。〔註80〕

即使有「通天教主」之能，亦是有所爲有所不爲，婉拒教《豆汁記》之
另一層原因，也許是爲了不搶人飯碗，畢竟這是荀慧生的看家戲，正如當初
《白蛇傳》編創，他也曾建議找荀慧生〔註81〕。每件事有其最適合的人選，
不能輕率地看待所謂的融合或通才。但是，上述後段的解釋則又進一步闡述
了他對藝術之嚴謹，或許行當限制始終不是其導、演的考量因素，然行當的
界定卻是演員投入或勝任一齣戲的先決條件與基礎。而王瑤卿正是能在行當
的規範中遊走自如，如此才能以「細膩」、「求眞」爲尚，務求同一角色於一
戲中的各場次有不同的對應表現；相反的，類同扮相的角色，或是類同程式
套路的表演，在不同戲中亦注意不同人物的區別：都是服青褶子、繫腰巾，
且又有戲妻情節的者，有：《汾河灣》、《桑園會》、《武家坡》；都是趟馬的，
有：《樊江關》、《十三妹》；都是行圍射獵的，有：《銀空山》、《穆柯寨》，以
行當之基本紮根，再求符合戲情戲理，就能同中求異，精準詮釋，而不是一
招半式矇混過關。

小結

本文從現有的唱片資料和文字紀錄中，梳理了王瑤卿在唱腔上對傳統青
衣發聲法的拓展，無論是降低調門或是板式節奏的嘗試，俱成爲現今旦行普

〔註80〕 周貽白：〈回憶王瑤卿先生〉，《王瑤卿藝術評論集》（北京：中國戲劇出版社，
  1985年），頁321～322。

〔註81〕 張偉君：〈承先啓後 一代宗師——紀念王瑤老誕辰一百周年〉，《王瑤卿藝術
  評論集》（北京：中國戲劇出版社，1985年），頁45。

遍的唱法；念白方面，強調生活化的語言與舞台表現之結合，進而發展成別具俏頭的節奏韻致。但出發點仍是要符合人物身分與戲劇情境，而非單純地討好。因此，王派在旦行發展上，以流派藝術之姿存在，其表演開創性與通則原理之建立的意義，更大於技巧形式的表面學習與模仿。

從王瑤卿的藝術發展歷程來看，塌中的嗓音限制是他得以尋求表演突破的契機。然而如此的論述邏輯，其實忽略了王瑤卿在不斷鑽研、創造的過程，有著堅實的學習基礎。一如當初他大膽突破青衣、花旦之界限，融鑄各種表演技巧於各戲人物，而成「花衫」一行，若無「文武崑亂不擋」之全面化繼承，王瑤卿亦無法有所革新。此外，雖概言之「花衫」，卻不是單純的融合某些固定的唱、做模式，或是形式技巧的賣弄，而是種務實求真，講就表演細節與人物精準詮釋的精神，故於不同的戲中，皆有各種不同表現方式〔註82〕。

王瑤卿不耽於一時的舞台效果而被概然定型，因此無法同其他流派那樣，具體說明王派是否具有某種的鮮明特色。而這也體現於王瑤卿的教學，張君秋談到王瑤卿曾對他說：「你要注意發揮自己的長處，不能光學人家，因為你即使學別人學得再像，人家是真的，你的還是假的。」〔註83〕王瑤卿注重的是在合情合理的表演設計中，發揮演員的特長，若僅僅模仿名家演員的表相，這樣模仿式的表演是不成立的。因此，王瑤卿終其一生，並未以王派自居〔註84〕，便是不希望僵化旦行表演，而是要有創發的精神，並博采眾家之長，使旦行表演藝術能有更多的表現空間。所謂：「譚鑫培革命，只本身成功；王瑤卿革命，給別人開路。」〔註85〕相較於生行，譚鑫培的藝術成就只在個人的典範塑造，而王瑤卿更多的是在教育、編腔、導演上，對旦行發展的影響。

齊如山認為桃李滿天下的王瑤卿，由於離開舞台甚早，即使創造了如【南梆子】的佳腔，卻沒有專屬王派的腔調傳世〔註86〕。這說法雖是歷史發

〔註82〕 如《兒女英雄傳》、《穆柯寨》、《貂蟬》、《白蛇傳》等，雖皆為「花衫」，但偏重的表演皆不同，依劇情發展，有的武工繁複，有的則有大段唱腔。

〔註83〕 張君秋：〈念昔絳帳裡，諄諄頻發蒙〉，《王瑤卿藝術評論集》（北京：中國戲劇出版社，1985年），頁55。

〔註84〕 于玉蘅：〈學習流派與流派教學〉，《戲曲藝術》第4期（1987年），頁64～66。

〔註85〕 筆歌墨舞齋主：〈京劇生、旦兩革命家──譚鑫培與王瑤卿〉，《王瑤卿藝術評論集》，頁382。

〔註86〕 齊如山：《京劇之變遷・清代皮簧名腳簡述》（瀋陽：遼寧教育出版社，2008年）。

展的現實狀況，但從上述討論中，可以發現王瑤卿並非希望他的學習者，表面化地繼承他的藝術，因此傳予後世者，多爲通貫式的原理，無論是發聲法或是念白的技巧，「王派」是爲了提昇旦行傳統表演藝術，是種放諸各處皆然的通則，而非是單純個人生理特點的發揮。以【南梆子】的例子來看，更應強調的是王瑤卿所建立的創腔方式，而不該止於旋律的背誦傳承，王腔亦不是種固定的套式。

在王瑤卿擔任中國戲校校長時，見時下多學習梅派，便請梅蘭芳到校演講，要大家不要死學他，以免箝制自身將來發展的可能性。而在他自己的教學中，當年于玉蘅、程玉菁、王玉蓉即使學同一齣戲，皆是不同的腔與不同的表演方式〔註87〕；同一齣《白蛇傳》，編給劉秀榮與編給杜近芳亦是不同唱法。如此一來，似乎容易使學生找不到學習的準頭依歸，但于玉蘅則以自身的教學經歷〔註88〕，歸結出王派劇目最適合用在給學生開蒙打基礎，原因就在於「通大路」——具備了旦行的傳統表演內涵與全面而紮實的表演基礎建構，因爲他所傳承的不是某一句腔或音色的複製，而是唱「法」與念「法」，正如本文所分析的王派唱念，關鍵在於蘊含的「理」。

于玉蘅在王瑤卿「因材施教，要求瓷實准確，規矩大方」〔註89〕的教學理念繼承之下，於中國戲曲學校培育了楊秋玲、李維康、劉長瑜、張曼玲〔註90〕等各具特色的演員，而非單純模仿流派，限定他們的初始發展。故從旦行表演藝術的傳承脈絡來看，王瑤卿的王派精神立基於傳統的根柢與符合戲劇人物的大前提下，促使其傳人們在既定的表演模式中，有所突破並各自發展成別具一格的流派藝術。如此一來，旦行無不王派，它是源頭，同時亦提供了充足養分，促成演員發揮自身的特長，進而造就繼承者名家輩出的盛景。

〔註87〕 于玉蘅：〈學習流派與流派教學〉，《戲曲藝術》第 4 期（1987 年），頁 64～66。
〔註88〕 在王瑤卿的引薦下於 1950 年至中國戲校任教，繼承王瑤卿的理念，成爲各屆的旦角開蒙教師。
〔註89〕 王瑤卿：〈我的幼年時代〉，《劇學月刊》第 2 卷第 3 期（1933 年），頁 65。
〔註90〕 皆畢業自中國戲校，師承于玉蘅。

第四章　對話：梅程相應的藝術發展

　　旦行傳承至陳德霖和王瑤卿，開始分支爲「青衣典範」與「花衫開創」：陳德霖藉由錄音技術保存了旦行各種板式的唱腔資料，表演上則塑造了內斂含蓄的青衣傳統；王瑤卿則因塌中退出舞台，以教學、編導影響著劇壇發展，衍生出重戲情、戲理，突破行當限制的表演新風。兩人亦師亦友的關係有許多值得玩味之處。〔註1〕

　　相對陳德霖與王瑤卿，梅蘭芳與程硯秋亦然，師徒間的比較與競爭、傳承與開創，都有多可大書特書之處。且行傳承脈絡中這段獨特的師徒對話，比如「打對台」的事件〔註2〕，各家說法不一。然本研究無意於高下優劣的比較——如此討論只停留在主觀喜好——而是從兩人藝術生涯裡或相似重合、或相互依循、或區隔對應的種種事件，包含戲劇編演、舞台詮釋，乃至於政治活動的參與等，試著從中論析演員的自我認同，尤其是藝術風格定位與社會地位界定。

　　劉曾復在《京劇新序》中對演員的學習、成長與發展有下列梳理：

> 一位京劇藝術家（演員）的成長有三個階段：「歸派」、「創作」、「成熟」歸派是說演員出師後要升入一「派」之堂。創作是入一「派」之堂之後，要發揮自己之長，避自己之短，創出自己的一套正確的

〔註1〕 么書儀：《從程長庚到梅蘭芳：晚近京師戲曲的輝煌》（臺北：秀威資訊出版社，2012年）。書中對王瑤卿在競爭下的改革與努力多有批評，但演員所處的時空環境和當代不同的說話習慣，其實亦容易造成誤解。

〔註2〕 梅蘭芳和程硯秋於1936年和1946年有過兩次打對台。見顧正秋：《休戀逝水》（臺北：時報出版社，1997年）、章詒和：《伶人往事：寫給不看戲的人看》（臺北：時報出版社，2006年）。

演唱原則，受到廣大聽眾的歡迎、得到專業人士的認可，甚至公送成「派」的雅號。成熟是進一步自我檢討研究、去僞存眞，使她（他）的藝術成爲爐火純青、眞正能夠傳世的工作。〔註3〕

所謂的「歸派」不等於今日僵化的流派模仿，或應更廣泛地解釋，是指歸屬於哪一個傳承體系。本研究前述之陳德霖和王瑤卿，即是後起旦行普遍遵循的「派」，尤其四大名旦更是在陳德霖建立的傳統青衣基礎上，接受王瑤卿的創作啓發，使自身表演藝術趨向成熟。故學習前人傳統是成熟發展的前題，而有所覺知則是揚長避短，自成另一派的關鍵。

在陳德霖、王瑤卿之後，梅蘭芳率先成名，自成一家，徒弟程硯秋亦以梅蘭芳爲榜樣，再「闖」出另一條自己的道路。李玉茹曾提出「陳骨、王髓、梅韻」〔註4〕概括承上啓下的程派藝術，程硯秋之於梅蘭芳是旦行傳統的衍生與蛻變，故以梅蘭芳和程硯秋兩人藝術生涯的「對話關係」而言，演員的自我意識愈趨明顯，如何在激烈的劇壇競爭中突圍是他們的主要課題。本研究由是梳理出京劇旦行傳承系統，凸顯這幾代旦行演員是如何歸派、創作而成熟。

第一節　梅程初創時期之劇目創演

1913 年梅蘭芳赴上海演出，可說是他藝術生涯的一大關鍵，上海觀眾的品味、市場，以及各種新興的表演方式深深地刺激到他，回北京後開始醞釀新一波的演出計畫。1914 到 1918 年間是梅蘭芳早期創作最旺盛的時候，尤其是 1915 年，同步推出了「古裝」和「時裝」的新戲：古裝新戲演出了《嫦娥奔月》、《黛玉葬花》、《千金一笑》，時裝新戲則演出了《孽海波瀾》、《宦海潮》、《鄧霞姑》、《一縷麻》。王安祈認爲梅蘭芳在劇目編演上，力求塑造的形象是「端莊雅正」，原因是：

> 梅蘭芳力求雅正的內在隱衷分爲兩點：從大處說，可視爲梅蘭芳對外在大環境文化思潮的回應；從個人因素分析，則或與梅蘭芳試圖擺脫相公堂子的出身陰影有關。〔註5〕

〔註 3〕 劉曾復：《京劇新序》（北京：學苑出版社，2008 年），頁 379。
〔註 4〕 李玉茹：《李玉茹談戲說藝》（上海：上海文藝出版社，2008 年），頁 96。
〔註 5〕 王安祈：《性別、政治與京劇表演文化》（臺北：國立臺灣大學出版中心，2011 年），頁 10～11。

　　的確，一般都認爲梅蘭芳有著天生「雍容華貴」的氣韻，表演上不溫不火，端莊圓融的雅致美感可說是梅派藝術的最佳形容。但不可忽略的是，藝術家的風格發展有一定的路程與必經的歷練，梅蘭芳的雅正路線亦有其成形過程。

　　同樣的，程硯秋至今被冠上淒楚的形象，擅以幽咽宛轉的嗓音詮釋悲劇，這樣的定論亦須重新批判。青少年時期的程硯秋，對於梅蘭芳這位獨領劇壇風騷的前輩無比敬仰，自 1917 年起，每於丹桂園演完，即趕去吉祥戲院看梅師的《天女散花》、《嫦娥奔月》等戲〔註6〕。倒倉後，羅癭公向銀行借款爲其出師，便刻意選在梅宅附近的北蘆草園 9 號〔註7〕賃居，好讓程硯秋就近向梅蘭芳學習，1919 年正式行拜師禮，並參與演出《上元夫人》、《天河配》、《大觀園》、《打金枝》等劇，甚至對梅的古裝戲十分欽羨〔註8〕。但顯然，程硯秋對業師並不止於偶像式的崇拜，他的生理條件和梅蘭芳全然不同，一味模仿無疑是畫地自限，正如王瑤卿對他說的：「你這嗓子要是模仿別人就沒飯，要闖就有飯。」〔註9〕先學梅而闖出自己的路，於是程逐漸地唱出了自己的悲劇風格，這段先學習而自覺的過程是以往甚少論述的。

一、梅蘭芳之視覺與劇場導向的編創風格

　　梅蘭芳聲勢之盛是人事時地物各種機緣成熟促成。民國初年「相公堂子」廢止，使旦行能擺脫侍宴侑酒的性質，而在此之前，陳德霖、王瑤卿皆已竭盡所能地將旦行表演提升到藝術欣賞的境界，梅蘭芳在良好的傳承基礎上得以有所發展。此外開放女性觀眾看戲，亦促使了梅的興起：

> 民國以後，大批的女看客湧進了戲館，就引起了整個戲劇界急遽的變化。過去是老生武生佔著優勢，因爲男看客聽戲的經驗，已經有他的悠久的歷史，很普遍地能夠加以批判和欣賞。女看客是剛剛開始看戲，自然比較外行，無非來看個熱鬧，那就一定要揀漂亮的看。像譚鑫培這樣一個乾癟老頭兒，要不懂得欣賞他的藝術，看了是不會對他發生興趣的。所以旦的這一行，就成了她們愛看的對

〔註6〕 程永江：《程硯秋史事長編》（北京：北京出版社，2000 年），頁 37。

〔註7〕 程永江：《我的父親程硯秋》（北京：時代文藝出版社，2010 年），頁 16。

〔註8〕 程永江：《程硯秋史事長編》（北京：北京出版社，2000 年），頁 52。

〔註9〕 馬少波：〈漫談程派〉，《程硯秋藝術評論集》（北京：中國戲劇出版社，1997 年），頁 5。

象。不到幾年功夫，青衣擁有了大量的觀眾，一躍而居戲曲行當裡重要的地位，後來參加的這一大批新觀眾也有一點促成的力量的。〔註10〕

上段是許姬傳的「按」語，只說了梅蘭芳和譚鑫培的比較，忽略了當時藝術水準已臻成熟的王瑤卿，然王瑤卿長梅蘭芳13歲，顯然觀眾不僅因色相挑剔老生，對旦行演員亦然，此時的梅蘭芳因扮相佳，使他佔得了先機。同樣的情形，再看另一筆記述，亦可應證當時的觀眾品味：

> 蘭芳幼即有聲伶界，以溫婉勝，後復研究唱工，遂繼瑤卿而起。在
> 京師專演「旦」劇，以文秀可憐之色，發寬柔嬌婉之音，座客千人
> 靡不為之傾倒。遊滬上，滬人尤愛重之，得其一影一腔，拳拳致意。
> 其取意悅眾，故戲亦出入旦、貼之間。〔註11〕

從王夢生這種「花譜」評論的風格來看，「相公堂子」雖已廢止，但看客仍是同一群人，於旦行之審視，仍以「溫婉」、「嬌弱」為美，尤其對如此青春芳華的演員，更是執迷其扮相。試再以同時期聲勢有過之而無不及的王蕙芳為例：

> 王蕙芳貌溫厚，光宣之際為京師「貼」界最有名者，其「做工」亦
> 無大能力，惟大方不俗，而「扮相」復佳，人人視之，有處子態，
> 故趨如鶩者日以多。〔註12〕

結合二者的例子來看，觀眾對旦行的欣賞標準與描繪，有如對清純少女之傾慕。顯然私寓雖不存，但梅蘭芳與王蕙芳的「美」，依然停留在「相公堂子」的印象中，尚無法觸及藝術造詣的問題。而王夢生也點出了梅蘭芳得以出眾，在於鑽研唱腔與旦、貼之間的做工，這或許可以溯及1911年梅蘭芳於文明茶園首演《玉堂春》之事〔註13〕：當時由梅雨田操琴，唱林季鴻編的新腔，該劇演出之成功使他得以響譽劇壇。然而《玉堂春》之穿著露手露腳，劇中審問風月之事在詮釋上實難以掌握，稍有不慎便流於淫豔，或許正因如此，過去頭路青衣皆不演。故而評論關於梅蘭芳之做工，本應為王瑤卿一脈相承的表演方式，但回溯梅蘭芳之成名，似又和《玉堂春》演出有關。

〔註10〕梅蘭芳：《舞台生活四十年》（北京：團結出版社，2006年），頁107～108。
〔註11〕王夢生：《梨園佳話》（上海：商務印書館，1915年），頁97～98。
〔註12〕王夢生：《梨園佳話》，頁111～112。
〔註13〕梅蘭芳：《舞台生活四十年：梅蘭芳舞台回憶錄》（北京：團結出版社，2006年），頁84。

　　1913 年上海行返京後，梅蘭芳著手創作，率先推出《孽海波瀾》，是第一部新戲，也是第一部時裝新戲，改編自當時的北京時事。這齣戲可說是海派風格的移植，梅蘭芳和王蕙芳在劇中戴假髮梳大辮子，著幾種不同質料的女性時裝。這齣戲的劇情其實不過就是妓女從良，也沒有特別的新腔，之所以能夠一試成功，梅蘭芳認為，一來是由真實故事改編，貼近觀眾生活；另一便是新奇的扮相，吸引了許多觀眾上門。畢竟過去大家在舞台上看到的古代女性，是透過藝術手法轉化後的「旦」，而今是已近乎「擬女」的方式，穿的是生活上的服飾，梅蘭芳儼然生活中的美人。這齣戲亦一度成為梅蘭芳的看家好戲，搭《雙慶社》時，搭配老戲分四天演出，以此和譚鑫培打對台，梅蘭芳之大獲全勝宣告了旦行時代的來臨。〔註14〕

　　時裝新戲的成功，讓梅蘭芳了解到自己扮相上的優勢，雖然這些戲寄寓了許多社會教化目的，但一戲一造型，又有不少噱頭，梅蘭芳儼然在北京實踐先前觀摩學習的海派路線。因此，在時裝之外，同時間、同樣的編演邏輯，梅蘭芳亦著手古裝造型的新戲。首先演出的是中秋神話應景戲《嫦娥奔月》，該戲是為了和第一舞台王瑤卿的《天香慶節》打對台所編。而和時裝新戲一樣，情節平實無關緊要，考量點仍以「扮相」為主，梅黨嘗試、琢磨了許久，才發展出新式的古裝扮相，以此古裝造型和歌舞身段打贏了這次硬仗〔註15〕。自此梅蘭芳以「束腰」、「梳高髻」的形象，連續編演了數齣神話和紅樓題材的戲，唯焦點務以梅蘭芳一人為主，所有演員和手法皆為烘托。

　　必須釐清的是，時裝新戲和古裝新戲的嘗試起初是二路並行，而不是兩個時期：1914 年《孽海波瀾》在北京、天津演出了一段時間，也因此促成了1915 年的《宦海潮》、《鄧霞姑》（端陽後演出）、1916 年的《一縷麻》〔註16〕和 1918 年《童女斬蛇》，古裝新戲《嫦娥奔月》的首演則為 1915 年中秋，1916 年初演《黛玉葬花》、端陽演《千金一笑》，1917 年演《天女散花》，古裝和時裝幾乎是相互錯落的。而像《嫦娥奔月》則更是考量燈光效果「把電光搬上京戲舞台」〔註17〕；《黛玉葬花》則為避免場子過冷，用「梨香院聽崑

〔註14〕這件事梅蘭芳之後其實相當懊悔，特意在回憶錄中記之。見梅蘭芳：《舞台生活四十年：梅蘭芳舞台回憶錄》（北京：團結出版社，2006 年），頁 202～203。
〔註15〕齊如山：《齊如山回憶錄》（北京：中國戲劇出版社，1998 年），頁 112。
〔註16〕《一縷麻》前搬演了《牢獄鴛鴦》，是穿傳統服裝的新戲。
〔註17〕梅蘭芳：《舞台生活四十年：梅蘭芳回憶錄》（北京：團結出版社，2006 年），頁 263。

曲」〔註18〕的情節穿插，並以喬蕙蘭演唱《牡丹亭·遊園驚夢》的曲子當作烘托的背景音樂，且亦運用了電光技術。而時裝新戲雖唱做難以比擬古裝，但在《鄧霞姑》中的裝瘋挪用了《宇宙鋒》的精華。可以確定的是，這時期的編演受到上海劇壇的啓發，注重視覺以及舞台演出效果，但仍尚未有雍容雅正的自覺。

二、程硯秋之因襲與唱工鑽研

齊如山是梅蘭芳編劇、導演群的主力，他的創作概念是：叫座和國際推廣，前述在扮相下功夫，即可知新戲的俏頭在於服裝、布景、燈光等視覺效果；國際推廣部份，則以歌舞合一爲發展方向，試驗可代表中國又符合全球風尙的表演藝術，在這兩大目的之下，編演的劇目主要有兩類：神話戲和言情戲（即談情說愛的戲），前者如《嫦娥奔月》、《天女散花》，後者如《黛玉葬花》、《千金一笑》、《洛神》等〔註19〕。

程硯秋參與梅蘭芳劇團時，正是古裝新戲創作的顛峰，他十分喜愛乃師的舞台編置，而羅癭公亦是梅黨編劇的核心成員，故程硯秋早期的戲碼編排，基本上是仿效梅蘭芳路線。1922 年挑班成立「和聲社」，常演的劇目有《起解》、《會審》、《御碑亭》、《醉酒》、《汾河灣》，俱是梅蘭芳的代表作。而首先創作的新戲《龍馬姻緣》，便是一齣神話劇；接著編演了《梨花記》，是齣言情劇。同年程硯秋首次赴上海演出，打炮戲中即有頭、二本《虹霓關》，完全是遵循梅蘭芳頭本夫人、二本丫環的演法。而後羅癭公似了解到程硯秋的氣質更能掌握穿褲、裙襖一類小家碧玉的戲，在 1922 年到 1924 年間，接連編演了《花舫緣》、《玉鏡台》（又名《花筵賺》）、《鴛鴦塚》、《孔雀屛》等，但這些戲不等同於一味調笑的「花旦」，而是和二本《虹霓關》類同，「青衣做表，花旦扮相」的戲，如：《梨花記》有大段【二黃慢板】、《鴛鴦塚》則編有大段【二黃慢板】和【反二黃慢板】，唱工相當吃重，是爲男女主角爲愛殉情的悲劇。以羅癭公的編創取材來看，應已看出程硯秋不同於梅蘭芳的特質，或說羅更早地覺察雙方條件差異，不能在程硯秋身上複製梅蘭芳經驗。

然梅蘭芳新戲成功，使劇壇興起一股戲服製作風潮。陳小田便有所批評：

〔註18〕梅蘭芳：《舞台生活四十年：梅蘭芳回憶錄》（北京：團結出版社，2006 年），頁 268。

〔註19〕齊如山：《齊如山回憶錄》（北京：中國戲劇出版社，1998 年），頁 116～120。

梅蘭芳適當地創造了許多古裝戲，如《天女散花》、《嫦娥奔月》之類，蔚然成風，我們那時候初次在報上看見冠以「青衣花衫」的名稱。然而不論青衣也罷，花衫也罷，如果盡在服裝上打主意，總是要顧此失彼言不盡意的，也是沒有什麼意義的，為什麼不說「紅衣」「黃衫」呢？〔註20〕

設計新戲的扮相，其實要耗去不少成本，甚至首輪的演出往往是收支不平衡的。程硯秋沒有雄厚的財源可以投注在行頭，羅癭公便談到：

梅之行頭費至七萬金，玉霜將來產業能至七萬金否尚不可知，今已為服裝費萬餘金矣，與梅競服裝斷斷不能及，惟藉唱以勝之耳。

〔註21〕

羅癭公未編古裝新戲和時裝新戲，不在扮相與燈光布景上消耗資源，程硯秋有更多的精神鑽研唱腔：1923 年「百代公司」出版的《賀后罵殿》即是程硯秋在王瑤卿指導下首齣老戲「程」唱，從原來的【慢板】到底，改於兩句【慢板】後即轉為【快三眼】，愈罵愈剛愈高昂。而鈕葆認為程硯秋創腔之始早於《罵殿》，應可追溯到 1922 年的《梨花記》等〔註22〕；吳富琴的回憶錄中，則界定這時期的作品仍是「以字就腔」的老法〔註23〕，但唱法是新穎的。依程硯秋〈創腔經驗隨談〉〔註24〕中談論關於《梨花記》的編腔來看，製腔的模式是直接套用傳統《二進宮》【二黃慢板】的格式，但已經初步處理倒字的問題，並在原來唱 Mi 的音，高唱改 Fa，在這升半音的過程中表現聲音感情，這即是後來蘇少卿所言「剛半音」唱法〔註25〕，是程硯秋的一大特點。另第二句的末一字的「拉腔」〔註26〕，則為了強化情感的抒發，又合乎中眼拖腔的規律，將原來的二拍唱作六拍，以延長至下一板之「中眼轉」，這個唱

〔註20〕陳小田：《京劇旦角唱念淺說》（上海：上海文化出版社，1957 年），頁 5。
〔註21〕程永江：《程硯秋史事長編》（北京：北京出版社，2000 年），頁 152。
〔註22〕鈕葆：〈試述程派藝術的形成、發展與歷史分期〉，《程硯秋戲劇藝術三十講》（北京：華藝出版社，2009 年），頁 204。
〔註23〕程永江：《程硯秋史事長編》（北京：北京出版社，2000 年），頁 93。
〔註24〕程硯秋：〈創腔經驗談〉，《程硯秋戲劇文集》（北京：華藝出版社，2010 年），頁 378～381。
〔註25〕意指，蘇少卿謂：「譬如舊調，應用工字者，豔秋提高半音，用剛工字，並加一帶（西譜謂之剛柔，日譜謂之嬰變）」見蘇少卿：〈無題（談論程硯秋之剛半音）〉《霜杰集・拾錦篇・藝評類》，金仲蓀編（上海：商務印書館，1927 年），頁 14～15。
〔註26〕京劇慢板唱法，將一個音延長數拍後，接唱連串複雜組合的腔。

法其實通常用在四句慢板中的第三句，程硯秋將其挪至第二句唱，在當時已是突破。雖然梅蘭芳亦有許多唱腔創作，但對比兩人的藝術進程，發展比重便有所區別。

第二節　梅程表演風格發展對應

　　大凡藝術家在邁向成熟階段前，正是各種作品與技巧的豐厚積累期。梅蘭芳在新戲嘗試扮相之外，亦在做表有所創新，而崑曲是他此時創作的主要養分，這也是為何他在貼出新戲之外，總會加演幾齣崑曲的原因。對梅蘭芳來說，崑曲的優勢在於身段「複雜而美觀」〔註27〕，這是他嘗試「歌舞合一」最直接的參考範本；也為他的各種花衫戲風格作了相當的調節，觀眾不會對於古裝歌舞感到突兀，而是從各種身段的設計中，嗅到傳統崑曲的典雅之美。而受到王瑤卿的影響，梅蘭芳在表情亦多有研究，在各種細節上，俱可見極其細膩「畫龍點睛」式表演，如《鳳還巢》中的三次偷覷等。

　　1927 年《順天時報》「五大名伶新劇奪魁」選拔中，梅蘭芳的代表作是《太真外傳》，程硯秋則為《紅拂傳》，劇評家便認為兩人表演各擅勝場：

> 梅之長在笑，程之長在顰，故風流旖膩之戲，程不如梅，莊嚴俠烈
> 之劇，梅不如程。〔註28〕

　　《太真外傳》可說是古裝歌舞與言情劇發展之極致，2001 年梅葆玖以此為本編演《大唐貴妃》，再現了父親盛年風華；《紅拂傳》則為程硯秋的一度偏愛俠情風格之劇，1923 年首演後，為程硯秋開拓文武並重的戲路，之後的《玉獅墜》、《聶隱娘》、《沈雲英》等，皆有獨特的武打技巧。歷來研究咸認為兩人的新戲編創有著對應，但本節討論不著眼於市場競爭，而是在表演技巧的開拓與取捨，討論師徒二人的傳承與對話關係。

一、蹻工存廢的問題

　　梅蘭芳當年演出《虹霓關》時，選擇在頭本飾夫人、二本演丫環，其原

〔註27〕梅蘭芳：《舞台生活四十年：梅蘭芳舞台回憶錄》（北京：團結出版社，2006
　　　　年），頁235～236。
〔註28〕夢蝶：〈太平聽曲記。梅程比較談〉，《程硯秋史事長編》（北京：北京出版社，
　　　　2000 年），頁220。

因是「個性不合」〔註29〕，畢竟情節關乎寡婦思春改嫁而被殺死：東方氏上場持彩球唱，並作思春的表演，被丫環視破後與王伯黨成親，卻在洞房花燭夜時，被王伯黨殺死。梅蘭芳的選擇也許正是「雅正」的思考，避免演出「淫婦」類的負面角色，而同樣「思春」的表演中，他唱《遊園驚夢》、《思凡》，而《鳳還巢》中偷覷的表演也帶幾分少女懷春，唯像這樣寡婦改嫁的戲，梅氏從未演過。

另一層面，從表演技巧上來看，關鍵應該還是在於二本裡的夫人，其實與《戰宛城》如出一轍，需要「踩蹻」。這種類型的劇目，大都冠以「跌撲劇」，表演上和崑曲的「刺殺旦」有些近似〔註30〕，荀慧生擅演劇目中，即有「六大跌撲劇」，分別是：《戰宛城》、《東吳女丈夫》、《翠屏山》、《虹霓關》、《蝴蝶夢》、《九曲橋》，除了《東吳女丈夫》和《九曲橋》之外，基本上都是婦女出軌、改嫁而遭到制裁、報應的戲。演員必須踩蹻，被殺時做出搶背、烏龍絞柱等高難度動作。無論從題材上、技巧上來看，蹻工對梅蘭芳皆有難為之處。

王瑤卿當年演二本《虹霓關》的丫環時，與余紫雲之區隔便是有無踩蹻，王瑤卿學藝時受過腰傷，且不是花旦啟蒙，沒有蹻工是可以想見的。梅蘭芳承襲王瑤卿之路，自是不踩蹻演二本《虹霓關》，而後如《梅龍鎮》亦是依循這個路線。然有趣的是，梅蘭芳在《舞台生活四十年》中，記述了他練蹻的過程，但卻沒有提到他的花旦老師是誰，這部份訓練過程是頗令人存疑的〔註31〕。而齊如山在《梅蘭芳遊美記》曾有這樣的記述：

> 梁君問我：「梅君能不能踩蹻？」我說：「能！」他又問：「你有什麼證據，準保他能呢？他不是沒踩蹻上過台嗎？」我說：「他能踩蹻，是毫無疑義的。在宣統三年，和民國元二年的時候，梅君常踩著蹻，和茹萊卿、王蕙芳在院子裡打把子，天天打兩三個鐘頭，我是常看見的；不過因為他自己身量太高又有身分的關係，所以在

〔註29〕 梅蘭芳：《舞台生活四十年：梅蘭芳舞台回憶錄》（北京：團結出版社，2006年），頁103。

〔註30〕 崑曲有所謂「三刺三殺」的說法，刺旦大都是為正義殉身者，如《刺湯》之雪豔、《刺梁》之鄔飛霞、《刺虎》之費貞娥，殺者則為《殺惜》之閻惜姣、《殺嫂》之潘金蓮、《殺山》之潘巧雲。崑曲無踩蹻，跌撲劇的說法也許來源於梆子，差別在於蹻工的有無。

〔註31〕 梅蘭芳：《舞台生活四十年：梅蘭芳舞台回憶錄》（北京：團結出版社，2006年），頁31～32。

台上沒有踩過。」梁君說：「既能夠踩，好極了！那麼《辛安驛》
這戲，在美國非演不可！因爲這齣戲場上的變動極多，演員的神
氣也屢次變化，美國人看著一定容易明白，覺得有趣味。」我說：
「在外國踩蹻恐怕惹起本國人的反對來！」梁君說：「不相干！西
洋近來最時興的企足舞，就是用腳尖來跳，這種性質和踩蹻差不多
沒分別。」我想了想，也很有理，于是把《辛安驛》又改編了一
次。〔註32〕

梅蘭芳有蹻工而不踩蹻的原因是「身分」和「身高」考量，而外部的影
響則應爲民國後「放足」政令，風氣不同以往使然。但是，按齊如山的說法，
《辛安驛》應該會成爲梅蘭芳的代表作，但這齣戲並不存於梅蘭芳的舞台生
涯上，更遑論出國演出了。此外，《梅蘭芳藝術之一斑》不介紹蹻工〔註33〕，
《梅蘭芳訪美京劇圖譜》〔註34〕中，各種行頭、砌末之介紹亦獨漏戲鞋、戲
靴一類，似乎也是避免討論蹻的尷尬。然在此之前出版的《齊如山劇學叢書》
中，則對踩蹻與否做了一番解釋：

> 從前劇中飾女子，概不許露足，故只穿鞋，以裙覆之，惟上陣時，
> 則穿繡花薄底靴，亦戎裝之意。乾隆間，有旦腳魏三名長生者，隸
> 「雙慶班」，唱秦腔，始創踩蹻之法。其徒陳銀官，字漢碧，繼之，
> 劇中女子始露足。初時群以爲怪，後遂相習成風。然閨門旦、青衣
> 仍不踩蹻。踩蹻者，惟花旦，按踩蹻與褲襖同時而興，皆爲時式裝
> 束。在數十年前，箱中皆不預備，穿此者，皆爲腳色自備之物。故
> 數十年前，踩蹻之旦腳，決無穿蟒、帔、褶子之時；三四十年以
> 來，則隨便穿矣。自踩蹻法盛行之後，花旦皆須會踩蹻，否則便不
> 得學花旦。自此劇中女子之裝束，便判然兩途：無論何時何地、何
> 種人物，由閨門旦扮演者，皆不踩蹻；由花旦扮演者，皆踩蹻：比
> 如妲己、褒姒等等，似皆不應踩蹻，因用花旦飾之，故皆踩蹻；如
> 宋巧嬌、孟月華，以及清朝各戲之婦女，似均應踩蹻，因由閨門旦
> 飾之，故皆不踩蹻。按此情形，似飾正當之人，則不踩蹻；飾不正
> 當之人，則踩蹻者。其實不然，如《五花洞》之潘金蓮、《玉堂春》

〔註32〕齊如山：《梅蘭芳遊美記》卷1（北京：商務印書館，1933年），頁39～40。
〔註33〕齊如山：《梅蘭芳藝術一斑》（北京：北平國劇學會，1936年）。
〔註34〕王文章編：《梅蘭芳訪美京劇圖譜》（北京：文化藝術出版社，2006年）。

之蘇三，一係不正當之姑娘，一係妓女，皆應當踩蹺。然因係閨門旦扮演故皆不踩蹺；如《得意緣》之狄雲鸞、《紅鸞禧》之金玉奴，皆爲規規矩矩之小姑娘，似皆不應踩蹺，然因花旦扮演，又皆踩蹺矣。〔註35〕

　　齊如山考證認爲踩蹺是由於表演時有露足的情形，並將「蹺」列入行當的歸屬問題，而無論什麼戲、什麼人物，由花旦演時，才需踩蹺。然此時打破青衣、花旦藩籬已是旦行必然的發展局面，青衣踩蹺應是跨行當的最佳展示，如同當年余紫雲之二本《虹霓關》；而對照先前所謂梅蘭芳顧忌「身分」的考量，亦有所商榷之處，以齊如山而言，是扮演者之行當決定踩蹺與否，而非人物的貴賤貧富。齊如山爲梅蘭芳不踩蹺解釋甚多，然卻陷入踩蹺與「身分」的關聯性矛盾。對此，其他劇評家便有其他看法，馮小隱便認爲：

劇裝之蹺，聚訟紛紜，以今日習俗尚天足，而多數人所捧之梅蘭芳，又不能蹺，於是廢蹺之説，遂占優勢。其實蹺工，應用在劇中之角色，而不在劇中之本象，大概武旦必用蹺，實以蹺亦爲武工之一部分，武旦如不用蹺，不僅爲武工之缺點，亦似不足以狀劇中人之矯健飛騰，如《泗洲城》、《蟠桃會》、《攻潼關》、《取金陵》之類，皆須用蹺。雖《取金陵》之元順帝公主，是蒙古人，因其角色爲武旦，是以必須用蹺也。刀馬旦、花旦亦必須用蹺，如《戲鳳》中之李鳳姊，通體之身段姿勢、技術、表情，均根據在蹺。非必以余紫雲用蹺，而遂主張非蹺不可也。《兒女英雄傳》中之十三妹，亦偏重在武旦，故亦非蹺不可。當日排演此戲時，余玉琴能兼花旦武旦之長，以飾十三妹，身分恰合，故稱爲一時無兩。王瑤卿既不工蹺，自應藏拙，猶欲演此，且並去蹺，此其所以爲革命化歟。又《虹霓關》之東方氏，報仇一場，亦近武旦，必須踹蹺。梅蘭芳援瑤卿先例，亦改用靴，人情畏難而喜易逐，使荀慧生之能蹺者，亦廢而不用矣。《玉堂春》一劇，今日盛行一時，談知蘇三一角，亦應踹蹺，因其唱大人哪之回龍腔時，翻身跌坐，手捻髮縷，一腳翹起，全身作元寶形，翹起之足，以蹺爲美觀，不但余紫雲如此，即孫怡雲盛年，

〔註35〕齊如山：《齊如山劇學叢書之一：中國劇之組織》（北京：北平國劇學會，1928年），頁67～68。

亦係如此。〔註36〕

上述分析，回歸到「蹻」的技巧層面來看，踩蹻是展現演員腰腿功夫，以及表現女子行走之風情儀態。武旦是必然踩蹻，而其餘則因應戲的性質，其中《玉堂春》一說恰與齊如山相佐，青衣踩蹻其來有自，且以身韻爲主要考量。

另一方面來看，程硯秋之於蹻工，則有相當明確的學習經驗。最初學戲時，從丁永利學《挑滑車》，後從陳桐雲學花旦《打櫻桃》、《打杠子》、《鐵弓緣》，從蹻工練起，每日耗蹻、練功，還得綁著蹻做事，最後才又歸入青衣。〔註37〕然程硯秋並未留下任一張踩蹻的劇照，也許受梅師影響，亦因程硯秋身材高佻，踩蹻其實不甚合適所致。

二、梅蘭芳之歌舞發展與扮相設計

蹻的存廢於梅蘭芳之意義爲何，也許還有許多可延伸的話題，但可以確認的是，少了蹻的限制，梅蘭芳的表演有更多的可能性，一如王瑤卿當年之何玉鳳改穿小蠻靴，使《十三妹》一劇在京白、身段上更具可看性。除了廢蹻，時裝新戲的放棄，亦使梅蘭芳更專注於歌舞的開創：

> 《童女斬蛇》是我排演時裝戲的最後一個，以後就向古裝歌舞劇發
> 展，不再排演時裝戲，因爲我覺得年齡一天天增加，時裝戲裡的少
> 婦少女對我來說，已經不頂合適了。同時，我也感到京劇表現現代
> 生活，由於內容與形式的矛盾，在藝術處理上受到局限。〔註38〕

扮相的說服力仍舊是梅蘭芳推新戲的主要考量，相對寫實的時裝，華麗裝束的古裝戲則可以修飾男子的陽剛外表，且服飾線條之延伸，亦使身段舞姿有發揮空間，故此，梅蘭芳著力於崑曲表演鑽研，以及古裝歌舞之開發。然而早期的《嫦娥奔月》與《黛玉葬花》尚在摸索，因爲京劇音樂的特性和崑曲終究不同，舞蹈動作之安插實有困難〔註39〕，劇評便認爲：

> 今之新戲，多合歌舞而爲一，此在皮黃中實屬少見，如《黛玉葬花》

〔註36〕 馮小隱：〈顧曲隨筆〉，《戲劇月刊》第 2 卷第 9 期（上海：戲劇月刊社，1930 年），頁 2～3。

〔註37〕 程硯秋：《程硯秋戲劇文集》（北京：華藝出版社，2010 年），頁 340。

〔註38〕 梅蘭芳：《舞台生活四十年：梅蘭芳舞台回憶錄》（北京：團結出版社，2006 年），頁 519。

〔註39〕 齊如山：《齊如山回憶錄》（北京：中國戲劇出版社，1998 年），頁 114。

之二六板，口眼身步尚能爲適宜之因應。《天女散花》之慢板西皮，

唱時手揮目送，尚可對付，到過門時，即大殭特殭，於是《虹霓關》

交戰時之傢伙點，遂爲歌舞合一所最適用矣。〔註40〕

　　齊如山與梅蘭芳研擬歌舞，到了《天女散花》才算是逐漸完成，克服了
音樂的問題，將崑曲細膩身段和音樂精準的結合方式，運用到京劇上。隨後
幾年的新戲，俱有舞蹈安排，如《霸王別姬》之舞劍、《廉錦楓》之刺蚌、《洛
神》之舞雲帚、《太眞外傳》之杯盤舞等。而在《宇宙鋒》之大段【反二黃慢
板】，則更是自《天女散花》後之慢板舞蹈精品，以水袖輕舞結合唱腔，既符
合裝瘋的情境，又深具舞蹈美感，齊如山便如此定論：

　　梅君之身段，則無像眞之點，無處不合於美術化之方式，尤能處處

　　與音樂腔調之疾徐合拍，不爽毫釐。〔註41〕

　　京劇歌舞之完美結合，是梅蘭芳藝術趨向成熟的指標。然而，「扮相」問
題始終是梅蘭芳最在乎的，如晚年回憶錄中，《舞台生活四十年》記述了每
一齣戲的扮相，尚可解釋爲是爲後人留下每齣戲演出的紀錄，但《我的電
影生活》〔註42〕亦費了不少篇幅討論化妝與服飾，包含臉上的胭脂濃淡、有
無遮掩痣等等。故而這時期的古裝戲，除了歌舞以外，新造形亦是梅蘭芳
的一大創作，然這時他其實亦尚未深入思考表演「雅化」，如《太眞外傳》
一劇，便有著輕紗入浴的表演，部份觀眾甚而因梅蘭芳爲擬女裝假乳感到
不悅：

　　賜浴時太眞之兩乳問題：曹叔谷先生謂梅蘭芳演頭本太眞外傳，賜

　　浴一場，當侍兒扶其至明皇後前謝恩時，身披浴衣，長至豔骴，而

　　胸前假裝兩乳聳起，如西婦然，殊覺不雅云云。此種論調，於事實

　　上，可謂知言，而於戲劇上，不能有效。夫華清賜浴爲最豔麗事（見

　　白居易長恨歌），蘭芳假飾兩乳，自有用意，蓋不如此，貴妃肌膚之

　　美，不易表現也。〔註43〕

　　梅蘭芳留有《太眞外傳》出浴之劇照，胸前瓔珞裝飾加上輕紗的皺折線
條，其實看不太出來梅蘭芳是否眞有裝假乳。但這樣的表演模式，實是襲自
先祖梅巧玲之《盤絲洞》，其於沐浴的橋段露出了白皙的肌膚，有如貴妃出浴

〔註40〕張舜九：〈梨園叢話〉，《戲劇月刊》第 1 卷第 9 期（1929 年），頁 4。
〔註41〕齊如山：《梅蘭芳藝術一斑》（北京：北平國劇學會，1936 年），頁 23。
〔註42〕梅蘭芳：《我的電影生活》（北京：中國電影出版社，1962 年）。
〔註43〕九畹室主：〈戲中服飾之研究〉，《戲劇月刊》第 2 卷第 8 期（1930 年）。

之美，觀眾爲之風靡〔註44〕。而《太眞外傳》這套「浴紗」，在梅蘭芳於 1918 年演出《天河配》時即穿過〔註45〕，《梅蘭芳訪美京劇圖譜》中亦有收錄該服飾的設計，極其輕透，胸前透出一紅色無領襯衣，頗似肚兜，脖子則以串珠項鍊擋住喉結。雖然年齡與外貌使梅蘭芳不得不捨棄時裝新戲，古裝的華麗裝束卻又讓他得以發揮扮相上的優勢。又這類古裝新戲皆以梅蘭芳一人爲主，爲了場面冷熱調劑，往往需要誇張的排場烘托，使梅蘭芳更具巨星之勢：

> 梅伶所編新劇，其吃力處，在專取歷史上婦女界中一等人物如太眞、
> 西施之類，故場子結構上不取壯麗紛華、堂皇闊大，便失之簡陋。
> 若取簡純白描，又與歷史不符。〔註46〕

梅蘭芳在古裝戲中，專演超凡脫俗或高尚身分的女性，逐漸確立雍容華貴的表演特質，但相對的，也必須靠大型場面營造氣氛。故而古裝歌舞劇其實不單是梅蘭芳表演技術上的提昇，在導演、服裝設計上亦見其用心經營，唯這時的創作賣點，仍未超乎形象之外。

然而不容忽視的，是梅蘭芳一直投入於表演技巧開創與完備。1916 年《木蘭從軍》有反串小生，又演唱崑曲，亦有開打，全然是「文武崑亂不擋」，又跨行當的表演取向。而他畢生再三搬演之《宇宙鋒》、《貴妃醉酒》等，在「歌舞」上亦有相當完美的表現。程硯秋拜師梅蘭芳後，梅親授的戲便有《貴妃醉酒》，其後於 1919 年更以這齣戲代表梅蘭芳應歐陽予倩之邀參演南通伶工學社的成立典禮〔註47〕。但從 1924 年梅蘭妃灌製的《貴妃醉酒》唱片可知，劇中粉豔的老詞：「酒不醉人人自醉，色不迷人人自迷」尚未更動〔註48〕。梅蘭芳於回憶錄中雖說爲避免使這齣戲流於淫豔，已試圖沖淡表演，但眞正調整劇本內容，約莫要到 1950 年前後了〔註49〕。可見該劇即使題材並非「雅

〔註44〕 《伶史》和《同光十三絕傳略》皆有記載。見穆辰公：《伶史（第一輯）》（北京：漢英圖書館發行，1917 年），頁 24；朱書紳編：《同光朝十三絕傳略》（北京：三六九書報社，1943 年），頁 23。

〔註45〕 王文章編：《梅蘭芳訪美京劇圖譜》，頁 94、125、128。

〔註46〕 張肖傖：〈蒨蒨室劇話〉，《戲劇月刊》第 1 卷第 1 期（1931 年），頁 1。

〔註47〕 程永江：《程硯秋史事長編》（北京：北京出版社，2000 年），頁 64～65。

〔註48〕 梅蘭芳：《貴妃醉酒》（飛鷹唱片，1924 年）。收錄於「中國京劇老唱片網」（http://oldrecords.xikao.com，瀏覽日期：2014/5/20）。

〔註49〕 梅蘭芳：《舞台生活四十年：梅蘭芳舞台回憶錄》（北京：團結出版社，2006 年），頁 213。

正」，身段技巧於梅蘭芳何其難捨。

三、程硯秋之俠情巧構劇

　　既無法負擔古裝歌舞劇之大型資本，程硯秋的早期創作便以輕喜劇為主，觀眾的喜好亦左右著程硯秋的選劇品味：

> 羅先生寫過《梨花記》至《風流棒》這五個劇本之後，他曾經不顧一切地寫了一個《鴛鴦塚》，向「不告而娶」的禁例作猛烈的攻擊，盡量暴露了父母包辦婚姻的弱點，結果就完成一個偉大的性愛的悲劇。當時觀眾的批評，未曾像對於《紅拂傳》和《花舫緣》那樣褒揚。我尤其淺薄，總以為這個劇遠不如《風流棒》那樣有趣。羅先生為求減少我的生活危機，寧可犧牲他的高尚思想，於是他又遷就環境，寫了一個《賺文娟》和一個《玉獅墜》。〔註50〕

　　羅癭公其實亟欲為程硯秋開拓新局，但亦深知程硯秋之優勢，以及觀眾的需求，故而當程硯秋因沉迷賭博而致欠款時，只得無奈編演迎合市場的作品，以求賣座還債，由是促成了《賺文娟》和《玉獅墜》問世。縱合上述程硯秋彼時喜歡的《紅拂傳》、《風流棒》來看，1924 年以前的程硯秋，尚未有悲劇特質的自覺，而是為迎合觀眾喜好，演出情節曲折，才子佳人或江湖兒女的喜劇，甚而編演《賺文娟》和《玉獅墜》時，用他的話說是：「高興得幾乎要發狂」〔註51〕。然而這些戲留存的並不多，《紅拂傳》有新豔秋、王吟秋繼承，當代演員中遲小秋亦偶一露演選段，而《風流棒》則有趙榮琛改編為《諧趣緣》〔註52〕，可惜亦未再傳承。可見這時期的戲，雖然具有相當的叫座力，但與程硯秋後來成形之流派藝術風格仍有所差距。

　　又受到梅蘭芳《霸王別姬》之影響，程硯秋亦在《紅拂傳》中有舞劍的表演，然不同的是，《霸王別姬》是【西皮二六】轉【夜深沉】，而《紅拂傳》則是【南梆子】轉【夜深沉】。此外，程硯秋所用的雙劍為真劍，具相當重量，若無過硬的武功基礎，實難駕馭，且是以高紫雲親授之武術套路為劍舞編創元素〔註53〕，如此和《霸王別姬》區隔。其實推溯程硯秋最初學戲時，學的

〔註50〕程硯秋：〈檢閱我自己〉，《程硯秋戲劇文集》（北京：華藝出版社，2010 年），頁 4～5。

〔註51〕程硯秋：〈檢閱我自己〉，《程硯秋戲劇文集》（北京：華藝出版社，2010 年），頁 5。

〔註52〕劉英華：《趙榮琛表演藝術淺論》（北京：文化藝術出版社，1996 年），頁 103。

〔註53〕程永江：《我的父親程硯秋》（北京：時代文藝出版社，2010 年），頁 134。

便是武生，曾向丁永利學《挑滑車》，即使後來改旦行，在羅癭公的安排下，練武仍是程硯秋的必修功課。甚至程硯秋一度過於尙武，羅癭公曾寫信勸解，避免影響身形〔註54〕。

程硯秋從未中輟武術學習，曾師承杜心武、高紫雲、張長楨（醉鬼張三爺）、張紹彭等。有這樣的過程，程硯秋演出《武家坡》之「進窰」，便化用了「古樹盤根」的動作；水袖身段亦是太極拳原理的轉化，《武家坡》王寶釧之下場即是「白鶴亮翅」；編創新戲時，亦喜歡演出有武勢、武打的俠情劇，《紅拂傳》有舞劍，而後的《玉獅墜》則有雙戟，《聶隱娘》有單劍、《沈雲英》則有雙槍，到了1941年，編演《女兒心》時，更特製了豹尾雙槍〔註55〕，可惜這些套路，僅有《紅拂傳》之劍舞傳下來。

此外，關於崑曲身段的化用，俞振飛應是程硯秋的一大助力。1923年「和聲社」邀來了俞振飛合作崑曲，亦是俞首次加入專業劇團之演出。俞振飛爲程硯秋注入了南方崑曲的養分，尤其是豐富了身段的編排。在《紅拂傳》加入了崑曲「三腳撐」的走位編排，而《春閨夢》的生旦水袖之舞則是化用了《牡丹亭・驚夢》中【山桃紅】與【萬年歡】的身段。有趣的是，因爲身段與演出風格極其相似，許多書籍亦經常將程硯秋、俞振飛之《牡丹亭・驚夢》劇照誤植爲《春閨夢》。也許由於梅蘭芳「歌舞合一」已行之有年，加上俞振飛的協助，程硯秋的嘗試並未有甚非難。而程硯秋創作之舞蹈又非如梅蘭芳之另製新式行頭的古裝舞，而是傳統水袖身段之發揮，這亦使水袖功成爲他的表演藝術代表。

第三節　梅程之藝術自覺

1924年，羅癭公病逝，王瑤卿不願協助爲新戲《碧玉簪》編腔、導演，程硯秋只得獨立，從這時才開始眞正對「創作」深度思考。羅癭公在世時，即了解到程硯秋具有詮釋悲劇的特質：《鴛鴦塚》、《金鎖記》、《青霜劍》相繼演出，可惜程硯秋並未了解到羅癭公的用意，觀眾亦仍喜歡他演《紅拂傳》一類的戲。羅癭公之故去，程硯秋才意識到羅癭公生前對他的寄望，也使他從過去對梅蘭芳的追慕中，摸索到屬於自己的藝術道路；梅蘭芳於1930年赴

〔註54〕程永江：《程硯秋史事長編》（北京：北京出版社，2000年），頁56。
〔註55〕翁偶虹：〈知音八曲寄秋聲〉，《說程硯秋》（北京：中國戲劇出版社，2011年），頁76。

美演出，返國後，齊如山專心投入理論著作〔註56〕，梅蘭芳的新戲便只有《抗金兵》與《生死恨》。新戲銳減在客觀因素來說，也因時局動蕩影響，但此後將過去的戲翻回重演，也使梅蘭芳的表演藝術得以沉澱昇華。

民國初之軍閥割據，內戰頻仍，國際上各種危急情勢，皆對京劇事業產生莫大影響。此時的梅蘭芳和程硯秋，不再單純地當演員，演演義務戲賑災募款，而是積極地投入社會，試著以演戲改造京劇生態，進而改善人群生活。程硯秋雖晚生梅蘭芳十年，但人生的經歷加上國家動蕩，迫使他快速成熟，確立表演風格。此時梅程兩人，已然在藝術發展上同步對話，相互影響。

一、社會地位之提昇與淑世戲劇編演

1919 年梅蘭芳首次赴日演出，造成不小的轟動，但這次的出訪，遠不及 1930 年赴美之意義。由於是異國文化的交流，而出訪演出之紐約百老匯，是最具指標性的國際藝術重鎮，齊如山在此次出訪前，做了許多前置的資料整理工作，爲梅蘭芳之表演藝術著書立論。雖然，有諸多爭議，認爲向外國人展示假嗓、男扮女會貽笑大方，然而梅蘭芳演出之成功，等同將京劇提昇至國際藝術領域，也爲男性扮演旦行確立藝術正宗的地位。更重要的，梅蘭芳在此行中，接受了波莫拿大學及加里福尼亞大學受贈之博士學位，自此梅蘭芳從過去伶人身分，躍昇至學術認可之「博士」。返國後，齊如山不再編劇。1931 年「國劇學會」成立，由齊如山主導，廣泛地搜集各種戲曲演出的史料，爲老藝術家們作口述紀錄，並創辦了《戲劇叢刊》。發刊辭中，梅蘭芳談到：「所冀以轉移風俗，探求藝術之工具，收發揚文化，補助教育之事功。」〔註57〕誠然 1930 年之赴美與成立國劇學會種種，齊如山實具相當的主導性，但不容否認的是，梅蘭芳爲此時期的指標人物，他的藝術與理論之成就亦提昇了京劇演員的地位。

不同於梅蘭芳以戲立基，在國際認可下提昇京劇的藝術地位，程硯秋則以參與社會運動爲主。這或許和程硯秋身邊的智士多爲政治、社會改革先驅有關：羅癭公、陳叔通、金仲蓀、李石曾等。尤其李石曾所主導「世界社」

〔註56〕齊如山：《齊如山回憶錄》（北京：中國戲劇出版社，1998 年），頁 156。
〔註57〕梅蘭芳、余叔岩：〈國劇學會緣起〉，《戲劇叢刊》第 1 期（1931 年），頁 1。

以教育改革和世界和平爲號召，程硯秋經常參與該會活動，深受其思想影響〔註 58〕。1930 年前後，可說是程硯秋政治思想上的啓蒙期：他參與了李石曾發起籌辦中華戲曲音樂學會及中華戲曲音樂院，擔任北平分院院長。1930 年學院下的戲曲專科學校成立，是一新式戲曲學校，不同於過去科班，試以良善而全面的教育方式培育下一代演員，改造京劇生態沉痾。之後，程硯秋更勇於在公眾場域發言：1931 年發表〈皮黃與摩登〉〔註 59〕，與報社記者「老摩登」談論京劇的社會教育責任；之後發表〈檢閱我自己〉〔註 60〕，自我檢討過去頹靡的演藝心態，向社會宣告今後貫徹羅癭公遺志，編演「不與環境衝突，又能抒發高尚思想」之戲劇。而此時《春閨夢》與《荒山淚》之演出，亦爲程硯秋反戰悲劇淑世的戲劇觀定調，誠如他 1932 年在對「中華戲曲專科學校」演講時所說：

> 我們除靠演戲換取生活維持費之外，還對社會負有勸善懲惡的責任。所以我們演一個劇就應當明了演這一個劇的意義；算起總帳來，就是演任何劇都要含有要求提高人類生活目標的意義。〔註61〕

程硯秋此時已然有所自覺，尤其是正視戲曲的社會教育功能，而「反戰」一直是程硯秋演劇的中心思想：二次世界大戰期間，於 1935 年演出《亡蜀鑑》、1937 年演出《費宮人》，既控訴戰火的無情，又希冀喚醒全國人民的愛國心；梅蘭芳亦在演劇中投注愛國思想，1916 年之《木蘭從軍》和 1933 年之《抗金兵》，是以積極的態度鼓勵人民投入軍隊，抵抗外侮。相比較下，梅蘭芳出發點不同於程硯秋專於描繪無辜百姓之犧牲，然之後演出的《生死恨》，則又轉向關注尋常人家的悲歡離合，描繪韓玉娘與程鵬舉這對顛沛流離的亂世夫妻，亦可說是另種方式的「借離合之情寫興亡之感」。

1932 年程硯秋由原來的「豔秋」易名爲「硯秋」，寓意爲硯田秋耕〔註62〕，收荀令香爲徒，授其《賀后罵殿》，希望他能了解身爲演員之難處。這年程硯

〔註 58〕 見程硯秋：〈《世界社》於中南海福祿居公餞──郎之萬、程硯秋赴歐宴上的答謝詞〉，《程硯秋戲劇文集》（北京：華藝出版社，2010 年），頁 19～21。

〔註 59〕 程硯秋：〈程艷秋致老摩登函──談「皮簧與摩登」〉。《程硯秋戲劇文集》（北京：華藝出版社，2010 年）。

〔註 60〕 程硯秋：《程硯秋戲劇文集》（北京：華藝出版社，2010 年），頁 3～6。

〔註 61〕 程硯秋：〈我之戲劇觀〉，《程硯秋戲劇文集》（北京：華藝出版社，2010 年），頁 8。

〔註 62〕 程硯秋：〈在荀令香拜師禮上的答詞〉，《程硯秋戲劇文集》（北京：華藝出版社，2010 年），頁 10。

秋三十而立，一改過去旦行習用「花名」取藝名，程硯秋改名的意義似乎想向演員身分作告別。隨後，他踏上了歐遊尋訪之路，然和梅蘭芳不同的是，程硯秋是以學術為目的，考察西方的戲劇，達到中西文化的交流〔註63〕。此趟旅程，令程硯秋最掙扎者，即是否從此放棄京劇演出一事，程永江《我的父親程硯秋》書中說：

> 父親於參觀之餘，萌生強烈的進修學習願望，一度想進入德國柏林皇
> 家音樂院深造，亦有意接受烏髮電影公司的禮聘做電影演員，因為
> 他對歐洲電影廠拍攝中國題材的影片肆意醜化國人形象非常不滿，
> 很想親自去飾演一番以校正西方人對中國人形象的歪曲。〔註64〕

這項計畫立即被阻止，家人找來陳叔通寫信勸戒，希望程硯秋了解到他的家族與劇團上下皆指望他回國演出維持營生〔註65〕，程硯秋無奈只得返家重拾對京劇的熱情，並著手將他在歐洲的見聞與所學，運用到戲裡與京劇組織改革上。〔註66〕二次大戰期間，日軍入侵中國，程硯秋再次面臨戰亂與生活困境，因而隱居青龍橋務農，不願再登戲場，荀慧生在日記便如此記述：

> 1943年11月24日程硯秋來我家訪談並送來各位朋友的扇面，要我
> 們互相寫畫，坐下談到他本身為人，他說，他的晚年將以務農為
> 生，不再出演，現在他就經常到海澱農場施行農民生活。我看他的
> 服裝甚為簡樸，真要如此，脫離塵世，倒也是養性之樂。現在依我
> 看，我等四人的思想目前各不相同。梅蘭芳的思想是名垂後世；尚
> 小雲辦科班，教兒子，仍以演戲為宗旨，老四，程硯秋的性格好清
> 靜，以務農終其餘年；我本人則以商業為求今後道路。〔註67〕

荀慧生對梅蘭芳和程硯秋的解讀一語中的，正點出了梅蘭芳和程硯秋雖為師徒，卻極為不同的人生觀：兩人皆是四大名旦中最不想單純地當演員者，試圖證明自我意識的存在，盡可能地提高演員的地位。然彼此路線卻截然不

〔註63〕程硯秋：〈赴歐洲考察戲曲音樂出行前致梨園公益會同人書〉，《程硯秋戲劇文集》（北京：華藝出版社，2010年），頁18。

〔註64〕程永江：《我的父親程硯秋》（北京：時代文藝出版社，2010年），頁4～5。

〔註65〕程永江：《我的父親程硯秋》（北京：時代文藝出版社，2010年），頁126。

〔註66〕另述於下一章。

〔註67〕和寶堂編著：《戲苑宗師：荀慧生》（瀋陽：遼寧美術出版社，1999年），頁126。

同，梨園世家出身的梅蘭芳是以演員本位出發，從藝術成就獲得社會認同；旗人後裔的程硯秋，則積極投身政治、教育活動，試著轉換自身爲學者身分，在置高點上一盡社會改革之力。

二、藝術風格之定調

　　藝術家生前的最後一部作品，通常會被視爲集大成之作，也會被當作是藝術生涯的風格定調：梅蘭芳爲《穆桂英掛帥》，是 1959 年爲慶祝中華人民共和國建國十周年之作；程硯秋則原名爲《祝英台》，被禁演後，修改定爲《英台抗婚》〔註68〕。

　　「中正平和」可說是梅蘭芳的人生哲學，亦是他的戲劇美學，王安祈對梅蘭芳藝術，提出「個人氣質、表演風格、劇中人氣質」三者相互投射〔註69〕，演員自我是其藝術風格發展的載體，這些戲都投注了梅蘭芳的心血，便帶有梅的人格特質，而梅蘭芳謙和態度使他的藝術最終以不見稜見角爲尙；同樣的，程硯秋的「抗」，則是他畢生執著，正如俞振飛所說的：

> 如果注意傾聽一下程腔時，就會清楚感覺到那種如泣如訴的哀怨聲
> 調中，別有一股鋒芒逼人的東西存在。〔註70〕

　　這種「逼」的勁頭正和程硯秋身爲演員，有諸多萬不得以之「抗」相對應。程硯秋詮釋之人物，皆是時代動盪中受壓迫的犧牲品，只能以唱腔控訴社會。1957 年《荒山淚》電影拍攝，導演吳祖光處理「我不如拚一死向天祈請，願世間從今後永久太平。」這段最後唱腔的畫面時，便深諳程硯秋之柔中寓剛、極度壓抑的「抗」美：他將鏡頭拉遠，程硯秋飾演的張慧珠手持短刃，逃至懸崖邊，前進無路，退有官差，面對廣大的山林天地，泣說他臨死前最後的企求，渺小的人物卻有英雄般悲壯的犧牲。

〔註68〕原劇名爲《祝英台》，自 1951 年籌備，1952 年首演。1953 年 5 月 13 日中華人民共和國文化部頒部《關於中國戲曲研究院 1953 年度上演劇目、整理與創作改編的通知》，程硯秋代表作品之獲準許演出者，僅《文姬歸漢》、《朱痕記》、《審頭刺湯》、《竇娥冤》，其餘皆無法演出。與此同時，程硯秋赴滬演出，特演《鎖麟囊》等程派本戲，將《祝英台》改作《英台抗婚》，見程永江：《程硯秋史事長編》（北京：北京出版社，2000 年），頁 703。

〔註69〕編導演之討論詳見王安祈：〈京劇梅派藝術中梅蘭芳主體意識之體現〉，《爲京劇表演體系發聲》（臺北：國家出版社，2006 年），頁 75～85。

〔註70〕俞振飛，〈談程腔——悼硯秋同志〉，《程硯秋舞台藝術》（北京：中國戲劇出版社，1997 年），頁 21。

小結

　　梅蘭芳和程硯秋之流派藝術風格都早有定論，本章著眼於創作動機與劇場觀點之研究，並對照兩人發展階段的互動模式，由是梅、程之間的對話關係，便多了另一種解讀空間。而回到作品的編演效益考量，梅、程二人的作品在發展前期，主要仍是以觀眾喜好決定戲的風格走向，梅蘭芳以行頭、排場設計為主，而程硯秋無法投注同等資本，於是專演情節巧構之俠情或愛情喜劇。在表演發展上，兩人皆標榜文武崑亂不擋，梅蘭芳則以「歌舞合一」為主要目標，程硯秋則鑽研唱腔和武術技巧的展現。而國際戰亂情勢，亦促使兩人逐漸有所自覺，出訪演出使兩人朝不同的方向發展：梅蘭芳「中正平和」的人格特質，使他最終成一方大家，程硯秋則在演員處境的無奈中，不斷地向社會、國家「抗」，在 1949 年後陷入「戲改」風暴中，則又是另一場人生悲劇。

第五章　衝撞：戲改下的程硯秋

　　中國的演員始終處於一種尷尬的位置，他們在舞台上扮演角色，享受觀眾的喝彩，轉身卸去裝束後，回歸身分，則又是另一番滋味在心頭。歷史上這類舞台角色與社會身分相抵觸的事件不少，如名譟京畿、卻被施以杖刑而站枷至死的王紫稼，即是一例。演員因觀眾的認可，一言一行都能對社會產生不小的影響力，一旦逾越了階級限度，隨時有可能面臨反噬的危險。

　　至民國，京劇作為此一時代的大眾娛樂，演員的社會號召力其實更勝以往，不少有所自覺投身國家社會之事者，如汪笑儂、周信芳、梅蘭芳等，他們在這兵荒馬亂的時代，多有賑災救國的義行義演，而程硯秋更是這代演員一特例：旗人出身的他〔註1〕，在家道中落之下，不得以寫字賣身予榮蝶仙學戲，驕傲的血緣與低下社會地位始終在他心裡糾結著。他不願自己的子女投入演藝事業〔註2〕，正反應了他對自己演員身分於家族傳承上的不認同。然而，他已然正視自身於動蕩時代的社會責任，又不得不面對演員或說伶人自古便遭輕賤的命運，於是投身社會運動對他來說，便有多重意義：既要藉此提高演員身分與演藝事業的政治影響力，卻不時地流露對演員身分的不認同，這緣於時代風氣因襲已久的無奈。換句話說，愈是努力地爭取政治發言權，愈顯得武裝下的脆弱與卑下，程硯秋在事業上的拚搏與他的貴族血緣、演員身分彼此交互加成地衝撞著。

　　回顧程硯秋的一生，在其師長的輔導下，秉持著人文關懷，勇於向政府

〔註1〕程硯秋本名承麟，是正黃旗人，先祖是宮中帶刀侍衛。
〔註2〕長子程永光曾於程硯秋旅歐期間學戲，程得知後，隨即將他送往歐洲留學，欲徹底斷絕與梨園界的來往。而據筆者訪問程永江先生得知，自幼時，父親是不允許他們進劇場看戲的。

提出諍言，不僅編演《荒山淚》、《春閨夢》這類控訴戰爭無情、苛賦重稅題材的戲，乃至於刊刻反戰詩集《苦兵集》等，程硯秋不畏「當局」勢力而明確宣揚他的和平主義，幾度觸碰到敏感的政治地雷區。或許也和國民黨政府並不熱衷於戲曲職業管理有關，程硯秋的演出即使曾有禁演的紀錄〔註3〕，但都不致於影響他的演藝生涯（當然這不包括日軍炮火攻擊期間，輟演隱居青龍橋）；或者說過去的政治勢力始終未對梨園界產生根本上的制約。

及至中華人民共和國成立，從思想、制度、演出多方位著手進行「戲改」，政治勢力真正地延伸到戲曲來，程硯秋與「當局」的扞格這才被凸顯。這場由裡到外的整頓風波對程硯秋產生了莫大的影響，他已然無法從過去的矛盾與糾結中解脫。戲曲演員的身分使他成為這波改革的對象之一，無論是價值觀、藝術觀乃至於身分認同，程硯秋被迫重新審視自己，這從質疑當局各種措施的諸多公開講話、文章發表等，在各種主張的言論中都可嗅出背後的不尋常。對外，也許國家權力的日移月換從未阻撓程硯秋投身政治、為人民發聲的理念，然而面對此時強力而全面的文藝管制，程硯秋已然不能再像過去單純地以名演員的姿態暢所欲言，而是要透過各種活動的參與，表明自己的立場與社會身分；對內，也許是有意識地要提高自己的影響力，也許是要在藝術道路上證明些什麼，程硯秋除了舞台演出之外，亦開始從事大規模的戲曲調查與講學。他不甘於只是被宰制的表演者，開始以學者、考古者的角度，進行戲曲學術工作。程硯秋與自我，也與這個時代的權力主導者處於緊張的拉距關係。他的演藝事業一再地被挑戰，尤其是《鎖麟囊》禁演，更成了程硯秋臨終前未解的憾恨〔註4〕。

政治紛爭有許多問題難以公斷，1949年後的戲曲改革，至今仍有許多未解的爭議，本研究無意從中辯駁。但從程硯秋此時的幾次公開活動中，可見上述那種演員無奈的糾結與矛盾，尤其在政治勢力的侵襲下，在理念與制度的衝突中，程硯秋所作的選擇或堅持更具討論空間。這些背景因素的構成，促使本研究於此聚焦於程硯秋，並非否定戲改中其他演員的立場問題，而是當此時程硯秋的演員認同與當局的政治產生了極大的衝突，以程硯秋為例，

〔註3〕 《亡蜀鑑》即是於1935年10月28日、29日於北京中和戲院演過兩次後即遭禁演，參見程永江編，《程硯秋史事長編》（北京：北京出版社，2000年），頁386～387。但隔年即出版錄音。

〔註4〕 關於《鎖》劇禁演與程硯秋抑鬱而終之事可參見程永江：《我的父親程硯秋》，附錄之〈《鎖麟囊》祭〉。

最能凸顯與總結本研究於前幾章中各項觸及的議題：即是討論旦行傳承脈絡中，欲從自我認同與藝術觀，對應市場競爭、師徒對話關係，以及整個社會體制相互衝撞的關係。

第一節 「寫實」的爭議

　　1949 年後，京劇發展由過去演員、觀眾建立起來的商業模式，轉變為一切由國家管理。其中，田漢、馬彥祥、張庚等一批「新文藝工作者」則是各種藝文政令的宣導者、執行者，他們代表進步的新知識，擔任「戲曲改進局」等文化機關要職，在社會主義的驅使下試著為中國戲曲進行改革。如同飽受戰火的中國，需要一股重生的力量，戲曲在這些人的眼中，也需要大刀闊斧的改造。而程硯秋在戲劇的編演上，向來以和平主義自居，希望以演出為人民謀最大的幸福〔註5〕，早於 1931 年即於中華戲曲專科學校發表〈我之戲劇觀〉講演，強調：「演任何劇都要含有要求提高人類生活目標的意義」〔註6〕，將表演這項「玩藝兒」提高至具有淑世的崇高意義。自 1932 年旅歐遊學考察後，更是發表了「十九項改革建議」，進而在自己的劇團演出與管理形式進行嘗試〔註7〕。因此，可以粗略的說，程硯秋與新文藝工作者們在戲曲改革的出發點是無甚差異的，然而雙方其實於藝術觀點有截然不同的判定，也造成實際執行層面的衝突。

一、史坦尼斯拉夫斯基影響戲曲

　　由於同樣是共產國家，在早先蘇聯曾是中華人民共和國政府的學習榜樣，而蘇聯的各項文藝，其中寫實戲劇便成了藝文上的「進步」思想，史坦尼斯拉夫斯基（Konstantin Stasnislavsky，1863～1938）的戲劇表演方法理論，則是具體仿效的對象。然寫實主義戲劇講究布景的使用，尤其是細節陳列，都必須製造出一個實際而具體的空間，若要將它於戲曲中貫徹實行，必然會遇到許多於表演上的阻礙。戲改時期對於布景問題的爭議，於《戲劇報》上

〔註5〕 程硯秋：《和平主義的戲劇運動》（北京：世界社，1932 年）。

〔註6〕 程硯秋：〈我之戲劇觀〉，《程硯秋戲劇文集》（北京：華藝出版社，2010 年），頁 8。

〔註7〕 程硯秋，〈程硯秋赴歐考察戲曲音樂報告書〉，《程硯秋戲劇文集》（北京：華藝出版社，2010 年），頁 54。

有過一番激辯。諸如：馬少波〈關于京劇藝術進一步改革的商榷〉﹝註8﹞、馬
彥祥〈是什麽阻礙著京劇舞台藝術進一步的發展〉﹝註9﹞和吳祖光〈爲馬彥祥
同志的發言再談幾句話〉，彼此交鋒「如何」將布景用到京劇裡來，觀點的激
進權衡各有不同，但大體上，他們都認定戲曲舞台的設置諸般陳舊，必須從
劇本與表演著手，改造成「進步的」京劇。因此在戲改局的主導下，戲曲演
員當然必須進行史氏的教育，修習相關課程，馬少波便認爲：

> 演員加強科學表演藝術理論的學習，打破標榜派別「依樣畫葫蘆」
> 的障礙，提倡活用程式——把原有的表演程式合理化……並且繼承
> 和發揚現實主義的傳統，同樣是戲曲表演藝術的最高原則。﹝註10﹞

由是各種關於演員表演詮釋的文章便開始登載於《戲劇報》，如川劇演員
陳書舫的〈我怎樣表演祝英台〉﹝註11﹞、評劇演員鮮靈霞〈我演杜十娘的一
點體會〉﹝註12﹞等。這類演員的文章和同時連載的史坦尼斯拉夫斯基著作的
翻譯形成對照，無論是自撰或口述後由他人代筆，都順著人物背景、思想主
題的邏輯敘寫，細節描繪十足的「史坦尼體驗派」。即使他們在當時俱已是著
名演員，但文字流露的卻是謙卑，覺得自己以前是無知的、淺俗的，現在則
有了長足的進步，尤其是對人物的體會較以往深刻。

此外，向戲曲演員教授史坦尼課程，其所代表的寫實主義或說現實主義
戲劇美學，儼然是新文藝工作者認知上的真理，即使同時期歐洲正興起著
各種不同表演法，然寫實主義是這時期的中國藝文理論正宗，也是必須信
奉的：

> 史坦尼斯拉夫斯基的美學原則和創造方法，是以舞台藝術家必須是
> 自覺的，有思想的、以先進的世界觀爲指導的、深刻了解自己的使
> 命爲前提的。少了這些，便不可能有真實的創造，也不可能以自己
> 的藝術去爲黨和人民的事業服務。﹝註13﹞

﹝註8﹞ 馬少波：〈關于京劇藝術進一步改革的商榷〉，《戲劇報》第 10 期（1954 年），
頁 7～14。
﹝註9﹞ 馬彥祥：〈是什麽阻礙著京劇舞台藝術進一步的發展〉，《戲劇報》第 12 期（1954
年），頁 20～26。
﹝註10﹞〈關于京劇藝術進一步改革的商榷〉，頁 11。
﹝註11﹞ 陳書舫：〈我怎樣表演祝英台〉，《戲劇報》第 1 期（1954 年），頁 17～18。
﹝註12﹞ 鮮靈霞：〈我演杜十娘的一點體會〉，《戲劇報》第 3 期（1954 年），頁 19～20。
﹝註13﹞ 焦菊隱：〈向史坦尼斯拉夫斯基學習〉，《戲劇報》第 1 期（1954 年），頁 38～
39。

這段節錄焦菊隱於《戲劇報》的呼籲，說明了史氏之所以成爲 1949 年後中國戲劇思潮主流，在於戲劇演出已和政治連成一氣，而演員必須符合寫實主義，重新省思自己的表演，並且認知如今的舞台肩負著國家所賦予的重大任務。具體而言，表演藝術是受政府管轄的傳播工具，而新文藝工作者則就這套戲劇方法與進步思想，與「爲人民爲國家奉獻」的邏輯作了「直接」的串連，因此寫實表演成了衡斷戲曲演出的標準。

二、程硯秋寫意、寫實戲劇論之演變

1932 年程硯秋旅歐，接觸了和戲曲表演迥異的西方表演藝術，對於寫實主義已有認識，當他出國之際，發表的公開聲明，便談到了中國戲曲的寫意象徵相較於西方社會之獨特：

> 現在西方寫實主義的高潮過去了，新的象徵主義起來了……西方戲
> 劇這種新傾向，一方面證明了中國戲劇的高貴，他方面又證明了戲
> 劇之整個的世界組織成爲可能。舉一概百，西方戲劇之可以爲中國
> 戲劇的參考當然很多。〔註14〕

一次大戰後，歐洲進入另一個蕭條時代，隨後的十多年，各種反古典、反秩序的藝術表現紛紛興起，諸如達達主義、超現實主義等。程硯秋此時歐遊，迎面而來的是這些前衛思潮，但最吸引他的，是西方科技在劇場設計上的應用，以及嚴謹的劇場管理方法，在其〈程硯秋赴歐考察戲曲音樂報告書〉中有不少討論。其中燈光布景用在戲曲演出，程硯秋已於《春閨夢》和《青霜劍》作嘗試〔註15〕，但並非只是表相的運用，而是與外國導演交流後，審愼考量的：

> 中國戲劇是不用寫實的布景的。歐洲那壯麗和偉大的寫實布景，終
> 於在科學的考驗之下發現了無可彌縫的缺陷，於是歷來未用過寫實
> 布景的中國劇便爲歐洲人所驚奇了。兌勒先生很誠懇地對我說：
> 「歐洲戲劇和中國戲劇的自身都各有缺點，都需要改良。中國如果

〔註14〕程硯秋：〈赴歐洲考察戲曲音樂出行前致梨園公益會同人書〉，《程硯秋戲劇文集》（北京：華藝出版社，2010 年），頁 18。

〔註15〕據《程硯秋史事長編》（北京：北京出版社，2000 年）之報章收錄，可知 1934 年 10 月《春閨夢》的演出，以現代化作號召，加入燈光布景，而《青霜劍》的部份，則於新艷秋的回憶中談到程硯秋於劇末加入燈光變化，加強氣氛渲染，見新艷秋：《青霜劍》及其他——記新艷秋談程硯秋演，《青霜劍》）。

採用歐洲的布景以改良戲劇，無異於飲毒酒自殺，因爲布景正是歐洲的缺點。」萊因赫特先生也對我說過：「如果可能的話，最好是不用布景，只要有燈光威力就行；否則，要用布景，也只可用中立性的。」〔註16〕

此處的中立性，程硯秋認爲是與戲曲所用的純色淨幔立意相同，因此他曾經考慮過以布景的顏色加強戲劇效果，如以紅色作《女起解》的酷暑，以藍色作《南天門》的風雪天〔註17〕。

由布景的運用可知，程硯秋對中西戲劇於寫實、寫意上的差異，有過一番的比較與實踐，即使西方劇場技術之先進炫爛，程硯秋對戲曲表演仍然保有相當優越感，甚至認爲：「京劇的本質，因爲它是一種象徵的藝術，所以比起西洋歌劇，另有許多優點爲西洋所不及。」〔註18〕時至1950年代戲改，寫實主義備受當局推崇，諸多不合現實生活的表現方式，俱被視作要改動的舞台「怪異現象」〔註19〕，程硯秋對於戲曲的寫意性說法也隨之有所修正，取而代之的是另一種「寫實式」的思維：

中國舊劇的特點，很有些人稱它爲「象徵的藝術」，其實這是很錯誤的，如果我們仔細去研究中國戲劇的歷史，很明白的可以看出，中國戲劇表演技術的構成，並沒有絲毫象徵的動機存在。一切原來都是從寫實上出發的；但是中間卻經過一番舞蹈的陶冶，因而形成一種特殊的方式，近些年來，許多人都試把直接寫實的方法，滲入到舊劇裡去，結果新的道路並沒開好，原舊的道路也模糊了，現在應該及早覺悟回頭，總還不算太遲。〔註20〕

戲改局引領的寫實主義熱潮也影響著程硯秋，他轉而提出戲曲表演是建立在寫實手法的基礎上，而過去主張的寫意表現於此則轉化爲「舞蹈的陶

〔註16〕 程硯秋：〈程硯秋赴歐考察戲曲音樂報告書〉，《程硯秋戲劇文集》（北京：華藝出版社，2010年），頁81。

〔註17〕 程硯秋：〈話劇導演管窺〉，《程硯秋戲劇文集》（北京：華藝出版社，2010年），頁74～131。

〔註18〕 程硯秋：〈程硯秋談劇〉，《程硯秋戲劇文集》（北京：華藝出版社，2010年），頁171。

〔註19〕 如馬彥祥就不認同「檢場」、「報名」等。見其〈是什麼阻礙著京劇舞台藝術進一步的發展〉一文。

〔註20〕 程硯秋：〈西北戲曲訪問小記〉，《程硯秋戲劇文集》（北京：華藝出版社，2010年），頁207。

冶」。顯然他對「寫實」的理解，與當時新文藝工作者認定的寫實主義或眞正的寫實主義還是有所差異，畢竟中西戲劇有所不同是程硯秋早有的觀念。而程硯秋這番言論，似乎是想在寫實主義的出發點上，建立與彼此對等的溝通窗口，以此強調中國戲曲獨具風格的表現手法。

從程硯秋的描述中可知，戲改局的寫實主義策略對戲曲已造成了一定的戕害，上引文字是致信於當時的文化副部長周揚，並發表於《人民日報》，程硯秋向公眾宣告他認知的「寫實主義」，間接地指出戲改局的偏差領導。而這也引起周揚的注意，在其覆信中便提出質疑，詢問是否程硯秋指的是：不該向話劇學習？但周揚認爲戲曲改革不應拒絕向話劇、電影學習，特別是蘇聯戲劇的藝術，周揚的觀點和前舉新文藝工作者是同樣的。於是程硯秋再度向周揚覆信：

> 舊劇〔註21〕中有些人，死板地運用了「寫實」兩字，以爲寫實便該是實，於是在舞台上，火要眞燒，雨要眞下，活牛上台，當場出彩，這只是把戲而不是藝術了，我覺得是錯誤的……要防止這種錯誤，我以爲在學習兩字之上，最好再加「深刻地」三字，同時對於自己本身的藝術，也要深刻地客觀地檢討研究。〔註22〕

在程硯秋看來，新文藝工作者倡導的寫實主義戲劇，對戲曲演員來說，認識與推廣上仍有所不足，異文化的美學仍需深度的沉澱內化。他理想中寫實主義戲曲與俄派的美學體系是有所區隔的，但程硯秋卻不在理論的定義上作文字辨證，而是試圖在寫實的思路中，追溯戲曲原有的表演美學，以倡導寫實之名，行正本清源之實。1954 年其授業師王瑤卿先生逝世，在祭悼文中他表示：

> 中國戲劇，特別是京劇，它的表演方法是以程式化的動作爲基礎的，但對於演員的要求，必須能掌握程式而能不爲程式所限制，必須要能從生活體驗中去刻畫劇中人物，分析劇中人的心理思想，發現劇中人的獨特之點，以及在劇情進行中的變化反應，從這出發去運用程式，以鮮明、現實的表現手法，創造典型。瑤卿先生在表演和導演上所以能夠有高度的藝術成就，正是因爲他學習接受了中國戲劇

〔註21〕 此處指的是戲曲。
〔註22〕 程硯秋：〈就舊劇改革問題第二次致函周揚及全國戲曲計畫大綱的提出〉，《程硯秋戲劇文集》（北京：華藝出版社，2010 年），頁 212。

表演技術這樣的優良傳統，並且又加以發揚光大的緣故。〔註23〕

這篇發表於《光明日報》的文章，更直白的強調了戲曲是「程式化的動作」的表演基礎，但他運用了「生活體驗」、「刻畫人物」、「分析劇中人思想」等史氏的理論語彙敘寫，中國戲曲的表演方法──所謂在「人物」內在的建立下透過程式表演，而這是王瑤卿繼承的戲曲表演傳統，而非新文藝工作者帶來的進步教育。字裡行間既是對恩師的追想，亦是再次地宣揚幾十年來所學習的傳統藝術，是虛實相生、內外兼備的表演方法。

第二節　戲改局的裁制權

戲改政策最主要施行的就是禁戲，將對社會風氣有害的演出予以禁制，而這也似乎是戲改局成立以來最大的行政制裁（除此之外並無甚紀錄關於這段期間劇團或演員因違反規定而遭到懲罰的）。因此戲改局要對頒佈的規章能有效的執行，就必須有種種配套的方法，其中《戲劇報》便是一大隱形力量。《戲劇報》前身是由田漢主編的《人民戲劇》，1954年1月改版創刊爲《戲劇報》，主編爲張庚。新聞出版品是意見溝通的場域，也是意識形態凝聚的媒介，如同其中編輯部向讀者或者說向戲劇界疾呼的：

> 《戲劇報》是全國廣大演員、尤其是戲曲演員自我學習，互相交流經驗的刊物，它應當比較全面地反映演員在思想上、生活上和藝術創作上的各種問題。經常反映演員的呼聲，協助演員總結他們藝術創作的經驗，把社會主義建設中不斷成長起來的新演員介紹給觀眾。同時，應當通過有關舞台藝術的探討來溝通演員與觀眾的聯繫，來提高觀眾的藝術欣賞能力。大力開展戲劇批評工作，推廣優秀劇目的演出，鼓勵加強藝術實踐，爲工農兵演出，使戲劇藝術在進行社會主義思想教育中起更大的作用。〔註24〕

這段編輯部的公告文字，雖強調了出版的目的是提供相互學習與經驗的交流，然一切俱是意識形態先行，其中的關鍵詞「社會主義」、「工農兵」等，正是共產黨政權最基本的核心價值。《戲劇報》代表的是國家政策與發展路線，在新文藝工作者的主導下，它承載最高階的意識形態是各界皆必

〔註23〕程硯秋：〈悼瑤卿先生〉，《程硯秋戲劇文集》（北京：華藝出版社，2010年），頁346。
〔註24〕編輯部：〈告讀者〉，《戲劇報》第1期（1956年），頁42。

須服膺的。至於從思想問題的批判，到各種有違戲改政策的行為，只要在《戲劇報》發表，都被賦予莫大的權力。1954 年第 6 期《戲劇報》有署名馬瞿三發表文章，批評了馬連良在赴朝鮮慰問演出時，在演出水準、酬勞等問題上的不配合。也許雙方在事前聯絡演出事項是有誤會的，但馬連良隨即使在下一期提出反省，未作任何辯駁地承擔所有質疑〔註 25〕。以馬連良在京劇界的號召力，猶要對《戲劇報》審慎而迅速的回覆，可見媒體言論壓力凌駕於行政執行之上，因此探究戲改局的制度實施，《戲劇報》也必須在討論之內。

一、《戲劇報》言論力量的建立

媒體的傳播與渲染能加成言論的力量，因而編輯組成與戲改局大致類同的《戲劇報》，在戲改期間便是主要宣傳利器，然要真正發揮其制裁力量，《戲劇報》的編輯部在文章的刊登與敘寫上，有意識地以兩種方式進行：一是學說思想的凝聚，透過大量的宣導，使得毛澤東思想、社會主義、寫實主義等意識形態成為主要的思路邏輯，舉凡是劇本與演出的優劣評斷，都置入了這類話語，無論如何最高的價值就是要思想、政治正確，於是乎《戲劇報》言論是合法而具權威的。二是集群團體的組成，透過某種活動的參與，將特定的人組織在一起，塑造集體意識，宛如《想像的共同體》（Imagined Community: Reflections on the Origin and Spread of Nationalism）〔註 26〕所言，民族主義其實是媒體傳播營造的想象。而在《戲劇報》中，最顯著的例子便是「抗美援朝」期間，刊載了一大批演員的文章，內容不外乎對於參加這樣的演出，是無比的光榮，而自己也從過去單純賣藝的演員，成為「工作者」，藝文界組成的慰問演出，形成一種必要行動。

或是在憲法頒部時，由演員們撰文表示自己有如重獲新生，了解到為人民服務的真諦等等。文章的內容不是重點，因為都大同小異，而是以多數的文章量，再加上梅蘭芳、周信芳等名演員的背書，這群為國家、為人民奉獻的「演員共同體」便組成；或是藉由「讀者投書」，在文章中強調批判的言論是反映廣大群眾的來信，而非作者一己之言。於是，《戲劇報》在意識形態的

〔註 25〕詳見馬瞿三：〈希望馬連良先生有以自省〉，《戲劇報》第 6 期（1956 年）；馬連良：〈以實際行動補償我的過失〉，《戲劇報》第 7 期（1956 年）。

〔註 26〕班納迪克・安德森（Benedict Anderson）著，吳叡人譯：《想像的共同體》（臺北：時報出版社，1999 年）。

主導下，代表著大多數人的聲音，掌控了戲劇共同體的規則與制衡的權力，使人不得不有所忌憚，上述馬連良事件即是一例。

二、程硯秋的禁戲風波

　　新制度的實施爲的是要建立新的秩序，但相對的也要付出舊事物遭破壞的代價。戲改局爲了整頓戲劇風氣，對「有害」的戲加以禁制，隨之而來的便是許多劇團無戲可演的窘境。對於新文藝工作者們來說，許多地方戲較爲俚俗的表演方式都是不堪的，如〈反對黃色戲曲和下流表演〉〔註27〕一文，便批評了各地方戲露骨的表演內容，並強調「讀者投書」已對這種演出無法忍受。然而庶民娛樂取向終究有別於知識份子，這類逗趣的小戲其實一直是地方劇種的演出大宗，一旦禁錮，在新內容未及時輸入前，許多劇團便面臨無戲可演的狀況。

　　程硯秋在1949年7月2日全國文學藝術工作者第一次代表大會時，便發表〈改革平劇建言〉〔註28〕，談到了戲改的首要是劇本，而舊的劇本既不合於時代，就必須先有大量的新劇本，並建議培植專業的編劇人才。可惜這個建議似乎沒有被戲改局採納，各地戲荒的情況仍相當嚴重。1949年底，程硯秋轉向進行西北地方戲曲考察，試圖以親自見聞，報告各地方戲曲演出的實際情況，同時也直接地反映各地演出資源匱乏，尤其舊劇被禁又無新戲可演〔註29〕。在那個物資缺乏的年代，程硯秋自費進行近乎人類學方式的大規模考察與紀錄，從西北始，遍及西南各地，推溯京劇與各種聲腔的發展源流，甚至是木卡姆中唐代大曲的遺存，都在此時作了初步探究。相較新文藝工作者以有色眼鏡來看戲曲演出，程硯秋試著以局內人（insider）的角度正視各地戲曲發展，儼然告誡禁戲的執行是在刨卻自己的文化命脈。

　　1951年政務院通過了《關於戲曲改革工作的指示》，談到了「百花齊放」，有意地鼓勵地方小戲的演出，似乎開始試著解決前期各地鬧戲荒的問題。但改革戲曲不良糟粕的方針仍沒有變，這時期在開放與禁制上仍無法平衡，禁戲的觸角甚至延伸到了程硯秋身上。1953年是程硯秋與戲改局緊張的一年，即使程硯秋於史達林（Stalin，1878～1953）逝世時，在《新民報晚刊》發表

〔註27〕孟克：〈反對黃色戲曲和下流表演〉，《戲劇報》第5期（1955年），頁40。

〔註28〕《程硯秋戲劇文集》（北京：華藝出版社，2010年），頁166～167。

〔註29〕程硯秋：〈關於全國戲曲音樂調查工作報告書〉，《程硯秋戲劇文集》（北京：華藝出版社，2010年），頁232～247。

了〈永遠不會忘記的日子〉〔註 30〕悼念，強調自己對馬列思想的尊崇，以及他一直希望透過戲劇工作實踐國家「百花齊放、推陳出新」的方針，奈何他的劇本審查卻遲遲未通過。5 月 13 日文化部《關於中國戲曲研究院 1953 年度上演劇目、整理與創作改編的通知》，程門獨造的劇目，多有被禁，尤其是《鎖麟囊》和正在進行創作的《祝英台》〔註 31〕。

　　禁戲對演員來說如同斷腕，尤其禁演嘔心瀝血的代表作時，無疑是扼殺其藝術生命。程硯秋對於禁令的頒佈，開始仍是照常演出，堅持他的藝術理念。同月他在上海天蟾舞台的檔期，《鎖麟囊》演出照常，並特印《鎖麟囊特刊》，12 月在瀋陽東北京劇院亦是如期演出，此時程硯秋是堅決演出向禁令抗議〔註 32〕。而 1954 年《戲劇報》第 8 期署名「記者」發表了〈關於京劇「鎖麟囊」的演出〉，對該劇的演出提出了質疑：

> 這劇本是模糊了階級立場，宣揚了階級調和的觀點的。解放以來，由於上述原因，此劇已很少演出。最近，經過若干修改之後，程先生在北京大眾劇場又演出了「鎖麟囊」。隨著便有一些京劇藝人在北京、南京、上海等地按未經修改的舊本子搬演了此劇。這一事實頗引起了一些觀眾的不滿；我們收到觀眾來函多封，紛紛詢問這件事。〔註 33〕

　　由此可知，同年 5 月程硯秋於北京大眾劇場的演出，已對《鎖麟囊》內容有所修正，主要在於：「贈囊」一段，改為留空囊為紀念；淪落幫傭改為當家庭老師，淡化劇中人的貧富差距；甚至最後的大團圓還改唱：「力耕耘，勤織紡，種田園建村莊」〔註 34〕。但該文的重點，在質疑新修改的內容仍不臻完善，而各地卻仍照搬舊版，批判的方式則是《戲劇報》慣用的「意識形態」與「群眾集體」的力量。

〔註 30〕收錄於《程硯秋戲劇文集》（北京：華藝出版社，2010 年），頁 289～291。

〔註 31〕1952 年首演時為《祝英台》，1953 年 5 月上海天蟾舞台演出則改名《英台抗婚》，這場還演出了《竇娥冤》、《柳迎春》、《王寶釧》、《荒山淚》、《馬昭儀》、《鎖麟囊》，並特印製《鎖麟囊特刊》，套紅印出，對中國戲曲研究院提出抗議。見程永江編：《程硯秋史事長編》（北京：北京出版社，2000 年），頁 703。

〔註 32〕以上演出與禁演紀錄收錄於程永江編：《程硯秋史事長編》（北京：北京出版社，2000 年）。

〔註 33〕記者：〈關於京劇鎖麟囊的演出〉，《戲劇報》第 8 期（1954 年），頁 46。

〔註 34〕這個版本應不止演過一次，同年在天津的中國戲院亦是如此演，蕭晴有依此記譜，並有錄音資料流傳。見蕭晴：《程硯秋唱腔選集》（北京：人民音樂出版社版，1988 年）。

到了 1955 年《戲劇報》第 3 期陳石的〈武正霜的作風應該改變〉提到：

> 「鎖麟囊」是宣揚緩和階級矛盾及向地主「報恩」的反動思想的劇
> 本，程硯秋先生已暫停上演，她卻既不聽取文化部主管部門的解釋，
> 又不顧劇院的建議，堅執己見地要上演它。〔註35〕

武正霜是上海戲校「正字輩」畢業的演員，當時是安徽人民京劇院由上海請去演出。由此可知，《鎖麟囊》的禁演已從程硯秋個人波及各地劇團，而程硯秋也被迫於 1955 年停止演出該劇。從原來的堅持上演、修正演出，到後來卻是完全停演，就現有資料無法看出眞正全面禁制演出的關鍵，但可以確定的是，《戲劇報》的言論批判對禁戲具有壓力。《戲劇報》1954 年第 4 期刊載張眞的〈反對演壞戲〉和何海生的〈「麻瘋女」是一齣壞戲〉，批判該劇內容封建迷信反科學等，到了第 5 期更是收錄各界對《麻瘋女》的批判，包含了醫務界的人士，並擴及對這類「壞戲」的批判，一直持續到第 8 期，演員郝玉馨發表了〈我放棄了我的拿手戲「麻瘋女」〉才告終。可以說 1954 年這段時間對戲劇審查嚴格，甚至策動集體批判，已到了意識形態極度至上的狀態，《鎖麟囊》在這波批判潮中自是不能倖免。

這段禁演與批判風波，程硯秋雖沒有在《戲劇報》上爲自己辯駁，卻也不放棄未來《鎖麟囊》可能演出的機會。1956 年吳祖光在周恩來的指示下，爲程硯秋拍攝電影，《鎖麟囊》便是程硯秋當時的首選。把握此機會正是可以抒解禁演之怨，但顯然不被允許，最終只得協調改拍《荒山淚》。至 1957 年 5 月 17 日，文化部宣布全面開放禁戲，程硯秋的《鎖麟囊》卻仍未見演出，再現舞台時，已然是 1959 年程的逝世周年紀念上，由傳人們搬演了。

第三節　京劇本位的捍衛

新文藝工作者對戲曲的理解其實是相當有限，甚至是帶有偏見的。著有《中國戲曲通史》的張庚可算是對戲曲有所深入研究，他曾大方坦承，在起初的時候，他對戲曲表演其實是有許多主觀上的厭惡，總在看戲後想大加改革。由於他們繼承的是五四時《新青年》的思想，總認爲戲曲演出落後，話劇了不起，而他也不諱言這是新文藝工作者普遍有的現象〔註36〕。正由於這「進

〔註35〕陳石：〈武正霜的作風應該改變〉，《戲劇報》第 3 期（1955 年），頁 41。
〔註36〕張庚：〈緬懷田漢同志在戲改方面的功績〉，《劇本》第 1 期（1984 年）。

步」與「落後」的相對概念，戲曲演員便時常要強調自己正「學習」，程硯秋其實也不例外，他期許自己做一個史達林和毛澤東的小學生〔註37〕。當政務院發表《關於戲曲改革工作的指示》時，遠在昆明的他，覺得政府即將要爲演員解決問題，而他亦要趁此機會「好好學習」〔註38〕。然而，顯然當時的政策在諸多細節配套上，其實仍無法解決新文藝工作者與戲曲演員的觀念差異，於是程硯秋藉由發表文章與重大公開演出中，試圖捍衛他心中美好的京劇傳統。

一、戲改聲浪中的傳統演出

　　戲改初期，新文藝工作者認爲這些傳統戲的內容大都無法滿足社會大眾的需求，如：周揚在 1949 年第一次全國文學藝術工作者代表大會便提出〈新的人民的文藝〉，指出傳統戲曲是舊時代統治者用以愚化人民的工具，因此要用歷史唯物主義來予以重新改造〔註39〕。對於新文藝工作者於傳統戲曲的否定態度，程硯秋除了透過考察行動維護地方戲曲的生存空間，也在重要的全國性公開演出，表明自己支持傳統藝術的立場：

> 一九五二年秋，舉行了第一屆全國戲曲會演。大會通知程老師，請他以《荒山淚》參加會演，程老師的意思是拿《三擊掌》。爲什不演《荒山淚》，而執意要演《三擊掌》呢？他有幾層意思：一是，當時新婚姻法頒布不久，正在大張旗鼓地宣傳，他要通過《三擊掌》的演出配合爭取婚姻自主、反對封建婚姻的宣傳。考慮劇目的思想意義和社會作用，是他幾十年一貫的主張。〔註40〕

　　《三擊掌》是傳統的「王八齣」之一，青衣演員必學習、演出，在過去原是平實無奇，可以說不過是演員入門劇目。在此首度舉辦的全國性演出中，程硯秋原可以獨有劇目《荒山淚》作爲個人代表性的演出，展示自己在藝術創造上的成就，一如過去商業演出，名角各憑本事大顯身手，但他卻選擇了

〔註37〕原文作斯大林，見〈永遠不會忘記的日子〉一文。收錄於《程硯秋史事長編》（北京：北京出版社，2000 年）和《程硯秋戲劇文集》（北京：華藝出版社，2010 年），頁 289〜291。

〔註38〕見《程硯秋史事長編》（北京：北京出版社，2000 年），頁 666。

〔註39〕該文收錄於《周揚文集》（北京：人民出版社，1984 年）。

〔註40〕演出《三擊掌》其實亦考慮到劇幅等問題，但仍以主題思想爲首要。李丹林：〈晚年的精品——記程硯秋老師的《三擊掌》和《英台抗婚》〉，《程硯秋藝術評論集》，頁 289〜291。

傳統老戲。在當時戲改的爭議聲浪中，程硯秋以老戲傳達新的時代思維，同時又不動聲色地強調了傳統根柢的重要性。

二、戲曲理論的建立

「話劇進步」而「戲曲落後」一直是 1950 年代的美學偏見。戲曲不似話劇有「主義」、「體系」等理論建構，面對新文藝工作者的教育，戲曲演員們也只能順服這套學術系統。然而，程硯秋不甘於純然的「學習」，在 1950 年赴西北考察開始，他有許多機會向地方戲演員講演，內容大都關於自身的舞台經歷，由是開始著手整理相關資料，同年寫就的〈演戲須知〉，當時雖未公開發表，其實已具理論雛形。

1951 年程硯秋受歐陽予倩邀約，赴中央戲劇學院講課，發表了〈舞蹈與歌唱問題〉，便已不再是純然的經驗分享，而是上溯戲曲發展史，並兼具了各劇種、多演員的比較，以及當時表演藝術生態評論。此後最具代表性的，應該屬於〈論戲曲表演的四功五法〉、〈談戲曲演唱〉、〈創腔經驗隨談〉、〈略談旦角水袖的運用〉〔註41〕等，這些文章大都是經公開講演後再付印發表。程硯秋以戲曲中對「法」的規範要求，整理歸納了許多表演理論，諸如演唱的運氣發聲訓練，結合字音、劇情的編腔法，水袖的十字訣，表演與身體運用的三節六合等。程硯秋在討論戲曲表演時，不耽溺於主義、學說的套用，而是從自身表演經驗著手，以音韻曲論談唱腔，以前輩譚鑫培、王瑤卿等傳承的規範談表演，歸整出具體詳實的戲曲表演理論。

程硯秋有感於傳統藝術多是口傳心授，較少明確的著書立論，使得新文藝工作者對戲曲有許多誤解，故而作此梳理。其生前未發表的〈藝術雜記〉五篇，討論內容包含了音韻、功法、身段、唱腔及戲曲名詞等，更是顯示他試圖爲戲曲表演建立一套理論系統，可惜這終究是未竟之業。

小結

1949 年梅蘭芳在天津甫在記者訪問下提出「移步不換形」，隨即遭到各方質疑，不得已又修正說法，承認先前認知有誤，認爲戲改是必然「移步而換形」。梅蘭芳事件揭諸的不是理念辯證問題，而是新文藝工作者時代的來臨，

〔註41〕以上文章皆收錄在《程硯秋戲劇文集》（北京：華藝出版社，2010 年）。

即使以他的藝術地位，都是要學習、受管束的對象。但程硯秋不願全然地接受這個狀況，1950 年 7 月 28 日正當程硯秋在西北進行戲曲考察時，一路以來輔導他的師長陳叔通曾致信向他告誡：

> （一）總不肯做第二人，不願立足北京即犯此病，這是錯的；（二）
> 高帽要不要，我看來是要的，但是高帽子到了頭上，又故意扔掉，
> 他人戴上，又好不自在，這是自己矛盾；（三）接人不能廣泛，人反
> 疑你有錢，關門生活，即是脫離群眾……以後不再是掛頭牌時代，
> 在外如與周揚通訊報告，千萬同時要與田漢通訊報告。〔註42〕

陳叔通指出的問題，恰是程硯秋一生的糾結，他無法適應新文藝工作者的管理方式，制度上亦無法掌握政治權力，只能透過發言與學術活動，表達他的立場。1954 第一屆全國人民代表大會，程硯秋獲選為與會代表〔註43〕。也許對演員來說，能有機會參與國家事務，相較過去飽受社會歧視是無比的榮耀。政府因演員在社會傳播的力量而予以重視提高，但同樣的，演員們也被正式納入體制集中管理。於是，政治力的管制、社會身分的界定與自我認同的爭取在程硯秋身上儼然不斷衝撞的三方角力。

「藝術是藝人們的職業，但是文人們卻要成為藝術的主人，似乎他們才有資格為藝術制訂法則。」〔註44〕這是傅謹對歷史上文人與演員互動所下的註解，他認為戲改時期，新文藝工作者承繼了前個時期文人與演員的關係，他們一方面利用演員的技藝與舞台魅力，一方面卻又蔑視他們。程硯秋一生的發跡、啟蒙種種大事，都離開不他的導師們，其關愛栽培影響程硯秋生命發展，對他來說有著深重的意義。然而新文藝工作者與過去的文人顯然有所差距，特別是對戲曲的價值認定，程硯秋在觀念上無法與新文藝工作者達到共識，且不斷侵犯他的信念與生存空間，致使他不得不選擇對應的反抗姿態，一如在 1949 年前，無畏無懼地大唱反戰的和平思想。他在全國文學藝術工作者第一次代表大會時，鏗然有聲的改革發言，相較於同時期的其他演員，或許他更有勇氣向體制反抗。

然而意識形態教育與體制管理策略，使得程硯秋再度陷入生命難解習題，在他的改革建議被忽視的情況下，只能在其他場域中爭取發聲管道，卻

〔註42〕程永江：《程硯秋史事長編》（北京：北京出版社，2000 年），頁 609。
〔註43〕對此程硯秋曾撰文〈希望大家給我指導與督促〉，《戲劇報》第 9 期（1954 年）。
〔註44〕傅謹：〈先生們的改革〉，《讀書》第 12 期（2005 年），頁 118。

又難以撼動政治引來的戲改洪流。因此，他不願只是個演員，而是開始從事各種學術工作，尋找其他認同。1957 年他加入共產黨，跳過轄屬的主管機關，以周恩來和賀龍作爲介紹人，也許和不認同新文藝工作者有關，但其入黨自傳，則又可以看到他對演員身分的矛盾心裡，他說：

> 舊社會中對唱戲的人是看不起的，我從懂得了唱戲的所保留的傳統作風後，我的思想意志就要立異，與一般唱戲的不同……我演了好幾十年的戲，太疲倦太厭倦了，所見所聞感到太沒有什麼意味了，常想一個男子漢大丈夫在台上裝模作樣，扭扭捏捏是幹什麼呢？
> 〔註45〕

這段自白讀來頗令人玩味。究其一生，在舞台上，在戲劇界，程硯秋不斷地向體制對抗，卻無法從演員身分的認同中跳脫，加入共產黨對他來說也許是種重生的機會，他可以不再只是個演員。時至今日，程派戲依舊傳唱，程派表演技巧持續有繼承者，程硯秋心中的不平似漸漸爲人所淡忘。

〔註45〕程永江：《程硯秋史事長編》（北京：北京出版社，2000 年），頁 770～772。

結　論

　　本研究借鑑身體理論切入討論京劇旦行表演藝術傳承，即演員從自我、劇場，再到政治社會的示現。而爲建構論述邏輯，並從中衍生子題，本研究首要梳理旦行的傳承體系，在劉曾復歸結出旦行發展「私寓、陳德霖、王瑤卿而四大名旦」界說的基礎上，結合潘光旦之《中國伶人血緣之研究》，於師承脈絡與血緣籍貫的追溯中，提出陳德霖——王瑤卿——梅蘭芳——程硯秋的傳承系統，梳理其表演功法的演變過程，探究旦行演員之表演風格與流派技巧成形的各種因素。主要關照的面向爲：教育傳承、表演功法、表演藝術生態、演員的自我意識與認同，力求在表演史的架構下，深論各項發展變因之細節，是「一幹多枝」式的表演藝術討論。

一、傳承體系中的「對話關係」

　　京劇有嚴謹的師承規範，藉由「口傳心授」的方式，使表演功法得以代代相傳。但是，旦行演員們在繼承的過程中，並非是單純的模仿復刻，看似因襲師傅、前輩，實則相應另地開創發展；雖仰賴市場票房支持，卻不願單純地順應表演藝術生態。

　　「陳德霖與王瑤卿」、「梅蘭芳與程硯秋」，這兩組師徒是本研究於旦行傳承體系中聚焦的兩組「對話」，有趣的是，王瑤卿拜師陳德霖，卻不願順應師徒輩份，而以「老夫子」稱之；梅蘭芳拜師陳德霖，但更多地師法王瑤卿；程硯秋拜師梅蘭芳，而師法陳德霖老派青衣與並由王瑤卿協助編創新腔新戲（受益後者更多）。更確切地來看，與其說是兩組對話，其實他們不斷用類同又相異的方式學習並尋求突破，甚至可說是一直與前人相互對應，卻又一脈相承的系統。

　　陳德霖可說是最早從相公堂子風氣中覺醒者，他並沒有依循前人於中年轉經營相公堂子，而是以「靜穆嚴肅」的氣韻和「高亢剛直」的唱腔詮釋貞烈女子，建立了「正宗青衣」的形象與典範；稍晚的王瑤卿，則是相對陳德霖的「改革者」，他所發展的「花衫」較陳德霖之「青衣」，表演生動靈活，著重做表與唱念的結合。青衣與花衫或可視作一內一外、一收一放的兩種風格，將之並置討論，恰成對應的發展關係。

　　而在陳、王之後的四大名旦，本研究之所以專論「梅蘭芳與程硯秋」，主要因：一來各項流派藝術都有定論，重述其實無太大意義，二來扣合本研究「傳承與對話」之主題，梅、程從師徒而同場競藝，其中微妙的發展關係，實有許多可深論之處，亦提供了流派研究的另一面向。而到了「梅蘭芳與程硯秋」則又是新的發展階段，梅、程師徒或競爭，或有意區隔，二者藝術發展進程之對應，又較陳德霖與王瑤卿更爲顯著。他們不只是繼承陳、王的表演規範與方法，在大量的新戲創作中，更可見其隨時代發展之美學風格與戲劇觀。

二、唱腔與崑曲的辯證繼承

　　旦行唱腔之傳承可說是「字與聲」關係的辯證發展：王瑤卿之語言習慣和發聲，較陳德霖有相當大的區隔，因而旦行唱法從陳德霖至王瑤卿，可說是由口緊到滿口，由立音到寬音，由高調門開拓至中低音域。陳德霖於高亢剛直聲線中寓纖柔轉腔，謹守字重腔輕的度曲規範；王瑤卿則在降調門後，尋求字清情深而富節奏感的新唱法。王瑤卿並未墨守青衣舊法，其改變的契機或許與他嗓中有關，但現實層面來看，的確因此使旦行演唱技巧有更多的發揮空間。梅蘭芳與程硯秋二者唱腔與表演風格之區隔早有定論，本研究無意贅述，然依循著「字與聲」的發展關係，亦可得證二人在唱腔風格取向的差異。

　　「文武崑亂不擋」是自陳德霖、王瑤卿而至梅蘭芳、程硯秋所共同追求者，他們的演出無不標榜各項全才的實力。其中崑曲的傳承對於各時期的旦行發展都具不同意義：於陳德霖，崑曲是種藝術風範的養成，其廣泛地學習、演出諸多崑曲劇目，凝鍊出精緻典雅之青衣氣韻；於王瑤卿，崑曲是種技巧的取材，他雖不標榜會崑曲，但崑曲旦行劇目細膩分工、表演的多樣呈現與唱做節奏之合一，這些表演技巧在在和他塑造的「花衫」表演方式類同；於

梅蘭芳，崑曲演出是他突破青衣、花旦藩籬前的過渡，且他更著眼於崑曲「歌舞合一」特性，從中借鑑了身段舞姿，是他創作古裝歌舞的身段主要來源；而程硯秋則化崑曲口法與腔格於京劇唱腔中，使得演唱於細膩處更具聲情與內在份量，身段設計亦運用崑曲程式。此外，爲與梅蘭芳有所區隔，程硯秋更以武術爲底蘊，豐厚水袖表演與身段技巧。

　　傳統繼承在陳德霖、王瑤卿、梅蘭芳、程硯秋的實踐過程中，俱有所轉化與選擇，由是，旦行傳承系統實蘊含了演員功法學習中對表演美學的認知與辨證。

三、京劇旦行身體本質探討

　　本研究的基礎定調是旦行本質論，因此在「性別」主題上，甚少觸及男、女生理轉換的衝突，亦不在生理性別與身形條件上作過多闡述。而是關切男性演員如何將扮飾女性，透過戲曲的「行當」轉化，提昇至超越生理性別審美的境界。如此觀點，亦希冀當代旦行演員們，反思自身，於功法學習與演出，是否受限於形仿。

　　陳德霖將表相擬女轉化爲內斂氣韻，以此詮釋高節的女子形象，又完備了青衣唱腔板式，使旦行能跳脫扮相、做表，在唱工上獲得認可，他是旦行得以藝術化的關鍵。而王瑤卿在此基礎上，爲求充分表現人物情境，不拘一格地活用了各方面的技巧，從人物類型、表演方法到風格決定；無論是白口、編腔、唱法以及表演方式，都有其表演準則與靈活調度的空間，由是建立了完整表演體系。王瑤卿所塑造的「花衫」，回到旦行的本質，以旦演戲，而不受限於青衣、花旦的限制；「花衫」不是種僵化或刻板的行當，而是唱、念、做、打全面關照的表演美學。

　　陳德霖和王瑤卿屬於傳統功法層面，梅蘭芳與程硯秋則是進一步地關照整體表演藝術生態，乃至於密切地和社會互動。故而本研究於梅蘭芳和程硯秋之論述，不以普遍的流派藝術定論，闡述藝術家發展階段的作品，而是試著回看每齣戲編創的初衷與市場需求，甚至與社會脈動之間的關係，以此討論編、導、演所運用的手法。梅蘭芳早期的作品，是以劇場整體效果爲主要考量，投注龐大的演出資本，打造整體絕美的舞台表演，將旦行藝術超乎單純的生理「擬女」，提昇至盡善臻美的境界；而程硯秋曾亦步亦趨地的追慕學習梅蘭芳，但由於出身背景、生理條件等諸多環節大相逕庭，程硯秋並未耽

溺於片面的模仿學習，而是發展出屬於自己悲劇的風格，並且試著投注人文精神於其中，發揮戲劇的社會影響力。

四、演員的身分認同

　　旦行表演要晉升到藝術化的階段，先決條件是脫離以色媚人的舊習。因此陳德霖於中年後，不經營私寓，千錘百鍊練就唱工，加上唱片工業的興起，使得他的唱腔能於劇場外廣泛流傳，受到重視。故而「正宗青衣」之於陳德霖，既說明了青衣地位之提高，亦是演員堅守自身表演藝術與操守，以藝立世之肇始。

　　王瑤卿由於塌中退出舞台，他的藝術理念便轉向教育、編腔與導演。相較於陳德霖甚少收徒，王瑤卿則將個人技巧廣泛教授，試從開枝散葉之傳承建立劇壇地位；陳德霖樹立典範，王瑤卿則提出編創的原理，使旦行有一套可利用、可依循的法則，在表演技巧的發展上有更多可能性。因此「通天教主」與「王派」之於王瑤卿，是規範的突破與再建立，亦是表演理論的奠基者。又王瑤卿萬法皆爲我用之自如，與表演編排之精準，本研究於此亦是對當代戲曲演員之於流派繼承、行當與表演詮釋，提出典範溯源與省思。

　　陳德霖與王瑤卿的例子說明了演員的成就不僅在舞台上，更要於劇場外獲得認同。時至 1930 年前後，程硯秋與梅蘭芳亦各自在不同領域，尋求演員地位的提昇，他們因應自身條件、市場競爭，乃至於國家、社會動態，而不斷從中尋求突破：梅蘭芳透過自身的藝術成就，將京劇帶到國際，提高戲曲的藝術價值；程硯秋則試圖透過政治運動參與，積極地改造社會，這亦是他終其一生的淑世理想。而 1949 年後，關於戲改的論述最爲不易，本研究於此雖也觸及了梅蘭芳、馬連良等，但大多還是專注於程硯秋的討論。並非有意忽略其他演員於戲改時的遭遇，關鍵由於愈到後期的文獻，愈有難以處理的意識形態問題，政治的紛爭有許多問題難以公斷，於學術論文實難以辨清孰是孰非。而程硯秋在戲改浪潮中殞世，尤其在政治勢力的侵襲下、在理念與制度的衝突中，程硯秋於無奈與矛盾中所作的選擇或堅持更具討論空間。如此或可令當代社會深思，面對政治與體制的箝制，藝術家們究竟如何體現自己的理念，呈現的又是怎麼樣的身體。

參考文獻

古籍

1. 司馬遷：《史記》中華書局校點本（北京：中華書局，1983 年 2 版）。
2. 夏庭芝：《青樓集》，收於清‧呂士雄輯：《新編南詞定律》（上海：上海古籍出版社，2002 年）。
3. 曹雪芹：《紅樓夢》張新之等評（上海：古籍出版社，1988 年）。
4. 歐陽修：《五代史記》百衲本（臺北：台灣商務印書館，1988 年台 6 版）。
5. 潘之恆原著，汪效倚輯注：《潘之恆曲話》（北京：中國戲劇，1988 年）。
6. 鐵橋山人、石坪居士、問津漁者：《消寒新詠》，俞爲民、孫蓉蓉編：《歷代曲話彙編：新編中國古典戲曲論著集成‧清代編‧第四集》（合肥，黃山書社，2008 年）。

翻譯書

1. 尼采著、陳芳郁譯：《道德系譜學》（臺北：水牛出版社，1995 年）。
2. 約翰‧歐尼爾：《五種身體》「Five bodies: the human shape of modern society」（臺北：弘智出版社，2001 年）。
3. 茱蒂斯‧巴特勒（Judith Bulter），宋素鳳譯：《性別麻煩：女性主義與身份的顚覆》（Gender Trouble: Feminism and the Subversion of Identity）（上海：上海三聯，2009 年）。
4. 高夫曼（Erving Goffman）著，徐江敏等譯：《日常生活中的自我表演》（臺北：桂冠出版社，2012 年）
5. 傅柯（Michel Foucault）著，劉北成、楊遠嬰譯，《規訓與懲罰：監獄的誕生》（臺北：桂冠出版社，2000 年）。
6. 鈴木忠志著，林于（立立）、劉守曜譯：《文化就是身體》（臺北：中正文化，2011 年）。

專書

1. 《民國京崑史料叢書・第 1 輯》（北京：學苑出版社，2009 年）。

2. 么書儀：《晚清節曲的變革》（北京：人民文學出版社，2006 年）。

3. 方問溪：《梨園話》（北平：中華印書局，1931 年）。

4. 王安祈：《性別、政治與京劇表演文化》（臺北：臺大出版中心，2011 年）。

5. 王芷章：《清代伶官傳》（北京：中華印書局，1936 年）。

6. 朱書紳編：《同光朝十三絕傳略》（北京：三六九書報社，1943 年），收錄於《民國京崑史料叢書・第 1 輯》（北京：學苑出版社，2008 年）。

7. 朱繼彭，《坤伶皇座：童芷苓》（上海：上海人民出版社，2010 年）。

8. 李元皓：《京劇老生、旦行流派之形成與分化轉型研究》（臺北：國家出版社，2008 年）。

9. 李斗：《揚州畫舫錄》，收錄於《中國古典戲曲論著集成》第二冊（北京：中國戲劇出版社，1982 年）。

10. 李玉茹：《李玉茹談戲說藝》（上海：上海文藝出版社，2008 年）。

11. 李伶伶：《京劇四大名旦傳記書叢》（北京：中國青年出版社，2011 年）。

12. 林幸慧：《京劇發展 VS 流派藝術》（臺北：里仁書局，2004 年）。

13. 姜亞沙、經莉、陳湛綺主編：《中國早期劇劇畫刊》（北京：全國圖書館文獻微縮復制中心，2006 年）。

14. 周慧玲：《表演中國：女明星，表演文化，視覺政治，1910～1945》（臺北：麥田出版社，2004 年）。

15. 和寶堂整理：《荀慧生》（瀋陽：遼寧美術出版社，1999 年）。

16. 洪惟助編：《崑曲辭典》（國立傳統藝術中心，2002 年）。

17. 涂沛：《中國戲曲表演史論》（北京：文化藝術出版社，2002 年）。

18. 荀慧生：《荀慧生演劇散論》（上海：上海文藝出版社，1963 年）。

19. 孫毓敏：《我的京劇人生》（北京：中國文史出版社，2017 年）。

20. 張次溪編：《清代燕都史料正續編》（北京：中國戲劇出版社，1988 年）。

21. 張肖傖：《菊部叢談》（上海：大東書局，1926 年）。

22. 張育華：《戲曲之表演功法——以崑京表演藝術爲範疇》（臺北：國家出版社，2010 年）。

23. 張聊公：《聽歌想影錄》（天津：天津出版社，1942 年）。

24. 梅蘭芳：《我的電影生活》（北京：中國電影出版社，1962 年）。

25. 梅蘭芳：《舞台生活四十年：梅蘭芳回憶錄》（北京：團結出版社，2006 年）。

26. 許姬傳：《許姬傳七十年見聞錄》（北京：中華書局，1985 年）。

27. 陳志明編：《陳德霖評傳》（北京：文津出版社，1998 年）。

28. 陳培仲、胡世均：《程硯秋傳》（石家庄：河北教育出版社，1996 年）。

29. 程永江：《程硯秋史事長編》（北京：北京出版社，2000 年）。

30. 程硯秋：《程硯秋日記》（北京：時代文藝出版社，2010 年）。

31. 程硯秋：《程硯秋戲劇文集》（北京：華藝出版社，2010 年）。

32. 黃金麟：《歷史、身體、國家——近代中國的身體形成（1895～1937）》（臺北：聯經，2001 年）。

33. 廖炳惠：《關鍵詞 200》（臺北：麥田出版社，2003 年）。

34. 齊如山：《京劇之變遷》（瀋陽：遼寧教育出版社，2008 年）。

35. 齊如山：《梅蘭芳遊美記》（北京：商務印書館，1922 年）。

36. 齊如山：《梅蘭芳藝術之一斑》（北京：北平國劇學會，1936 年）。

37. 齊如山：《齊如山全集》（臺北：聯經出版社，1983 年）。

38. 齊如山：《戲班》（北京：北平國劇協會，1935 年）。

39. 劉彥均：《梅蘭芳傳》（石家庄：河北教育出版社，1996 年）。

40. 劉曾復：《京劇新序（修訂版）》（北京：學苑出版社，2008 年）。

41. 潘光旦：《中國伶人血緣之研究》（上海：商務印書館，1941 年）。

42. 錢寶森口述，潘俠風整理：《京劇表演藝術雜談》（北京：北京出版社，1959 年）。

43. 謝美生：《一代名旦尚小雲》（石家庄：花山文藝出版社，2007 年）。

44. 謝美生：《光豔驚絕尚小雲》（北京：東方出版社，2010 年）。

45. 謝墭泉，見陳均編：《京都崑曲往事》（臺北：秀威資訊出版社，2010 年）。

46. 譚志湘：《荀慧生傳》（石家庄：河北教育出版社，1996 年）。

47. 龔卓軍：《身體部署：梅洛龐蒂與現象學之後》（臺北：心靈工坊文化事業股份有限公司，2006 年）。

期刊

1. 九畹是主：〈戲中服飾之研究〉，《戲劇月刊》第 2 卷第 8 期（1930 年）。

2. 么書儀：〈作為科班的晚清北京「堂子」〉，《北京社會科學》第 3 期（2004 年），頁 22～28。

3. 小田：〈青衣唱法概論〉，《戲劇月刊》第 1 卷第 1 期（1928 年），頁 1～2。

4. 小田：〈說腔〉，《戲劇月刊》第 1 卷第 8 期（1929 年），頁 1～2。

5. 王平陵：〈國劇中的「男扮女」問題〉,《劇學月刊》第 3 卷第 12 期（1934 年）,頁 1～4。

6. 王瑤卿、陳墨香口述,邵茗生筆記：〈女起解沿革派別記〉,《劇學月刊》第 1 卷第 2 期（1932 年）,頁 1～5。

7. 王瑤卿：〈論歷年旦角成敗的原因〉,《劇學月刊》第 1 卷第 3 期（1932 年）,頁 1～4

8. 王瑤卿：〈我的中年時代〉,《劇學月刊》第 2 卷第 4 期（1933 年）,頁 553～560。

9. 王瑤卿：〈我的幼年時代〉,《劇學月刊》第 2 卷第 3 期（1933 年）,頁 377～409。

10. 步堂：〈梅蘭芳崑曲史〉,《立言畫刊》第 34 期（1939 年）,頁 2。

11. 孟克：〈反對黃色戲曲和下流表演〉,《戲劇報》第 5 期（1955 年）,頁 40。

12. 徐筱汀,〈程玉菁之緹縈救父〉,《戲劇月刊》第 1 卷第 2 期（1928 年）,頁 3

13. 記者：〈關於京劇鎖麟囊的演出〉,《戲劇報》1954 年第 8 期,頁 46。

14. 馬少波：〈關于京劇藝術進一步改革的商榷〉,《戲劇報》第 10 期（1954 年）,頁 7～14。

15. 馬彥祥：〈是什麼阻礙著京劇舞台藝術進一步的發展〉,《戲劇報》第 12 期（1954 年）,頁 20～26。

16. 馬濯三：〈希望馬連良先生有以自省〉,《戲劇報》第 6 期（1956 年）。

17. 馬連良：〈以實際行動補償我的過失〉,《戲劇報》第 7 期（1956 年）。

18. 張肖傖：〈菊部叢談室劇話〉,《戲劇月刊》第 1 卷第 1 期（1931 年）,頁 1。

19. 張次溪：〈時小福傳〉,《戲劇月刊》第 2 卷第 1 期（1929 年）。

20. 張庚：〈緬懷田漢同志在戲改方面的功績〉,《劇本》第 1 期（1984 年）。

21. 張舜九,〈梨園叢話〉,《戲劇月刊》第 1 卷第 9 期（上海：戲劇月刊社,1929 年）。

22. 梅蘭芳：〈不抄近路是我學戲的竅門〉,《中國戲劇》第 7 期（1995 年 5 月）,頁 10。

23. 梅蘭芳、余叔岩：〈國劇學會緣起〉,《戲劇叢刊》第 1 期（1931 年）,頁 1。

24. 梅蘭芳：〈漫談運用戲曲資料與培養下一代〉,《戲劇報》第 7 期（1961 年）。

25. 陳石：〈武正霜的作風應該改變〉,《戲劇報》第 3 期（1955 年）,頁 41。

26. 陳彥衡：〈舊劇叢談〉,《戲劇月刊》第 3 卷第 5 期（1931 年）。

27. 陳書舫：〈我怎樣表演祝英台〉,《戲劇報》第 1 期（1954 年）,頁 17～18。

28. 陳敬我:〈綠綺軒戲談〉,《戲劇月刊》第 1 卷第 1 期(上海:戲劇月刊社,1928 年),頁 3。

29. 傅謹:〈先生們的改革〉,《讀書》第 12 期(2005 年),頁 118。

30. 焦菊隱:〈向史坦尼斯拉夫斯基學習〉,《戲劇報》第 1 期(1954 年),頁 38～39。

31. 筆歌墨舞齋主:〈京劇生旦兩革命家——譚鑫培與王瑤卿〉,《劇學月刊》第 3 卷第 7 期(1934 年)。收錄於史若虛等編:《王瑤卿藝術評論集》。

32. 舒舍予:〈梅荀尚程之我見〉,《戲劇月刊》第 1 卷第 2 期(1928 年),頁 2。

33. 馮小隱:〈顧曲隨筆〉,《戲劇月刊》第 2 卷第 9 期(1930 年)。

34. 楊中中:〈荀郎軼事〉,《戲劇月刊》第 1 卷第 4 期(上海:戲劇月刊社,1928 年),頁 1。

35. 楊中中:〈顧曲雜言(續)〉,《戲劇月刊》第 1 卷第 12 期(1929 年),頁 3。

36. 蒨蒨室主:〈談程硯秋〉,《十日戲劇》(1937 年),第一卷第七期,頁 18。

37. 戲劇報編輯部:〈告讀者〉,《戲劇報》第 1 期(1956 年),頁 42。

38. 齊如山:〈戲劇腳色名詞考〉,《戲劇叢刊》第 1 期(1932 年),頁 71。

39. 豂公:〈哀梨室戲談〉,《戲劇月刊》第 1 卷第 4 期(1928 年),頁 3。

40. 鮮靈霞:〈我演杜十娘的一點體會〉,《戲劇報》第 3 期(1954 年),頁 19～20。

41. 蘇曠觀:〈王門弟子述評〉,《戲劇月刊》第 1 卷第 3 期(1928 年)。收錄於史若虛等編:《王瑤卿藝術評論集》(北京:中國戲劇,1985 年),頁 384～390。

42. 姜妙香:〈憶陳老夫子〉,《戲劇報》第 19 期(1961 年)。同文收錄於《陳德霖評傳》,頁 36～41。

43. 施病鳩:〈碧梧軒劇話〉,《戲劇月刊》第 1 卷第 1 期(1928 年)。

44. 凌霄漢閣:〈記「程」(下)〉,《半月戲劇》第 2 卷第 2 期(1939 年),無頁碼。

45. 閆月英、閆秀梅:〈建構與想像——從《品花寶鑑》的性別倒錯現象看性別的意義生成〉,《濰坊教育學院學報》第 22 卷第 4 期(2009 年)。

單篇文章

1. Michel Foucault, "Nietzsche, la généalogie, l'histoire," Hommage à Jean Hyppolite, ed. S. Bachelard, et al (Paris: Presses Universitaires de France, 1977), 145~172.

2. 王安祈:〈京劇梅派藝術中梅蘭芳主體意識之體現〉,《為京劇表演體系發

3. 江上行：〈回憶陳德霖〉，《六十年京劇見聞》（北京：學林，1986 年），頁 101～104。

4. 李丹林：〈晚年的精品——記程硯秋老師的《三擊掌》和《英台抗婚》〉，《程硯秋藝術評論集》，頁 289～91。

5. 俞振飛，〈談程腔——悼硯秋同志〉，《程硯秋舞台藝術》（北京：中國戲劇出版社，1997 年），頁 19～23。

6. 俞振飛：〈程硯秋與崑曲〉，《秋聲集》（北京：北京出版社，1983 年），頁 65。

7. 南鐵生：〈春華秋實——紀念王瑤卿先生百年誕辰〉：《王瑤卿藝術評論集》，頁 104。

8. 徐凌霄：〈附錄：「罵殿」與「無冕皇帝」〉，《程硯秋戲劇文集》（北京：華藝出版社，2010 年），頁 1～2。

9. 翁偶虹：〈知音八曲寄秋聲〉，《説程硯秋》（北京：中國戲劇出版社，2011 年），頁 76。

10. 荀令香：〈姓名香馨滿梨園〉，《王瑤卿藝術評論集》，頁 64～65。

11. 鈕葆：〈試述程派藝術的形成、發展與歷史分期〉，《程硯秋戲劇藝術三十講》（北京：華藝出版社，2009 年），頁 200～266。

12. 新豔秋口述，蕭晴記錄：〈《青霜劍》及其他——記新豔秋談程硯秋演《青霜劍》〉，《程硯秋藝術評論集》（北京：中國戲劇，1997 年），頁 401～10。

13. 齊如山：〈戲界小掌故〉，《京劇談往錄三編》（北京：北京出版社，1990 年），頁 417～492。

14. 羅亮生：〈戲曲唱片史話〉，《京劇談往錄三編》（北京：北京出版社，1990 年），頁 397～416。

15. 蘇少卿：〈無題（談論程硯秋之剛半音）〉《霜杰集・拾錦篇・藝評類》，金仲蓀編（上海：上海商務，1927 年），頁 14～15。

學位論文

1. 王廷尹：《京劇《泗州城》武旦的表演藝術研究——泗州城舞臺藝術之特質》（文化大學藝術研究所碩士論文，1995 年）。

2. 周象耕：《乾旦研究》（南華大學美學與藝術管理研究所碩士論文，2001 年）。

3. 柯立思：《傳統戲曲旦行表演新詮釋——以當代京劇《穆桂英掛帥》、《杜鵑山》及《慾望城國》之劇場表演爲範疇》（國立藝術學院戲劇系碩士論文，2000 年）。

4. 洪瓊芳：《歌仔戲坤生性別與表演文化之研究》（國立中央大學中國文學研究所博士論文，2010 年）。

5. 唐瑞蘭：《京劇刀馬旦表演藝術之研究》（佛光大學藝術學研究所碩士論文，2011 年）。

6. 徐蔚：《男旦：性別反串──中國戲曲特殊文化現象考論》（廈門大學博士論文，2007 年）。

7. 劉珈后：《京劇《虹霓關》旦角表演藝術研究──以梅蘭芳為討論重心》（佛光大學藝術學研究所碩士論文，2012 年）。

8. 劉麗株：《京劇武旦表演之研究》（佛光大學藝術學研究所碩士論文，2009 年）。

網路資料

1. 京劇老唱片網（http://history.xikao.com，瀏覽日期 2014/5/20）。

2. 福柯著，蘇力譯：〈尼采‧譜系學‧歷史學〉，《社會理論論壇》（http://chin.nju.edu.cn/zwx/zhouxian/meixue11/24.htm，瀏覽日期：2014/05/20）。

3. 梨園百年瑣記（http://histoy.xikao.com，瀏覽日期：2014/05/20）。

4. 梨園網（http://liyuan.xikao.com，瀏覽日期：2014/05/20）。

影音資料

1. 陳德霖：《銀空山》（北京：百代唱片，1908 年）。

2. 陳德霖：《祭江》（百代唱片，1908 年）。

3. 陳德霖：《四郎探母》（蓓開唱片，1929 年）。

4. 陳德霖：《彩樓配》（高亭唱片，1925 年）。

5. 王瑤卿：《悅來店》：（北京：百代唱片，1931 年）。

6. 王瑤卿：《能仁寺》（北京：百代唱片，1931 年）。

7. 王瑤卿：《王瑤卿說戲》（北京：中國唱片，1961 年）。

8. 杜近芳、葉盛蘭、吳素英：（《白蛇傳》北京靜場全劇錄音，1959 年）。

9. 荀慧生：《孝義節》（北京：高亭唱片，1925 年）。

10. 譚小培、王幼卿：《武家坡》（北京：高亭唱片，1929 年）。

11. 劉秀榮、張春孝、謝銳青：（《白蛇傳》北京實況全劇錄音，1981 年）。

12. 劉秀榮：《菊圃榮秀上：生平介紹談戲說藝《斷橋》《拾玉鐲》》（北京：中國文聯音像出版社，2000 年）。

13. 梅蘭芳：《貴妃醉酒》（飛鷹唱片，1924 年）。